LE DIEU DU CAMPUS

JENNIFER SUCEVIC

Le Dieu du campus

Couverture par Mary Ruth Baloy de MR Creations

Correction de la version originale par Evelyn Summers de Pinpoint Editing

Traduit de l'anglais par Andréa Auger de Valentin Translation

Home | Jennifer Sucevic

CHAPITRE PREMIER

BROOKE

— Ma belle, j'ai vraiment besoin de faire une pause, me lance ma meilleure amie alors que nous nous frayons un chemin à travers la foule d'étudiants traversant le campus tel un troupeau de bétail au ralenti.

— Easton t'a déjà épuisée avec toutes ses galipettes ?

Les yeux de Sasha s'écarquillent alors qu'elle me donne un coup d'épaule.

— Quoi ? Mais non, pas du tout !

Je souris alors que son visage vire au pourpre.

Mais oui, c'est ça…

Je sais *parfaitement bien* ce qu'il se passe dans la chambre face à la mienne. Ces deux-là font tellement de bruit qu'il serait impossible de ne pas être au courant. Mais je ne peux pas reprocher à Sasha de vivre un conte de fées et de profiter de chaque instant.

Cette fille le mérite.

Elle craque sur son meilleur ami depuis qu'ils sont petits et elle ne pensait pas qu'Easton la verrait un jour comme quelqu'un d'autre que sa pote footballeuse. Mais il faut croire que les rêves finissent vraiment par se réaliser. Ils vivent le grand amour depuis environ un mois maintenant.

Et tout ça, grâce à moi. C'est moi qui l'ai poussée à sortir avec Ryder, mon cousin hockeyeur. Et c'est tout ce qu'il a fallu à Easton pour voir en Sasha la magnifique jeune femme qu'elle était devenue. Et d'oublier tout le reste.

Ils vont si bien ensemble qu'on a l'impression qu'ils sont en couple depuis des années. Telles deux pièces du même puzzle.

Suis-je un peu jalouse de ce qu'ils partagent ?

Bien sûr que non.

Bon d'accord, peut-être un peu. Qui n'aimerait pas sortir avec un garçon qui vous regarde comme si vous aviez accroché la lune dans le ciel rien que pour lui ? C'est le cas d'Easton.

Ma dernière relation s'est terminée en un désastre sans nom. Du genre gros incendie, avec des panaches de fumée sombre ne laissant aucun survivant.

Andrew Hickenlooper.

Un joueur de football américain.

Ou plutôt un joueur toutes catégories.

Nous étions ensemble depuis presque un an quand j'ai appris qu'il me trompait.

L'indice ultime a été ce vilain diagnostic de chlamydia. Imaginez-vous assise sur la table d'un cabinet médical et que l'on vous annonce que vous avez une IST. Et comme je ne couchais pas à droite à gauche, j'ai su exactement d'où elle venait.

Le pire, c'est qu'il a essayé de nier. Et quand il a vu que ça ne fonctionnait pas, il a tenté de me dire que je l'avais attrapée en m'asseyant sur une cuvette.

Euh… non.

Ce n'est pas un hasard si on appelle ça une infection sexuellement transmissible.

On a touché le fond lorsque j'ai découvert que presque tout le campus était au courant qu'il était volage et ça, pendant la majeure partie de notre relation. Pour être honnête, l'espace de quelques minutes, j'ai envisagé de changer d'université.

Mais le truc, c'est que je n'ai rien fait de mal.

Même si c'était éprouvant, j'ai gardé la tête haute et j'ai ignoré tous les ragots jusqu'à ce qu'ils se taisent. Maintenant, si Andrew voulait bien finir par le comprendre et me laisser tranquille, je pourrais enfin mettre toute cette sale affaire derrière moi, à sa place légitime.

— Tu n'as peut-être pas remarqué, mais les murs de notre appartement sont aussi fins que du papier.

— Oh punaise, gémit-elle, les joues de plus en plus rouges au fur et à mesure de nos pas.

Je ne parviens pas à retenir le petit rire qui s'échappe de ma gorge.

— Si on pouvait aller chez lui, on le ferait. Mais tu sais comment ça se passe dans la résidence des footballeurs américains. Ils y font constamment la fête et les chasseuses de crampons cherchent à s'y envoyer en l'air. Je préfère les garder à distance de mon homme.

— Comme si tu avais à t'inquiéter. Ce type n'a d'yeux que pour une seule fille, toi ma belle.

C'est mignon.

Le sourire qui fleurit sur son visage m'indique qu'elle le sait aussi. Au moment où elle ouvre la bouche pour répondre, des bras puissants l'entourent par-derrière et la soulèvent.

Littéralement.

En parlant du loup…

Sasha affiche un grand sourire tandis qu'Easton la plaque contre son corps musclé. À en juger par le regard éperdu de ma meilleure amie, le monde autour d'elle s'est complètement effondré. Les gens se bousculent, les toisent d'un air mauvais, mais ni l'un ni l'autre ne s'en soucie. Je ne serais pas étonnée de voir des petits cœurs rouges et roses danser au-dessus de leurs têtes.

Beurk !

Ils sont vraiment trop mignons. De quoi vomir.

Au moment où je m'apprête à soupirer, un mouvement me surprend du coin de l'œil. Un frisson me traverse et les poils délicats de ma nuque se hérissent lorsque mon regard se pose sur la silhouette à quelques mètres de moi.

Crosby Rhodes.

Tackle gauche des Western Wildcats.

Ma première réaction serait de m'éloigner et de creuser la distance entre nous, mais je refuse de lui donner satisfaction. Au lieu de cela, je me prépare à la confrontation. J'ai passé suffisamment de temps avec lui pour savoir exactement la tournure que va prendre cette interaction.

C'est-à-dire mauvaise.

Le plus drôle – s'il existe quelque chose d'amusant dans cette situation – c'est qu'il a la réputation sur le campus d'être un vrai joueur. Ce type n'est pas du genre à *avoir* des petites amies. À ma connaissance, il n'a jamais envisagé d'en avoir une. Même avec son tempérament bourru, il est capable de charmer toutes les femmes à quinze kilomètres à la ronde.

Sauf moi.

Personnellement, je le considère comme un véritable connard.

Dès que nos regards se croisent, il baisse les yeux et les fait lentement glisser le long de mon corps. Il a beau ne pas me toucher de ses mains, c'est exactement l'effet que me procure son inspection. Je me retiens de toutes mes forces de bouger, pour éviter qu'il remarque que son œillade me perturbe. Je préfère redresser les épaules et serrer les dents avant de le défier en haussant le menton. S'il pense pouvoir m'atteindre aussi facilement, il se met le doigt dans l'œil.

Lorsque ses iris couleur onyx croisent de nouveau les miens, je constate que sa lèvre supérieure est légèrement retroussée et que son regard s'est assombri.

— Très beaux nichons, McAdams. C'est un nouveau soutien-gorge push-up ? Ils ont l'air plus gros que d'habitude. J'aime beaucoup.

— Va te faire foutre, Rhodes.

Je résiste à l'envie de me recroqueviller pour dissimuler un peu ma poitrine. Même si, pour être honnête, c'est assez difficile quand on porte un bonnet D. J'ai toujours été complexée à cause de la taille de mes seins et, j'ignore comment, Crosby l'a compris.

Il sourit, comme s'il était satisfait de ma réaction. Je ne sais absolument pas ce que j'ai fait pour provoquer sa colère, mais elle me poursuit depuis qu'Andrew nous a présentés. Si j'avais pu éviter ce garçon hargneux aux cheveux noirs ébouriffés et à la lèvre percée, je l'aurais fait dès notre première rencontre. Malheureusement, c'était impossible étant donné qu'Andrew et Crosby sont coéquipiers, amis et colocataires. Ils partagent un appartement en dehors du campus.

Au début, je me suis efforcée d'être aimable avec lui, en pensant qu'avec assez de temps et de gentillesse, son attitude finirait par s'adoucir et qu'il changerait son point de vue sur moi. Ça n'est jamais arrivé. Au contraire, il s'est montré encore plus dur. Une fois que j'ai compris que nous n'allions jamais chanter *Kumbaya* en chœur autour d'un feu de camp, j'ai commencé à l'éviter et à l'ignorer.

Même si Andrew et moi avons rompu il y a six mois, je croise toujours Crosby sur le campus et dans les soirées. D'accord, je pourrais fuir les joueurs de football américain, mais il est hors de question que je laisse l'un d'entre eux avoir une telle emprise sur ma vie. Cela dit, est-ce que l'un d'entre eux, sans compter Easton, me manquera une fois que je quitterai Western au printemps avec mon diplôme en poche ?

Non, pas du tout. Loin de là.

Je ne dis pas non plus que ce sont tous de pauvres types. Deux des coéquipières de Sasha sortent avec des footballeurs américains et ils ont l'air sympas. Mais en voyant la façon dont Andrew m'a traitée, je n'ai pas du tout envie de tomber dans un traquenard amoureux avec un autre sportif égocentrique. Beaucoup trop de filles à Western se jettent à leurs pieds. La plupart de celles qui ont couché avec Andrew étaient au courant qu'il avait une copine et n'en avaient rien à faire.

Zéro soutien entre filles.

Après que je l'ai largué, pas mal d'entre elles se sont empressées de raconter tous les détails croustillants. Tout ça pour ensuite clamer le *girl power* et la solidarité féminine. Ce n'était pas vraiment le cas quand elles se tapaient mon mec dans mon dos.

— Quoi ? demande-t-il en souriant. C'était un compliment. Tu devrais bien le prendre.

— Mais bien sûr, grogné-je. Rien de ce qui sort de ta bouche ne peut être interprété comme un compliment.

Il sourit de plus belle et le soleil fait briller le petit anneau d'argent placé au coin de sa lèvre. Sans m'en rendre compte, mon regard se pose sur le métal. Avec sa langue, il se met à jouer avec le bijou, et une détonation d'excitation explose entre mes jambes.

Le ton de sa voix baisse à mesure qu'il se rapproche.

— C'est ça que tu veux, McAdams ? Que je te dise des mots doux ? s'enquiert-il mielleusement.

Mon cœur s'emballe et mon attention se porte sur ses yeux. Une décharge électrique indésirable me parcourt l'échine. On pourrait penser, au vu de notre passé conflictuel, que l'énervement serait le seul sentiment qu'il pourrait provoquer en moi.

Mais en réalité, non.

Étrangement, Crosby est le seul homme sur ce campus capable de réveiller et attiser mes hormones. S'il existait un moyen d'étouffer l'attirance envahissante qui me traverse telle une coulée de lave, je le ferais sans hésiter.

Mais c'est impossible. Croyez-moi, j'ai déjà essayé. C'est précisément la raison pour laquelle je me donne tant de mal pour le fuir. J'aurais bien dit comme une chaude-pisse, mais…

On se rapprocherait un peu trop de la réalité.

Je me racle la gorge.

— Pas du tout.

Il réduit la distance qui nous sépare à tel point que je dois relever le menton pour soutenir son regard acéré. Je fais appel à tout mon sang-froid pour tenir bon au lieu de reculer vivement.

Le grésillement d'attirance qui parcourt mes veines est non seulement déconcertant, mais en plus il refuse de s'éteindre. Ses dents blanches brillent à la lumière du soleil et malheureusement, le petit anneau en métal capte à nouveau mon attention. Je n'ai jamais été tentée par les hommes percés. Ni par ceux aux caractères sombres et lunatiques.

Crosby est – et a toujours été – l'exception à la règle.

Lorsqu'il tend la main pour glisser un doigt le long de mon pull à capuche, je sors de l'étrange stupeur qui s'est emparée de moi et le repousse.

— Ne me touche pas, grogné-je en montrant les dents comme un chien enragé.

Il a de la chance que je ne lui arrache pas un morceau. Au moins, il y réfléchira à deux fois avant de s'en prendre à moi à l'avenir. Mais rien ne semble le décourager. Il aime me narguer.

Un lent sourire se dessine sur son visage alors qu'une lueur d'humour noir danse dans ses iris couleur d'encre.

Refusant de me laisser entraîner dans un accrochage verbal, je tourne les talons et me faufile dans la foule. Maintenant qu'Easton a capté l'attention de Sasha, il est peu probable qu'elle remarque mon départ soudain.

Je ne supporte Crosby Rhodes qu'à petites doses.

CHAPITRE 2

CROSBY

Je suis Brooke du regard alors qu'elle se faufile dans la foule pour s'éloigner de moi. Ses longs cheveux ondulés couleur caramel flottent sur ses épaules et tombent en cascade dans son dos tout en rebondissant. L'envie de tendre la main et d'enrouler une mèche épaisse autour de mes doigts résonne en moi comme un lourd coup de tambour. Je plaque les mains contre mon corps pour m'en empêcher.

Ai-je fantasmé en m'imaginant empoigner sa chevelure bouclée tout en plongeant au plus profond d'elle ?

Oh que oui !

Et même en ce moment, je m'efforce de contenir l'érection qui gonfle dans mon caleçon.

Aurait-elle mordu ma main si j'avais tenté de la toucher ?

Oui. J'ai risqué ma vie en effleurant simplement son pull. Cette fille me déteste de toutes ses forces. La plupart des filles sur ce campus se jettent à mes pieds et me supplient de leur accorder de l'attention alors qu'elles rêvent que je les saute.

Toutes sauf elle.

Comme par hasard.

J'ai passé l'année dernière à tout faire pour l'agacer, histoire qu'elle maintienne une distance saine entre nous. Surtout quand elle sortait avec mon colocataire, Andrew.

C'est une sorte de mécanisme de défense. Je ne dis pas que c'est la bonne solution, mais c'est vraiment nécessaire.

La seule fille de Western qui m'intéresse est justement celle que je ne peux pas avoir. Andrew a toujours un crush pour son ex. S'il le pouvait, il la convaincrait de lui accorder une nouvelle chance. Nous sommes amis depuis trop longtemps pour laisser une jolie fille avec de beaux seins s'immiscer entre nous.

Donc… s'il faut que je fasse quelques commentaires désagréables pour m'assurer qu'elle garde ses distances, alors je le ferai. Et à en juger par sa façon de me fusiller du regard d'un air dédaigneux, de me répondre et aussi de me montrer les dents, pas besoin d'être un génie pour comprendre que mon plan fonctionne à merveille. Dès que le moindre signe de culpabilité tente d'éclore en moi, je l'écrase avant même qu'il ne puisse prendre racine et causer des dégâts irréversibles.

Au moment où Brooke disparaît dans la foule d'étudiants, Easton passe son bras autour de mes épaules. Je lui jette un coup d'œil et il indique alors d'un geste de la tête le dernier endroit où j'ai aperçu Brooke avant qu'elle ne se volatilise.

— Je n'ai jamais vu une fille te détester autant. C'est plutôt drôle. Même si pour être honnête, tu es un vrai connard avec elle.

Il n'a pas tort. Il ne comprend simplement pas la logique derrière mon comportement envers elle. Et je n'ai pas non plus l'intention de l'éclairer sur le sujet.

Je hausse les épaules, faisant mine de n'en avoir rien à faire d'elle ou de ses sentiments.

— Et alors ?

— Et alors je pense qu'elle ne te ferait pas de bouche-à-bouche même si ta vie en dépendait.

Une fois de plus, il me faut étouffer les remords qui tentent de prendre racine en moi. Je préférerais éviter Brooke jusqu'à la remise des diplômes, mais c'est impossible. En plus, même si je déteste l'admettre, une petite partie de moi aime échanger des insultes avec elle et observer sa colère dirigée vers moi. Car pendant qu'elle se concentre sur moi, je n'ai pas à m'inquiéter de la voir avec quelqu'un d'autre.

Oui, je suis parfaitement conscient que mon comportement est tordu et malsain.

Je le comprends très bien. Mais je ne peux rien y faire. Ou devrais-je plutôt dire que je ne *veux* rien y faire.

Avant même que je puisse lui répondre, il poursuit :

— C'est quoi le problème entre vous deux de toute façon, hein ?

Je glisse une main dans mes cheveux.

Non… hors de question que j'admette la vérité.

Face à mon silence, il continue :

— En réalité, Brooke est vraiment une fille super gentille. Tu sais que ce qu'Andrew lui a fait subir était dégueulasse, n'est-ce pas ?

Bien sûr que je le sais. La question ne se pose même pas.

— Peut-être qu'elle savait ce qui se passait et que ça ne la dérangeait pas ?

Croyez-le ou non, certaines filles apprécient le statut de petite amie d'un des joueurs des Western Wildcats. Surtout quand le mec précisément a des chances d'être recruté en tant que joueur professionnel et de gagner des millions d'ici quelques années. C'est fou ce que ces filles sont prêtes à endurer. Tant que c'est avec elles qu'ils s'affichent en public, elles se fichent du reste. Ou du moins elles sont prêtes à laisser couler.

Est-ce que je crois vraiment que Brooke fait partie de ce genre de filles sans cœur ?

Non. Elle ignorait ce que cachait Andrew. On pouvait réellement ressentir sa douleur lorsqu'elle a découvert la vérité.

Il lève les yeux au ciel.

— Mais non, mec. Elle n'avait pas la moindre idée de ce qui se passait. Andrew est un véritable salaud d'avoir fait ça.

Je suis d'accord.

Voilà le problème : Andrew et moi nous connaissons depuis le CE2. On peut dire ce qu'on veut de lui, mais il m'a toujours soutenu. Je ne suis peut-être pas d'accord avec les décisions qu'il prend, mais je ne vais pas non plus mettre fin à notre amitié. Lorsque je me suis cassé la jambe en seconde, c'est lui qui m'a aidé à la rééduquer et qui m'a poussé à retourner sur le terrain alors que tout ce que je voulais, c'était m'apitoyer sur mon sort. Sans lui, qui sait ce qui se serait passé ? Peut-être que je ne serais pas à Western en train de jouer au football américain et que je n'aurais pas eu l'opportunité d'être recruté par les pros ce printemps.

Je dois beaucoup à Andrew et il mérite ma loyauté. Je ne veux pas gâcher notre amitié parce qu'il est connu pour prendre des décisions douteuses.

Avant qu'Easton ne puisse faire d'autres commentaires sur la situation, je dis :

— Allez, on y va.

Il hausse les sourcils jusqu'au ciel.

— Depuis quand tu t'inquiètes d'arriver à l'heure en cours ?

Ce n'est pas le cas. Ce qui m'importe, c'est de mettre fin à cette conversation.

— Depuis aujourd'hui.

CHAPITRE 3

BROOKE

— Tu es sûre que ça ne te dérange pas d'être ici ? demande Sasha alors que nous nous frayons un chemin au milieu de la foule présente chez les footballeurs.

Est-ce qu'elle plaisante ?

J'aimerais être n'importe où plutôt qu'ici. Je parie que je vais tomber sur les deux garçons que je n'ai surtout pas envie de croiser. Mais je refuse qu'ils m'empêchent de sortir avec mes amis et de m'amuser. Même si cela implique de serrer les dents et de tout le temps faire semblant.

Je placarde un sourire sur mon visage tout en espérant qu'elle y croira.

— Non, vraiment.

Elle scrute mon expression avant de glisser un bras sous le mien.

— Je sais que si. Je te promets qu'on ne restera pas longtemps. Il y a plein d'autres fêtes ce soir.

Ma colonne vertébrale se décrispe un peu et mes muscles se relâchent.

— Il y a beaucoup de monde. Peut-être que j'aurai de la chance et que je ne tomberai pas sur…

Ma voix s'interrompt lorsque mon regard se heurte à deux yeux bleus brillants.

Bordel.

Évidemment, mon ex est entouré de groupies qui se disputent son attention.

Lorsque j'ai aperçu Andrew sur le campus en première année, j'ai instantanément craqué. Il est blond, beau et grand, avec un corps sculpté par des années de musculation et de football américain.

Ce n'est qu'à la fin de la deuxième année qu'il m'a enfin remarquée. Nous avons commencé à parler et il m'a invitée à sortir. J'avais l'impression d'être la fille la plus chanceuse du monde. Ce type pouvait avoir toutes les filles qu'il voulait, et il choisissait de passer du temps avec moi.

Moi.

Ce qui est encore plus étonnant, c'est qu'Andrew n'avait pas la réputation de s'engager avec une seule fille. J'étais la première. Pour être honnête – j'avais l'impression d'être spéciale et j'en ai oublié les signes évidents qui se trouvaient juste sous mon nez. C'est logique, on ne se lance pas dans une relation sérieuse quand on est du genre à coucher à droite à gauche... pas vrai ?

Faux.

Au lieu d'accepter sa présence, je m'éloigne. Je n'ai vraiment pas envie de me laisser entraîner dans une conversation.

— Oh oh, murmure Sasha, le regard dirigé derrière moi, sujet en approche.

Génial. Et ça ne fait même pas cinq minutes qu'on est là.

Au moment où j'essaie de me frayer un chemin parmi la marée de fêtards, une main pesante se pose sur mon épaule et interrompt mes mouvements. Une seconde plus tard, quelqu'un me retourne.

— Salut bébé, dit Andrew en m'adressant un sourire charmant qui lui donne un air innocent.

Je pousse un soupir exaspéré.

— Je ne suis pas ton bébé.

— Oh, allez, ne réagis pas comme ça.

Il me tire vers lui et m'entoure de ses bras musclés et je me retrouve submergée par son odeur fraîche et citronnée. Il fut un temps où j'aurais fondu dans ses bras et me serais agrippée à son corps ciselé et puissant, sans jamais vouloir le lâcher.

Cette époque est révolue depuis longtemps.

Lorsqu'il effleure de ses lèvres le sommet de mon crâne, je me débats pour me libérer. Si je baisse ma garde, il s'accrochera à moi pour le reste de la nuit, et il sera impossible de m'en défaire. C'est déjà arrivé, et je n'ai pas envie de passer les deux prochaines heures à essayer de lui échapper.

Je pousse son torse jusqu'à ce qu'il me relâche. Puis je recule rapidement de deux pas. Une fois une distance suffisante installée entre nous, son regard glisse le long de mon corps.

— Tu es magnifique, comme d'habitude.

— Merci.

— Je t'en prie, bébé.

J'inspire régulièrement, espérant apaiser la tornade en moi.

— Andrew, on en a déjà parlé. Je ne suis pas ton bébé. Il faut que tu passes à autre chose.

Il tend la main et attrape mes doigts avant de les caresser. Son regard bleu se détache de ces derniers pour se poser sur mes yeux.

— Et si je n'ai pas envie de passer à autre chose ? Et si je voulais nous donner une nouvelle chance ? Allez, tu ne peux pas nier qu'on n'était pas mal ensemble.

Il est fou ou quoi ?

Bien sûr que non. Mais cela ne ferait qu'entraîner d'autres discussions, ce que j'essaie d'éviter.

Je préfère secouer la tête.

— On ne se remettra pas ensemble, répété-je. Pas après ce qui s'est passé.

Son corps bascule alors qu'il penche la tête.

— Je me suis déjà excusé un millier de fois. Pourquoi tu ne te contentes pas de me pardonner pour qu'on puisse passer à autre chose ?

Je suis à deux doigts de me justifier, mais je me retiens avant que les mots ne sortent de ma bouche. Ce n'est pas moi qui ai eu un comportement répréhensible. Et il a raison, il s'est excusé en boucle, mais ça ne change rien au fait qu'il m'a trompée. Plusieurs fois.

Au lieu de me laisser entraîner dans une discussion, je montre du doigt la cuisine à l'arrière de la maison.

— J'ai besoin d'un verre, *sûrement plus d'un*. Bonne soirée.

Avant qu'il ne puisse répondre, je me faufile entre les corps, voulant m'éloigner le plus possible de lui.

— Attends, s'écrie-t-il. Je t'accompagne !

— Non merci ! crié-je par-dessus mon épaule, espérant qu'il comprenne et qu'il passe enfin à autre chose.

Quoi ?

L'espoir fait vivre.

Je jette un coup d'œil à Sasha et réalise qu'elle s'est interposée entre Andrew et moi pour l'empêcher de me suivre. Et vous voyez, c'est exactement pour ça que je pourrai toujours compter sur elle. Si elle n'était pas déjà ma meilleure amie, elle le serait devenue grâce à ce sacrifice. Qui sait… peut-être qu'elle pourra lui faire entendre raison.

Mais c'est peu probable.

Je vais tuer quelques minutes en allant chercher un verre avant de revenir. Avec un peu de chance, Andrew aura disparu et je pourrai l'éviter pour le reste de la soirée. Je mets quelques minutes pour me rendre dans la cuisine avant de découvrir le fût de bière et de faire la queue.

Lorsque le garçon se trouvant devant moi se retourne, je cligne des yeux et constate qu'il s'agit de mon cousin, Ryder.

— Salut.

Je lui dis bonjour et le serre dans mes bras.

— Je suis surprise de te voir ici.

Ou devrais-je plutôt dire choquée.

Les joueurs de football américain et de hockey ne s'entendent pas très bien. Même si nous sommes tous censés faire partie de cette grande et heureuse famille de Western University, les deux équipes se disputent constamment le statut de meilleurs joueurs sur le campus.

— Tu peux me croire, moi non plus, ça ne m'emballe pas, grommelle-t-il en jetant un coup d'œil autour de la fête bondée. J'espère qu'on ne restera pas longtemps. On m'a traîné ici parce que la petite amie d'un de mes potes est la sœur d'un des joueurs de notre équipe.

On dirait bien qu'on est tous les deux coincés dans la même galère.

Mais au lieu de le lui confier, je glisse un bras sous le sien. Même si Ryder est mon cousin, en réalité il est plus comme un frère pour moi.

— Ça fait toujours plaisir de te voir. Comment vont tante Sadie et oncle Cal ?

Son expression s'adoucit.

— Ils vont bien. Tu devrais leur rendre visite. Tu leur manques. D'ailleurs, elle a fait des cookies pour toi il y a quelques semaines.

Je fronce les sourcils.

— Ah oui ? Je ne les ai jamais reçus.

Ses lèvres se courbent en un sourire tandis qu'il tapote son ventre plat.

— Je sais. Mais je lui ai dit que tu les avais trouvés délicieux.

Je souffle et lui donne un coup de poing sur le bras.

— Espèce de petit con.

Ce qui ne fait qu'accentuer son sourire.

— Je te tiendrai au courant la prochaine fois qu'on dînera tous ensemble.

— Cool.

Même si j'évite de voir ma propre mère, avec les parents de Ryder c'est tout l'inverse.

Nous discutons encore quelques minutes avant qu'assoiffé, il ne s'empare d'une bière et ne vide le verre d'un trait.

— Il est loin d'y avoir assez d'alcool pour atténuer le mal que m'inflige cette fête.

Avant que je puisse répondre, son regard s'assombrit.

— Tu n'es pas toute seule quand même ?

Je secoue la tête. Non, évidemment.

Il me prend pour une idiote ou quoi ?

— Non, Sasha est quelque part dans le coin.

Je ne lui précise pas qu'elle retient mon ex. Ryder n'a jamais vraiment été fan d'Andrew.

— Surtout, reste avec elle ce soir, d'accord ?

— Oui, t'inquiète.

Je l'embrasse sur la joue avant de le chasser. Je n'ai certainement pas besoin d'un chaperon.

Puis il disparaît, se frayant un chemin dans la marée d'étudiants. Même si pour être honnête, la plupart d'entre eux s'écartent de sa route. Ryder mesure plus d'un mètre quatre-vingt-dix et a de larges épaules. Qu'il se promène sur le campus ou qu'il patine sur la glace, personne ne veut se faire écraser par lui.

Une fois ma bière en main, je me retourne pour revenir sur mes pas. Avec un peu de chance, j'arriverai à retrouver Sasha sans tomber à nouveau sur mon ex.

Je ne fais qu'un pas avant de me heurter à un corps athlétique. Mon verre se renverse sur mon pull en crochet, et le tissu se plaque contre mes seins tandis que je perds l'équilibre et trébuche sur quelques marches. Des doigts forts s'agrippent autour de mes bras pour m'empêcher de chuter.

Je pousse un petit cri de surprise alors que la bière dégouline le long du lainage et goutte à mes pieds. Je lève la tête, mon regard se heurte à des yeux sombres et familiers.

Crosby.

Bien sûr, il fallait que ce soit lui.

Si j'avais su que cette soirée serait une telle catastrophe, je serais restée à la maison, j'aurais commandé une pizza et je me serais pelotonnée devant un bon film. Ou peut-être lu un livre. Au lieu de ça, me voilà ici. Face aux deux garçons en tête sur ma liste de problèmes. On dirait que l'univers me fait une blague.

Lorsqu'il baisse les yeux sur mes seins, mes mamelons se crispent sous l'intensité de son regard. Une vague de chaleur envahit mes joues alors que l'embarras me frappe de plein fouet. Je pourrais essayer de me convaincre que c'est à cause du liquide froid qui vient d'imbiber le devant de mon pull, mais au fond de moi, je sais que c'est un mensonge. Mon corps réagit sous ses prunelles ardentes.

Je me prépare à une remarque désobligeante. Au lieu de cela, il resserre la mâchoire et contracte les muscles de sa joue. Lorsqu'il relâche sa prise sur mes épaules, un petit soupir de soulagement m'échappe. Il est de courte durée, car ses doigts se referment autour de mon poignet avant qu'il ne m'entraîne à travers la cuisine bondée en direction de la salle à manger. La musique continue de résonner autour de nous dans la pénombre.

— Hé ! Lâche-moi !

Je marche d'un pas trébuchant tout en suivant son rythme et en essayant de dégager mon bras.

— Qu'est-ce que tu fais ?

— Je t'emmène à l'étage.

Euh… pardon ?

Hors de question.

Je ne veux aller nulle part avec ce mec.

Lorsque je tire une seconde fois sur mon bras pour tenter de me défaire de son emprise, sa poigne devient tyrannique et je grimace. La foule se rompt devant lui comme la mer Rouge et tente de s'écarter de son chemin. Je ne peux pas leur en vouloir. Si j'en avais la chance, j'essaierais moi aussi d'éviter le passage de Crosby. Trente secondes plus tard, il me conduit dans l'escalier. À chaque pas, mon cœur se déchaîne de plus en plus douloureusement contre ma cage thoracique, jusqu'à être à deux doigts d'exploser hors de ma poitrine.

— Crosby, grogné-je, continuant à me débattre alors que nous atteignons le palier du premier étage et que nous avançons d'un pas régulier dans le couloir.

Il passe devant deux portes fermées avant d'attraper la poignée de la troisième et de l'ouvrir d'un coup sec. Je suis venue ici assez de fois avec Sasha pour savoir qu'il s'agit de la chambre d'Easton. Il me pousse sur le seuil avant de claquer la porte derrière nous. Ce n'est qu'à ce moment-là qu'il me libère. Je trébuche en arrière, tentant de creuser suffisamment de distance entre nous. Mais quelle distance serait-elle suffisante ?

Je ne sais pas du tout.

C'est la première fois que nous nous retrouvons seuls.

D'un air méfiant, je me frotte le poignet et lui lance un regard noir, juste pour m'assurer qu'il a bien compris que je ne suis pas consentante pour ce qu'il pense être sur le point de se dérouler ici. Je le quitte des yeux suffisamment longtemps pour jeter un œil à mon poignet. J'ai l'impression que le contact de sa peau vient de brûler la mienne. Je suis presque étonnée de ne pas trouver de traces de brûlures.

Crosby et moi avons beau échanger des coups de gueule dès que nous sommes en présence l'un de l'autre, il n'a jamais posé ses mains sur moi.

Pas comme ça.

Cette pensée provoque une nouvelle onde de choc qui me submerge, la chair de poule surgit et parcourt ma peau.

Je baisse les sourcils et retrousse ma lèvre supérieure.

— C'est quoi ton problème ?

— Je n'ai pas de problème, répond-il calmement tandis que ses doigts saisissent l'ourlet de son tee-shirt marine avant de le faire glisser lentement le long de son corps et par-dessus sa tête.

Malgré le faible éclairage de la pièce, mes yeux s'écarquillent à la vue d'un torse nu ondulant de muscles bien développés.

La vache.

J'ai beau avoir passé beaucoup de temps à traîner dans l'appartement d'Andrew quand nous étions ensemble, je n'ai jamais eu l'occasion d'apercevoir Crosby torse nu. Un brouillard envahit mon esprit alors que ce spectacle rend ma bouche pâteuse. Pendant de longs moments de silence, les seuls sons que l'on peut entendre sont la musique sourde de la fête qui fait rage en bas et les battements de mon cœur qui martèlent méchamment mes oreilles.

— Tu aimes ce que tu vois ?

Sa voix semble provenir des profondeurs de l'océan. Elle s'insinue sous ma peau et chamboule mes entrailles avant de les tordre en un nœud douloureux.

Je n'ai pas besoin de jeter un coup d'œil à son visage pour comprendre qu'un sourire moqueur ourlera ses lèvres. Cette idée suffit à troubler la brume sexuelle qui obscurcit mon jugement. Une vague de chaleur inonde mon visage tandis que je fais glisser mon regard sur mes mains.

Beurk !

Je refuse que ce garçon perçoive combien il est capable de me toucher. Ce serait une erreur. Une erreur qu'il ne me laisserait jamais commettre.

Je me racle la gorge.

— Je m'en vais.

Je fais un pas timide vers la porte, sachant que je vais devoir le contourner puisqu'il la bloque.

Qu'est-ce qu'il va faire ?

Me piéger dans la pièce ?

Une bouffée d'excitation mêlée de peur explose en moi.

Ses lèvres se contractent et il change de position et empêche mes mouvements en éliminant toute possibilité d'évasion.

— Tu n'iras nulle part tant que tu n'auras pas enlevé ce pull.

Mes yeux s'écarquillent. J'ai dû mal entendre.

— Pardon ?

La question s'échappe de mes lèvres en un faible cri aigu.

Il penche la tête vers ma poitrine et son regard s'y fixe à nouveau. Une décharge de plaisir me traverse avant que je ne l'étouffe impitoyablement.

Pourquoi lui ?

Pourquoi mon corps réagit-il toujours comme ça ?

Cela n'a pas le moindre sens. Je ne supporte pas Crosby Rhodes. Et pourtant…

Ma libido fait ce que bon lui semble quand il s'agit de lui. C'est frustrant. D'autant plus que c'est un vrai con.

Je cligne des yeux pour revenir sur terre alors qu'il se dirige vers moi. À chacun de ses pas, l'intensité qui emplit la pièce augmente jusqu'à ce que tout l'oxygène ait l'air d'avoir disparu et qu'il devient comme impossible de respirer.

Une lueur s'allume dans ses prunelles.

— J'ai dit que tu n'irais nulle part tant que tu n'auras pas enlevé ton pull.

Même si je fais une tête de moins que lui, je me redresse.

Pour qui ce type se prend-il ?

Alors que j'ouvre la bouche pour l'envoyer balader loin d'ici, il m'ordonne :

— Baisse les yeux.

Décontenancée par l'injonction, je cligne à nouveau des yeux avant de les plisser. J'ai peur de ce qu'il fera si je détourne l'attention, ne serait-ce qu'un instant. Il continue de me fixer alors que je respire difficilement et que je me mordille l'intérieur de la lèvre inférieure.

— Bordel, grogne-t-il, arrête de me dévisager et regarde ton putain de pull.

Le ton sec de sa voix me pousse à baisser les yeux et je découvre alors le tissu fin couleur crème plaqué sur mes seins. Maintenant qu'il est trempé, il est pratiquement transparent. Non seulement le contour de mon soutien-gorge est parfaitement visible, mais les mamelons aux pointes sombres qui percent le tissu transparent le sont tout autant. Les yeux écarquillés, je sursaute et croise rapidement les bras sur ma poitrine. Si la chaleur emplissait mon visage il y a quelques minutes, j'ai maintenant l'impression de brûler de honte à l'intérieur.

Oh, mon Dieu.

Combien de personnes m'ont vue dans cet état ?

Un gémissement torturé franchit mes lèvres.

— C'est exactement pour ça qu'il faut que tu l'enlèves et que tu enfiles quelque chose d'autre, me répond-il.

Alors que je reste figée sur place, perdue dans le tumulte de mes propres pensées, il efface la distance qui nous sépare en deux grandes enjambées avant de mettre son tee-shirt dans ma main. Mon regard se pose sur son torse nu, et une décharge électrique indésirable grésille dans mes veines avant de s'installer dans mon intimité.

On peut dire ce que l'on veut de lui, mais il a un corps incroyable. Tout en muscles ondulants et aux veines apparentes. S'il était quelqu'un d'autre, je passerais mes mains sur ses pectoraux pour voir s'ils sont aussi durs et ciselés qu'ils en ont l'air. Mais mes doigts jouent machinalement avec le vêtement en coton pour se retenir. Je n'imagine pas sa réaction si je le touchais. Il ricanerait sûrement et me lancerait un commentaire acéré destiné à infliger le plus de dégâts possible.

Je sens déjà la brûlure de son regard fixé sur mon front et je me force à faire un pas en arrière. Il faut que je m'éloigne de quelques centimètres avant que cette situation ne devienne encore plus incontrôlable. Je cherche à tout prix à dissiper le brouillard qui envahit mon cerveau pour pouvoir réfléchir correctement.

— Tu n'es peut-être pas au courant, mais pour que ça marche, il faut d'abord que tu enlèves ton pull.

J'aspire un souffle d'air instable et m'efforce de retrouver mes repères. Difficile quand il se tient à quelques centimètres de moi. Contrairement à l'odeur citronnée d'Andrew, la sienne est plus boisée et plus masculine. Une fragrance fumée qui s'enroule sournoisement autour de moi et agresse mes sens. Je suis presque tentée d'inspirer une grande bouffée de lui et de la garder captive dans mes poumons.

Je m'efforce d'éclaircir à la fois ma gorge et ma tête.

— Tourne-toi.

— Pourquoi ?

Alors qu'il se rapproche, ses muscles fléchissent et se contractent.

— Je n'ai pas le droit de mater ta poitrine comme toi tu as maté mon torse ?

Un rire moqueur résonne dans sa voix grave.

— Tourne-toi, c'est tout, dis-je en perdant patience.

La facilité avec laquelle il peut embrouiller mes sens est irritante.

— Ce n'est pas comme si tu avais quelque chose que je n'ai jamais vu.

L'air reste emprisonné dans mes poumons alors qu'il envahit mon espace personnel. Je sens la chaleur qui irradie de son corps en vagues lourdes tandis qu'il murmure à mon oreille :

— Ni touché ou sucé.

Le grincement profond de sa voix fait exploser l'excitation au creux de mon ventre. En réalité, elle explose bien plus bas. Ma culotte devient de plus en plus humide au fil de notre discussion. Une quantité incroyable d'attirance grésille dans mes veines, à la recherche d'une échappatoire.

J'oscille vers lui avant de me rattraper.

— C'est possible, mais tu ne m'as jamais vue, et je préfère qu'on continue comme ça.

Son regard se pose sur mes bourgeons raidis et sa langue se glisse hors de sa bouche pour jouer avec l'anneau sur sa lèvre. Son regard s'intensifie, il fait basculer le métal d'avant en arrière jusqu'à ce que l'instant semble à deux doigts de se briser. Alors qu'une seconde de plus me paraît impossible à supporter, il recule et se détourne.

L'air s'échappe de mes poumons dans un élan de soulagement.

Lorsqu'il croise les bras sur sa poitrine, les muscles rainurés et noueux qui composent la large étendue de son dos se contractent. Son corps est un roc solide et affûté avec attention. Un mur d'acier impénétrable, de la taille de ses épaules à ses trapèzes, en passant par ses deltoïdes et ses *lats*.

Pourquoi faut-il que cet abruti soit aussi beau ?

Si grand et si puissant.

Et son piercing à la lèvre…

Un frisson réticent me parcourt avant de s'installer comme une douleur vive entre mes jambes.

J'enfile la tête dans l'encolure du tee-shirt avant de forcer mes bras à passer par les manches et de faire glisser le vêtement le long de mon corps. Il est un peu trop grand, mais c'est mieux que le pull froid et humide que je portais. Alors que le tissu s'ajuste autour de mon corps, je me retrouve à nouveau submergée par son odeur masculine. Incapable de résister, je porte le coton doux à mon nez et inspire une nouvelle bouffée.

Refusant qu'il me surprenne, je relâche le tissu et le lisse juste au moment où il se retourne. Tout en moi s'interrompt alors qu'il m'observe de haut en bas. Me voilà tel un lapin figé sur place tandis qu'un prédateur décide de faire de moi son délicieux repas. Et je ne peux rien y faire.

Entre mon instinct de conservation et nos querelles passées, je m'attends à l'inattendu. Mais au contraire, il se dirige vers la commode, ouvre un tiroir, attrape un tee-shirt bordeaux et couvre son torse.

Ce n'est qu'à ce moment-là qu'il jette un coup d'œil par-dessus son épaule et croise mon regard.

— Tu es prête, on peut y aller ?

Prête comme jamais.

Je hoche la tête et passe devant lui en allant vers la porte avant de l'arracher pratiquement de ses gonds. C'est tellement plus facile de respirer dans le couloir. L'air n'est pas aussi lourd et oppressant qu'à l'intérieur de la pièce. Mon cœur bat douloureusement la chamade tandis que je dévale l'escalier.

Quelle que soit la vitesse à laquelle je me déplace, je me sens mal à l'aise face à la présence intimidante de Crosby qui me traque silencieusement.

Alors que je rejoins la foule, mes pieds trébuchent et je réalise soudain qu'il aurait pu facilement me donner un tee-shirt rangé dans la commode. Au lieu de cela, je porte celui qu'il avait sur le dos.

CHAPITRE 4

CROSBY

$\mathcal{M}$on attention reste rivée sur la fille aux longs cheveux caramel qui se tient de l'autre côté du salon. Celle-là même qui porte maintenant mon tee-shirt. Bizarrement, j'ai l'impression de l'avoir marquée comme mienne et qu'elle m'appartient désormais.

Brooke aurait quelque chose à redire, c'est certain.

Et ce serait loin d'être positif.

L'idée suffit à faire tressaillir mes lèvres. Je ne devrais peut-être pas prendre un plaisir aussi pervers à l'énerver, mais je ne peux pas m'en empêcher. C'est trop facile. Quelques commentaires judicieusement placés et elle s'enflamme comme un brasier.

J'aime son visage lorsqu'elle est en colère. Ses yeux s'illuminent de fureur alors que les coins de sa bouche s'affaissent. Parfois, je me demande si je ne l'ai pas poussée trop loin et si elle ne va pas me déchiqueter, et parfois une étrange énergie combustible remplit l'atmosphère et mon membre se raidit tandis que mon cerveau se vide de tout son sang.

— Salut, Crosby.

Je reviens au présent en clignant des yeux et je me rends compte que Shandi Miller s'est approchée de moi alors que je n'y prêtais pas attention. Avec un sourire complice, elle pose ses deux paumes sur mon torse avant de les faire glisser jusqu'à la ceinture de mon jean.

— Salut. Ça va ?

Le regard fixé sur elle, je porte la bouteille de bière à mes lèvres et en bois une longue gorgée.

Ses yeux très maquillés se plissent et un sourire narquois se dessine sur ses lèvres.

— Mieux maintenant que je t'ai trouvé.

Sa voix n'est rien d'autre qu'un ronronnement résonnant de la promesse d'un plaisir suffisamment intense pour vous faire loucher.

Elle se rapproche de moi jusqu'à ce que je sente la pointe de ses mamelons contre moi. Le petit corps bien moulé de Shandi ne révèle pas la moindre once de timidité. C'est une fille qui sait ce qu'elle veut et qui le fait avec une détermination sans faille. On ne peut que respecter une femme comme elle. J'imagine qu'elle est à la recherche d'une partie de jambes en l'air. Comme elle appartient au groupe de filles avec qui je couche régulièrement, d'habitude je serais partant pour quelques heures de plaisir sans attaches.

Mais pas ce soir.

Ce soir, je ne pense qu'à la fille aux courbes généreuses qui m'ignore ostensiblement de l'autre côté de la pièce. Même si je sais qu'il ne peut rien y avoir entre nous, cela ne m'empêche pas de la désirer.

De désirer ce qui ne sera jamais à moi.

Je repense au début de la soirée, lorsqu'elle m'a percuté, renversant son verre sur son pull. Le liquide doré avait rendu le tissu délicat pratiquement transparent avant de se plaquer sur sa poitrine comme une seconde peau.

J'ai passé des années à fantasmer sur l'aspect de ses seins sous ses vêtements. Maintenant, j'ai une image à garder pour plus tard. Malheureusement, je n'étais pas le seul à prendre des clichés mentaux. Du coin de l'œil, j'ai vu quelques garçons faire des doubles prises, la lorgnant avec des regards affamés. Incapable de supporter l'idée d'une bande de branleurs bavant sur elle, j'ai attrapé sa main et l'ai entraînée à travers l'escalier jusqu'à la chambre d'Easton. Est-ce que j'aurais pu lui donner un de ses tee-shirts pour le reste de la soirée ?

Bien sûr.

Au lieu de cela, j'ai enlevé mon propre tee-shirt avant de la forcer à l'enfiler. Même s'il est trop grand de quelques tailles et qu'il l'engloutit, j'aime l'allure qu'il lui confère. L'idée qu'un de mes vêtements soit enroulé autour de son corps me procure de l'effet.

— Oh ? dis-je, à moitié distrait alors que mon attention se porte à nouveau sur Brooke.

Et sur le mec en train de lui parler.

C'est quoi ce bordel ?

Shandi me frôle, tentant de regagner mon intérêt.

— Je me disais qu'on pourrait s'éclipser. Peut-être aller chez toi quelques heures.

Mes sourcils se froncent tandis que le garçon se rapproche avant de saisir une épaisse mèche de ses cheveux et de la faire tourner autour de son doigt.

Je sais exactement quel genre de pensées cochonnes s'agitent dans la tête de ce connard, et ça n'arrivera pas. Je vais m'en assurer.

— Crosby ?

Mon regard se porte à nouveau sur la blonde qui me fixe. Si mon objectif principal est de me mettre à poil et de profiter de quelques heures de plaisir sans réfléchir, cette fille est la candidate parfaite.

— Quoi ?

L'irritation marque ses jolis traits.

— Tu veux qu'on s'en aille ?

— Non. Pas maintenant.

Elle cligne des yeux avant de froncer les sourcils.

— Vraiment ?

L'incrédulité se fraye un chemin dans sa voix.

Je secoue la tête et mon attention se porte à nouveau sur Brooke et le connard qui tente de la draguer. Même dans un tee-shirt trop grand, elle suscite toujours l'intérêt des hommes.

Pendant quelques secondes, nous restons tous les deux silencieux. Shandi semble déstabilisée par la tournure soudaine des événements.

C'est la première fois que je la rejette. En ce qui concerne le sexe, cette fille est parfaite. Elle est consciente qu'une heure ou deux de galipettes sous la couette n'équivaut pas à une relation. Elle est aussi consciente que je vais coucher avec d'autres filles et qu'elle est libre de faire de même. J'ai découvert que Shandi aime l'action entre filles et qu'elle n'est pas novice dans les plans à trois.

Alors, oui…

Aucun mec avec le feu aux fesses et aux idées claires ne la repousserait.

Beaucoup de filles jurent être d'accord avec les aventures d'un soir, mais très peu d'entre elles le pensent vraiment. Je me suis fait avoir plusieurs fois. C'est pourquoi je fais attention à qui je mets dans mon lit, et c'est exactement pour cela que les groupies qui traînent dans la résidence des footballeurs sont mon premier choix. Difficile de prétendre que c'est le début d'une histoire magnifique quand on a écarté les jambes pour la moitié de l'équipe de football américain et que l'on compte bien recommencer.

Si j'étais intelligent, j'accepterais l'offre de la blonde nubile. Un bon orgasme pourrait m'aider à chasser Brooke de ma tête. Je ferais mieux de ne pas songer à elle. Mais… coucher avec une fille alors que je n'arrête pas de penser à une autre ne sert à rien. J'ai déjà tenté cet exploit, et ça ne marche pas. Je finis généralement avec un vague sentiment d'insatisfaction et de regret. Il vaut mieux que je rentre chez moi et que je me caresse en pensant à elle.

C'est vraiment pathétique.

Je me racle la gorge et m'écarte un peu.

— Désolé, je ne suis pas d'humeur.

Ce qui est aussi une première pour moi.

Elle recule comme si je lui avais donné un coup de poing magistral.

— Tu es sérieux ?

— Oui.

Malheureusement.

— D'accord.

Elle enlève ses mains de mon corps et fait un pas en arrière.

— Viens me voir si tu changes d'avis.

— D'accord.

Dès qu'elle tourne les talons, je m'élance vers Brooke et le crétin qui semble croire qu'il va lui mettre le grappin dessus ce soir. Tel un soldat en mission, je traverse la pièce jusqu'à ce que quelqu'un se place devant moi et me bloque le passage. Mon regard irrité se pose sur lui.

Andrew.

Bordel de merde. Comment ai-je pu l'oublier ?

— Salut, dit-il, l'œil un peu vide.

Quand je lui relève le menton du bout du doigt, il fronce les sourcils avant de lorgner par-dessus son épaule en direction de son ex-copine.

— Pourquoi Brooke porte ton tee-shirt ?

Ses paroles sont toutes confuses, ce qui est normal pour un samedi soir. Il se démène sur le terrain, mais il aime jouer encore plus au dur en dehors. Et il est loin d'être le seul de mes coéquipiers à avoir cette mentalité.

— Elle a renversé un verre sur son pull, alors je lui ai donné le mien. Ce n'est rien, ajouté-je, espérant que nous pourrons mettre fin à la conversation.

Il me cherche des yeux, soutient mon regard pendant un instant désagréable avant de préciser :

— Tu sais qu'elle sera toujours ma copine, pas vrai ?

Mes épaules s'affaissent.

— Oui.

Surtout parce qu'il me le rappelle en boucle.

Il fait quelques pas en titubant avant de porter le verre à ses lèvres et d'en engloutir la moitié. Après un renvoi, il se frotte la bouche avec le dos de sa main.

— Tu crois que je devrais encore lui parler ?

Dans cet état ?

— Ce n'est peut-être pas une bonne idée.

Il grogne et se retourne pour la fixer du regard.

— Pourquoi elle refuse de me pardonner ?

J'expire une bouffée d'exaspération.

— Parce que tu as couché avec d'autres filles dans son dos.

Il fait un geste de la main.

— Et alors ? Il y a plein de mecs qui le font. C'est si grave que ça ?

Je jette un coup d'œil à la fille en question, qui glisse une mèche de cheveux derrière son oreille.

— Oui, je crois que pour elle ça l'était.

Portant le gobelet à sa bouche, il en tapote le fond alors qu'il se rend compte que ce dernier est vide. Il grogne et se dirige vers la cuisine en titubant, sans prononcer un mot de plus. J'observe Brooke et constate qu'un sourire ourle ses lèvres tandis qu'elle flirte avec ce mec. Au bout de quelques instants, ses yeux se posent sur les miens. Lorsque nos regards se croisent, le bonheur qui inondait son visage s'évanouit et elle m'ignore rapidement. Son attention se porte à nouveau sur l'abruti avec qui elle parle. Mais cette fois, son sourire semble plus forcé qu'auparavant.

Même si j'ai eu l'intention de me précipiter pour mettre fin à leur petit flirt, je reviens sur ma décision.

À quoi cela servirait-il ?

Je ne ferais jamais rien qui concerne Brooke McAdams.

Je ne peux pas.

Elle n'est pas à moi.

Et elle ne le sera jamais.

CHAPITRE 5

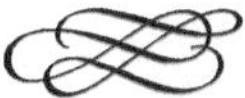

CROSBY

— Allez, abruti, grommelé-je en traînant à moitié Andrew jusqu'à la porte de notre appartement.

J'aurais plutôt dû le laisser dormir à la fête.

Il marmonne quelque chose d'indéchiffrable avant de tituber dans la petite entrée, de passer devant la cuisine sombre et d'arriver dans le salon où il s'affale sur le canapé sur lequel il atterrit avec un fracas sourd.

Je ne peux m'empêcher de secouer la tête avec dégoût.

Ce comportement d'ivrogne pouvait être acceptable quand nous avions 18 ans, que nous étions étudiants en première année et que nous vivions seuls pour la première fois. Cependant, ce n'est plus le cas. Nous sommes en dernière année, à un semestre de la fin de nos études, et il continue à faire les mêmes conneries. Ce mec se défonce et se ridiculise tous les samedis soir sans exception. Je n'aurais jamais pensé dire ça un jour, mais ça me fatigue.

Je claque la porte de l'appartement et le suis à contrecœur dans le salon avant de m'asseoir sur le fauteuil. Il est plus de 2 heures du matin. Je suis épuisé et je souhaite me coucher. Le problème, c'est que je n'ai pas envie qu'il s'étouffe dans son propre vomi.

Je sors mon téléphone de ma poche arrière et fais défiler quelques notifications avant de le jeter sur la table basse pour examiner la situation. Au moins, il s'est endormi sur le ventre. Si je me souviens bien, il ne peut pas s'asphyxier dans son propre vomi s'il n'est pas sur le dos. Ou est-ce l'inverse ?

J'aurais peut-être dû être plus attentif pendant les séminaires obligatoires que nous avons dû suivre en première année.

Je jette un coup d'œil à Andrew qui ronfle doucement, la bouche ouverte, avant de souffler et de me lever, prêt à me coucher. Je ne peux pas faire grand-chose d'autre pour lui. Je n'ai même pas le temps de faire deux pas que ses paupières s'ouvrent et qu'il se retourne sur le dos avant de sortir son téléphone de sa poche et de le fixer du regard.

Il touche l'écran avant de le presser contre son oreille. Un moment de silence s'écoule avant qu'il ne murmure :

— Non, mais t'y crois à ça ? Elle m'a bloqué.

Je n'ai aucun doute sur l'identité de la *elle* en question.

— Ça ne m'étonne pas.

— Mais je l'aime, gémit-il en tapant violemment son écran pour mettre fin à l'appel.

Je me frotte le visage de fatigue. J'ai les yeux qui brûlent.

— Alors tu n'aurais peut-être pas dû la tromper, murmuré-je pour la deuxième fois de la soirée.

Ni lui transmettre une MST.

Ça se soigne, mais quand même…

Je doute que ce soit le problème le plus important sur terre.

— Je ne réalisais pas la chance que j'avais d'être avec elle avant qu'elle parte.

Ah oui, en effet… c'est dur. Il n'existe aucun moyen de revenir en arrière et d'arranger la situation.

Même si je n'ai jamais exprimé ces pensées à voix haute, je ne comprends pas comment il a pu tromper Brooke. Cette fille est parfaite. Elle a tout ce qu'il faut : elle est belle, elle est intelligente et elle a une personnalité incroyable. Une combinaison mortelle capable de mettre un homme à genoux.

Au début, je me suis demandé si elle était au courant de la situation et si elle avait simplement choisi de fermer les yeux. On pouvait facilement la prendre de haut et la ranger dans la même catégorie que toutes ces chasseuses de maillots.

Au bout de quelques mois, des petits commentaires par-ci, par-là m'ont fait comprendre qu'elle ne savait pas du tout ce qui se passait. Je l'ai alors détestée d'être assez bête pour refuser de voir ce qui se déroulait sous ses yeux. Ce n'est qu'avec le recul que je me suis rendu compte qu'il me fallait une vraie raison pour la détester et que je m'accrochais aveuglément à n'importe quelle excuse.

— Tu crois qu'elle finira par changer d'avis ? demande-t-il, la voix traînante.

— Il y a peu de chance.

Il gémit et je me retourne afin de me diriger vers la cuisine pour prendre deux bouteilles d'eau. Il va en avoir besoin. Surtout que je n'ai pas envie de répondre à d'autres questions concernant son ex. Andrew doit passer à autre chose. C'est comme s'il lui en voulait de l'avoir laissé tomber comme un chien.

Une fois revenu dans le salon, je le trouve assis, mon mobile à la main.

Je fronce les sourcils.

— Mais qu'est-ce que tu fais ?

Il me jette un coup d'œil avant de fixer le portable des yeux.

— Toi, elle ne t'a pas bloqué, alors je vais l'appeler de ton téléphone.

— Quoi ? Pas question !

Ce mec me gonfle. Il n'abandonne jamais. Elle va finir par demander une ordonnance restrictive s'il n'arrête pas ses conneries. Et je la comprendrai.

Je lâche les bouteilles sur la chaise, me précipite de l'autre côté de la table basse, et lui arrache le petit appareil des mains. On commence à se disputer alors que la voix endormie de Brooke résonne à l'autre bout de la ligne.

— Allô ?

Eh merde !

— Allô ? demande-t-elle alors que sa voix rauque prend un ton plus alerte. C'est qui ?

Je m'éloigne avant de raccrocher et de m'affaler sur le canapé à côté de lui.

— C'est quoi ce bordel, mec ?

Quel enfoiré d'abruti !

En guise de réponse, Andrew me regarde avec des yeux tristes de chien battu. Ça marche peut-être avec les filles du campus, mais pas avec moi.

— Je voulais juste entendre le son de sa voix, dit-il en basculant la tête sur le coussin tout en fermant les paupières. Elle a la chatte la plus douce que j'aie jamais baisée, poursuit-il avant de s'interrompre. Sa chatte me manque.

Un nœud douloureux se forme au creux de mon ventre. S'il y a bien un truc auquel je n'ai pas envie de penser, c'est à eux deux faisant l'amour. Ou encore à toutes ces nuits où elle a dormi chez nous. Les grognements et les bruits qui résonnaient de l'autre côté du couloir. Je restais éveillé à fixer le plafond tout en essayant de ne pas songer à ce qu'ils étaient en train de faire. Chaque fois que Brooke était dans les parages, je buvais quelques verres et j'envoyais un message à une fille au hasard pour qu'elle vienne, en espérant que cela suffirait à me calmer.

Est-ce que ça marchait ?

Non.

Je savais bien ce qui se passait. C'était impossible de ne pas y penser. Impossible de ne pas admettre mon irrépressible envie de coucher avec elle et de m'endormir avec elle blottie contre moi.

— Je vais me coucher, grogné-je en m'éloignant du canapé.

Dès que je me lève, Andrew s'écroule. Un ronflement s'échappe de sa gorge avant même que sa tête ne touche le coussin.

Il est carrément pénible.

Au moment où je franchis le seuil de ma chambre, un message s'affiche sur l'écran de mon téléphone.

Vous m'avez appelée ?

Je regarde fixement la question et réfléchis aux choix qui s'offrent à moi. L'ignorer ou…

Désolé. Mauvais numéro.

Voilà. Ça devrait suffire.

Parce qu'il existe vraiment de mauvais numéros ?

Un léger sourire se dessine au coin de mes lèvres et je secoue la tête. Brooke ne réagirait pas comme ça si elle savait avec qui elle échange des SMS.

C'est une question plutôt philosophique pour y répondre à 3 heures du matin, vous ne trouvez pas ?

Au lieu de rebondir, elle répond par :

Est-ce que la situation actuelle constitue une discussion philosophique ? Parce que si c'est le cas, c'est vraiment triste.

Il n'en faut pas plus pour que le sourire timide qui étire mes lèvres se transforme en un véritable rictus. Je m'empresse de lui répondre :

Le monde tel qu'on le connaît est vraiment en piteux état.

Je m'affale sur le matelas tout en focalisant mon attention sur mon téléphone, impatient de recevoir un nouveau message.

Je suis d'accord.

Elle ajoute trois emojis qui rient avant de poser la question tant redoutée :

Comment vous vous appelez ? Est-ce qu'on se connaît ?

Je glisse une main dans mes cheveux et envisage de mettre le portable sur ma table de nuit et d'ignorer les questions. Dire la vérité à Brooke est inconcevable. Ça ne ferait que lui donner encore plus de raisons de me détester. En plus, elle saurait que son ex a encore essayé de la joindre.

Avant que je ne puisse y réfléchir, mes doigts volent sur le clavier miniature.

Je ne sais pas. Qui êtes-vous ?

Une partie de moi se demande si elle prendra la peine d'être honnête. De son côté, il ne s'agit que d'un appel au hasard, et nous ne nous connaissons pas.

Moi, c'est Brooke. Je suis en dernière année à Western University.

Punaise. C'était inattendu. Mais quand même, admettre la vérité ne sert à rien. Elle se retournerait contre moi. Et elle me déteste déjà assez comme ça. Pas besoin d'ajouter de l'huile sur le feu.

Quelle coïncidence ! Moi aussi.

J'évite la question principale, en espérant qu'elle ne le remarquera pas.

Mais vous ne m'avez pas dit votre prénom.

Eh merde.

Que faire ?

Que faire ?

Je jette un coup d'œil dans la chambre jusqu'à ce que mon regard tombe sur une lettre officielle de l'université qui gît à moitié ouverte sur la table de nuit.

Elle est adressée à Crosby C. Rhodes.

Crosby Christopher Rhodes.

Chris.

L'air reste bloqué dans ma gorge lorsque j'appuie sur la flèche verte d'envoi. Un long moment d'hésitation s'écoule avant que trois petites bulles n'apparaissent à l'écran.

Euhhh. Je ne connais personne qui s'appelle Chris.

Je lui offre un infime fragment de vérité, pour ne pas avoir l'impression d'être un gros menteur. Mais encore une fois, qu'est-ce que ça peut bien faire ? Nous échangeons des messages pendant quelques minutes avant que la conversation ne s'essouffle et que nous nous quittions. Demain matin, nous aurons tous les deux oublié cet échange et nous passerons à autre chose.

Je ne sors pas beaucoup. Je suis étudiant en ingénierie mécanique et je croule généralement sous une tonne de devoirs.

INTÉRESSANT. J'étudie le marketing dans le domaine de la mode. On est à l'opposé l'un de l'autre et pourtant on suit nos cours dans le même bâtiment.

C'est vrai.

On différencie toujours les étudiants en mode de ceux en ingénierie qui portent des étuis de poche et qui n'ont pas l'air à leur place dans la foule.

Bon, allez...

Ce petit échange a assez duré. Je ne fais que prolonger l'inévitable et creuser encore plus ma tombe. Au lieu de répondre, je jette le téléphone sur le chevet et j'enlève mon tee-shirt et mon jean avant de me glisser sous les couvertures. Pour faire bonne mesure, je me tourne sur le côté, face au mur, pour ne pas être tenté de saisir le portable.

Je ferme les paupières lorsque le petit appareil émet un bip.

Non, je vais résister. Je vais résister. Je vais…

Moins de dix secondes plus tard, je me retourne et l'arrache de la table de nuit.

Bordel.

CHAPITRE 6

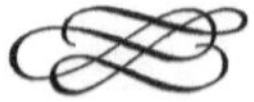

BROOKE

Mes paupières s'ouvrent lorsque l'on frappe à la porte de ma chambre. Mes mots inintelligibles doivent résonner assez fort pour que Sasha les entende, car elle pousse l'épaisse porte en bois et jette un coup d'œil à l'intérieur de ma chambre.

— Salut, tu es réveillée ?

— Non. Va-t'en. Je dors encore.

Mais au lieu de partir, elle entre dans la pièce et des effluves de sirop d'érable et de beurre chaud viennent chatouiller mes narines. J'ouvre davantage les yeux et aperçois une pile de pancakes fraîchement préparés.

Avec un gémissement, je me redresse pour m'asseoir et écarte mes cheveux de mon visage.

— Oh punaise, ça sent super bon.

Elle agite la main devant elle jusqu'à ce que l'odeur alléchante pénètre mes sens et que mon ventre gronde.

— Je les ai faits rien que pour toi ! s'exclame-t-elle.

Dès qu'elle me tend l'assiette, j'attaque la pile. Le petit déjeuner est sans conteste l'un de mes repas préférés de la journée. Surtout quand ce n'est pas moi qui le prépare. Sasha a toujours été une lève-tôt, et elle adore s'affairer dans la petite cuisine. Même si, avec le foot et les cours, elle n'a pas beaucoup de temps libre pour le faire. Mais lorsqu'elle le fait, je l'apprécie généralement à sa juste valeur.

Alors que j'enfourne une bouchée sucrée, elle s'installe sur le bord de mon lit.

— Tu sais qu'il est 10 heures, n'est-ce pas ?

Mes yeux s'écarquillent tandis que ma fourchette s'arrête à mi-chemin de ma bouche.

— Sérieusement ?

Elle acquiesce.

— J'ai vérifié plusieurs fois que tu respirais encore.

Je souris et dévore une autre bouchée.

— Tu es une amie en or, dis-je en avalant un morceau de pancake.

Elle secoue la tête et plisse les yeux.

— Je suis désolée, je n'ai pas compris, dit-elle en claquant la langue plusieurs fois. Qu'est-ce que dirait Elaine si elle t'entendait parler la bouche pleine ?

J'ai envie de lui tirer la langue, mais ce serait sûrement dégoûtant. Après tout, c'est elle qui m'a préparé le petit déjeuner. Alors je laisse son commentaire glisser sans y réagir.

Une fois ma bouchée engloutie, je lui dis :

— On sait toutes les deux que ma mère serait horrifiée par mon manque de savoir-vivre.

Beurk ! J'ai tout sauf envie de parler d'Elaine dès le réveil. Pour être honnête, j'essaie de ne pas penser à elle, sauf en cas d'absolue nécessité.

— Elle te ferait certainement suivre un cours de remise à niveau sur l'étiquette.

Elle n'a pas tort.

— Pourquoi tu somnoles autant ce matin ? On est rentrées toutes les deux à la même heure hier soir, mais je suis presque sûre que je me suis couchée plus tard que toi, remarque-t-elle en fronçant les sourcils. Si tu vois ce que je veux dire…

Je lève les yeux au ciel.

— Oui, j'ai entendu.

Ma meilleure amie est généralement mortifiée lorsque je mentionne le niveau de décibels de leurs petites sessions de galipettes. Cette fois-ci, elle sourit et paraît aussi fière qu'un paon.

Plutôt que de me plonger dans ses aventures sexuelles, ce qui ne ferait que me déprimer puisque je n'ai connu aucune histoire depuis Andrew, je lui confie :

— En fait, j'ai échangé des messages jusqu'à 5 heures ce matin.

— Ohhhh.

Son regard s'agrandit et elle se frotte les mains. Une expression rêveuse s'installe sur son visage.

— Attends… ne me dis rien. Laisse-moi deviner.

Un moment de silence s'écoule tandis qu'elle fixe le plafond en plissant les yeux.

— C'est Sig Delt, le beau gosse avec qui je t'ai vue parler ? Pour info, il ne t'a pas quittée des yeux.

Sa main se faufile pour me gifler le bras.

— Aïe !

Je grimace. Sasha fait de la musculation et elle est capable d'infliger de gros dégâts quand elle le veut. Cela fait des années que je reçois ses coups de poing enjoués. Qui ne sont pas toujours aussi enjoués.

— Tu as failli faire tomber mon assiette.

— Pourquoi tu ne me l'as pas dit sur le chemin du retour ?

Je hausse les sourcils.

— D'abord, parce que ce n'est pas ce mec. Et deuxièmement, tu étais tellement occupée avec ta salade de langue sur la banquette arrière que tu n'aurais rien entendu de ce que j'ai dit.

Une vague de rougeur envahit ses joues.

— Ce n'était pas une *salade de langue*.

— Oh que si !

Je me souviens clairement m'être dit qu'il était fort possible qu'il lui arrache les amygdales.

Elle balaie mon observation d'un revers de main avant de reprendre la conversation sur le sujet qui nous préoccupe.

— Si ce n'est pas le mec de la fraternité, alors avec qui as-tu passé toute la nuit à échanger des SMS ?

Maintenant que j'ai englouti la moitié de la pile de pancakes et que mon ventre est plein, je pose l'assiette sur la table de chevet et me réinstalle contre les oreillers.

— Il s'appelle Chris, lui dis-je sans être certaine de ce que je peux lui dévoiler.

Toute cette histoire est complètement folle.

— Chris ?

Elle fronce les sourcils tout en pinçant les lèvres et en se creusant les méninges.

— Celui dans l'équipe de natation ?

— Non, je ne crois pas que c'est un nageur.

Elle change de position.

— Tu l'as rencontré à la fête d'hier soir ou ailleurs ?

Mes dents s'enfoncent dans ma lèvre inférieure avant de l'écorcher.

Devant mon silence, elle fait un geste fébrile de la main.

— Allez, dis-moi. Je meurs d'impatience.

— Je ne l'ai pas vraiment rencontré… pour l'instant.

— Je ne comprends pas.

Avant que je puisse répondre, elle gémit :

— S'il te plaît, dis-moi que ce n'est pas quelqu'un que tu as rencontré sur une application. Je croyais que tu avais désactivé ton profil après que le dernier mec t'a envoyé un tas de photos de sa queue.

Elle fronce les sourcils.

— En plus, elles n'étaient même pas si impressionnantes.

Bref… on ne va pas parler de cette histoire merdique.

— Je n'ai utilisé aucune application de rencontres.

— Alors, explique-moi comment tu peux parler à quelqu'un que tu n'as pas encore rencontré. C'était un faux numéro ? demande-t-elle en riant.

Un coup d'œil dans ma direction suffit à faire disparaître l'hilarité de ses lèvres. Elle écarquille alors les yeux au point de donner l'impression qu'ils sont sur le point de lui sortir des orbites.

— Je n'y crois pas, tu parles avec un faux numéro ?

Je souffle et hausse les épaules.

— Oui. De fil en aiguille, on a fini par s'envoyer des SMS pendant deux heures et demie.

Alors qu'elle reste sans voix et qu'une expression inquiète s'installe sur ses jolis traits, je me racle la gorge et ajoute précipitamment :

— Je ne pense pas que ça ira plus loin.

— Tu ne penses pas ?

Je secoue la tête, n'ayant plus envie de discuter de la situation. Je me suis endormie hier soir avec le sourire. De toutes les personnes avec lesquelles j'ai parlé à la fête, c'est la conversation que j'ai le plus appréciée. Et tout s'était passé par SMS. Nous avons tout de suite eu un déclic.

— D'accord, dit-elle avant de se lever de mon lit, d'attraper mon assiette sur la table de nuit et de se diriger vers le couloir. Préviens-moi quand tu voudras faire quelques courses, les placards sont vides, conclut-elle en sortant.

Je me blottis dans les couvertures avant de saisir mon téléphone et de faire défiler nos messages. Il y en a tellement. C'est drôle, je ne sais pas du tout à quoi il ressemble, mais nous avons discuté de beaucoup de sujets différents et, bizarrement, j'ai l'impression d'avoir appris à le connaître. Ce que j'ai découvert me donne envie d'en savoir plus. En réalisant qu'il ne s'agissait que d'une histoire sans lendemain, un noyau de tristesse s'épanouit en moi. Je le fais disparaître avant qu'il ne puisse s'enraciner.

C'était un faux numéro, rien de plus. Honnêtement, nous n'avons aucune raison d'échanger de nouveau des messages un jour.

Juste au moment où je rabats les couvertures, prête à me rendre dans la salle de bains, mon téléphone sonne indiquant un nouveau texto.

Salut. Bien dormi ?

Un sourire se dessine sur mes lèvres tandis que mes doigts se précipitent sur le clavier.

CHAPITRE 7

BROOKE

Même si une aile entière est consacrée aux sciences de l'ingénierie, je jette un coup d'œil à l'open space, me demandant si Chris n'est pas là, lui aussi, tapi dans un coin. Il m'a dit qu'il passait beaucoup de temps à étudier à la bibliothèque. Mon regard se pose sur quelques garçons.

Il y a un brun là-bas. Serait-ce lui ?

Ou peut-être le blond allongé qui étudie près des rayons ?

Ou encore le sosie musclé du prince Harry, en face de nous ?

Je fronce les sourcils tout en réfléchissant à la situation. Le problème, c'est que je pourrais littéralement tomber sur lui sur le campus sans m'en rendre compte. Nous avons passé les deux dernières nuits à nous envoyer des SMS pendant des heures, mais je ne sais toujours pas à quoi il ressemble.

Au lieu de plaisanter et de garder une discussion légère, nous avons approfondi nos échanges et appris à nous connaître. À tel point que j'ai hâte de me glisser sous les draps à la fin de la journée. Je dois avouer que plus je le découvre et plus je l'apprécie.

En fin de compte, j'ignore qui est ce garçon. Il pourrait être n'importe qui. C'est peut-être ce qui crée cette attirance et qui explique pourquoi c'est aussi facile de m'ouvrir à lui et de me montrer aussi sincère. En peu de temps, nous avons réussi à nous débarrasser de tous les faux-semblants. Ou peut-être qu'il n'y en avait jamais eu. Aucun de nous ne se soucie des apparences ou ne prétend être ce qu'il n'est pas.

C'est rafraîchissant.

Et un peu addictif.

D'accord... plus qu'un peu.

Alors que je devrais me concentrer sur mes devoirs, je rêvasse en pensant à Chris.

Ce n'est que lorsque Sasha agite une main devant mon visage que je me retrouve forcée de revenir à la réalité.

— Qu'est-ce qui t'arrive ?

— Hein ? demandé-je en clignant des yeux, tentant de recentrer mon attention. Qu'est-ce que tu veux dire ?

Elle plisse les yeux, comme si elle n'était pas dupe.

— Tu penses à ce type. Comment il s'appelle déjà ?

Avant même que je puisse répondre, elle fournit la réponse :

— Chris.

Une vague de chaleur envahit mes joues.

— Je n'arrive pas à croire que vous vous envoyez encore des SMS.

Embarrassée, j'expire une bouffée d'air avant de redresser les épaules.

— J'aime bien lui parler, marmonné-je. Pourquoi tu en fais toute une histoire ?

Elle hausse un sourcil et me fixe du regard.

— Parce que tu ne parles pas vraiment. Tu envoies des SMS.

— Et alors ?

Je me déplace sur ma chaise, espérant tomber sur un moyen de mettre fin à cette conversation.

— Et alors ? reprend-elle en se penchant en avant, réduisant la distance qui nous sépare. Et s'il n'était pas celui que tu crois ? Et si tu te faisais (Sa main voltige dans l'air entre nous.) arnaquer ou un truc du genre ?

Arnaquée ?

Non, quand même pas.

Son regard m'indique qu'elle est on ne peut plus sérieuse. Le gargouillis de rire meurt lentement au bord de mes lèvres.

— Qu'est-ce que tu sais vraiment sur lui ?

— Il s'appelle Chris et il est étudiant en ingénierie à Western University.

Je pourrais énumérer un tas de choses, mais je n'ai pas envie de les partager avec elle.

— C'est toi qui as d'abord dit que tu allais en cours ici ou c'est lui ? Tu ne trouves pas que c'est une drôle de coïncidence qu'un mec t'appelle au hasard et que vous finissez par vous rendre compte que vous fréquentez la même université ?

Un petit trou se creuse au fond de mon ventre.

Je ne sais pas…

Peut-être ?

En silence, je fouille dans mes souvenirs, essayant de me rappeler qui a mentionné Western University en premier. Je crois bien que c'était moi.

— Et d'ailleurs, qu'est-ce qui te fait dire que c'est vraiment un homme ?

Je…

Parce qu'il a dit qu'il s'appelait Chris et que j'ai supposé que c'était le cas.

Alors que je presse mes lèvres l'une contre l'autre, son visage se crispe et elle me lance un regard sceptique.

— Je ne sais pas, Brooke. Je pense que tu ferais mieux de prendre un peu de recul et d'être plus prudente avec cette personne, dit-elle avant de baisser la voix. Et si ce type était un Russe flippant à l'autre bout du pays, âgé de soixante-dix ans, et qu'il voulait t'enlever pour le commerce du sexe ? Est-ce que tu t'es déjà demandé si on n'était pas en train de te piéger ?

Le petit creux dans mon ventre grandit au point d'atteindre la taille de Rhode Island. Je réunis mes efforts pour pousser un faible rire.

— Je crois que tu as trop regardé *Dateline*.

— Il m'arrive de regarder *Dateline*, et tout ce que je viens de dire se produit vraiment, dit-elle en haussant un sourcil. Surtout à des étudiantes naïves.

— Je ne suis pas naïve, marmonné-je tout en me sentant idiote.

J'ai vu les mêmes reportages, et ce qu'elle dit est vrai.

— Pendant combien de temps Andrew t'a-t-il trompée avant que tu ne t'en aperçoives ?

Je grimace, à la fois surprise et blessée, qu'elle me jette ça à la figure.

— Ça, ce n'est pas cool.

Elle pousse un long soupir avant de tendre la main à travers la table et de la poser sur la mienne.

— Tu as raison, c'est vrai. Mais c'est quand même la vérité.

Même si je déteste le reconnaître, Sasha a peut-être raison. J'ai peut-être été trop confiante à l'égard de Chris. Il est tout à fait possible qu'il ne soit pas celui qu'il prétend être. Ce n'est pas parce que je ne mentirais pas à un étranger que les autres ont les mêmes critères d'honnêteté. Aussi douloureux que ce soit à admettre, elle a raison à propos d'Andrew. Il m'a menti pendant la majeure partie de notre relation et je ne l'ai jamais remis en question.

— Je ne cherche pas à te déprimer. Mais essaie d'obtenir un peu plus d'informations avant que ça n'aille plus loin, d'accord ? Et s'il te plaît, si tu décides de le rencontrer, fais-le sur le campus dans un endroit fréquenté et en pleine journée.

Je lève les yeux au ciel.

— Je ne suis pas si bête.

Son expression s'adoucit.

— Je n'ai jamais dit que tu l'étais. Je veux juste que tu fasses attention, c'est tout.

— Je sais que tu imagines le pire, mais je ne pense vraiment pas qu'il m'ait menti.

Sasha m'adresse un petit grognement.

— Le temps nous le dira, pas vrai ?

Je me redresse alors que j'aimerais me sentir aussi sûre de moi que j'essaie de le paraître.

— Oui, le temps nous le dira.

— Salut. De quoi vous parlez toutes les deux ?

Surpris par cette voix grave, nous jetons un coup d'œil à Ryder, qui s'est approché de la table où nous sommes installées. Lorsque Sasha pose son regard sur moi, je secoue légèrement la tête. Même si je suis proche de mon cousin, il n'a pas besoin d'être au courant de cette situation.

— Brooke a une petite histoire…

Punaise.

— Ce n'est pas vrai, dis-je en guise de réponse.

Sasha sait très bien que Ryder a tendance à me surprotéger. Surtout après le désastre avec Andrew. Je vais la tuer pour en avoir parlé devant lui.

Il se redresse de toute sa hauteur avant de faire craquer ses phalanges.

— Ah, oui ? Qui est ce mec ?

— Personne, répliqué-je avant que Sasha ne puisse divulguer d'autres secrets d'État.

Je n'ai vraiment pas envie que Ryder se mêle de mes affaires.

Sa mine s'assombrit.

— Je veux un nom.

Tout en poussant un gémissement, je m'affaisse sur ma chaise.

— Ce n'est pas la peine, d'accord ? On ne fait que parler.

Et si Ryder s'en mêle, ça n'ira jamais plus loin.

— Pourquoi tu as autant peur de me dire qui c'est ? demande-t-il alors que son intonation devient tonitruante. Tu ferais mieux de ne pas retourner avec cet enfoiré d'infidèle.

Je lève les yeux au ciel.

— Tu crois vraiment que je ferais ça ?

— J'espère que non.

— Ce n'est pas Andrew, d'accord ? On peut passer à autre chose ?

— Il vaudrait mieux que ce ne soit pas un joueur de football améri-cain. Ce n'est qu'une bande de…

— Attention, mon petit ami en fait partie, dit Sasha en s'immisçant dans la conversation.

Ryder sourit. Il sait très bien avec qui elle sort. Il n'y a pas si longtemps, je leur ai arrangé un rendez-vous. C'est seulement maintenant que je suis contente que ça n'ait pas marché. Comme si j'avais besoin d'être associé à ces deux-là ?

Non merci.

— De ce qu'on sait, ce mec n'est pas un sportif, ajoute Sasha.

Ryder se déplace et son regard glisse de l'une à l'autre.

— Qu'est-ce que tu veux dire ?

— Elle ne l'a pas vraiment rencontré, explique Sasha. C'était un faux numéro et ils ont commencé à s'envoyer des SMS.

— S'il te plaît, dis-moi que tu plaisantes, murmure-t-il.

J'expire et lui lance un regard noir. D'abord à lui, puis à ma traîtresse de colocataire. J'en ai assez de cette conversation.

— Ne t'inquiète pas, je lui ai dit qu'elle devait enquêter sur la situation avant que ça n'aille plus loin, ou qu'ils décident de se rencontrer.

Ryder secoue la tête avant de croiser ses bras musclés sur sa poitrine.

— Tu réalises que cette personne pourrait se moquer de toi, pas vrai ?

— C'est ce qu'on m'a dit.

Le trou en moi s'est progressivement approfondi tout au long de cette conversation pour enfin atteindre la taille du Texas.

— Oui, une arnaque, ajoute Sasha. Ça arrive. J'ai regardé quelques émissions sur le sujet.

Roh.

Ces deux-là...

Refusant d'écouter l'un ou l'autre un instant de plus, je me lève.

— Je crois que c'est le bon moment pour faire une pause, dis-je en fixant mon cousin. J'espère qu'à mon retour, tu ne seras plus là.

— Ce n'est pas très gentil, grogne-t-il. Je m'inquiète pour toi, c'est tout.

— Je ne suis pas une imbécile, répliqué-je alors qu'une fois de plus, mon regard glisse entre eux. Je ne me mettrai pas dans une mauvaise situation et je ne rencontrerai pas quelqu'un si je ne sais pas exactement de qui il s'agit. D'accord ?

Ils grommellent tous les deux des réponses.

N'ayant plus rien à dire, je me retourne et me dirige vers les toilettes. J'ai beau vouloir rejeter les pensées qui tournent dans ma tête, c'est désormais impossible. J'espère réellement que Sasha se trompe en croyant que Chris est quelqu'un d'autre qu'un étudiant en ingénierie à Western University.

Même si je déteste l'admettre, elle a raison sur un point : je dois faire un peu plus de recherches et m'assurer que ce garçon est bien celui qu'il prétend être avant que cette relation n'aille plus loin.

Parce que pour l'instant, c'est vraiment ce dont ça a l'air.

Une relation.

CHAPITRE 8

CROSBY

près un entraînement épuisant de deux heures, j'enlève mes protections et file sous la douche où je me débarrasse en un temps record de l'herbe collée à ma peau humide. Au lieu de rester un peu et de discuter avec les autres garçons comme d'habitude, j'enfile mes vêtements et glisse mon sac de sport sur mon épaule avant de me diriger vers la sortie.

— Mec ! me lance Andrew en surgissant devant moi les mains levées. C'est quoi ce bordel ? Tu ne m'attends pas ?

Je déplace le sac sur mon épaule, impatient de partir.

— Je le ferais si tu te bougeais. J'ai beaucoup de travail.

Ce n'est pas totalement vrai. Bon, d'accord. C'est totalement faux, mais que suis-je censé dire ?

Que j'ai hâte de m'enfermer dans ma chambre et d'envoyer des SMS à son ex ?

Hors de question.

J'imagine déjà la scène.

Un vrai désastre.

Ses yeux bleus luisent de contrariété alors qu'il me fait signe de partir.

— Tu sais quoi ? Laisse tomber. Je vais traîner avec Asher. De toute façon, j'avais prévu d'aller chez eux un petit moment.

La tension qui s'accumule dans mes épaules s'évapore peu à peu, alors que le soulagement vient combler le vide.

Eh mince.

Je ne devrais pas faire ça, c'est mal.

Tous les jours, je me dis que je vais m'éloigner et laisser cette histoire s'éteindre. Et pourtant, je n'y arrive pas. Je ne comprends pas comment quelques messages innocents ont pu prendre une ampleur si incontrôlable. Je déteste le plaisir que j'ai à envoyer des SMS à Brooke, à apprendre à la connaître plus profondément, à échanger de petites histoires drôles avec elle, ou à me remémorer notre enfance. J'ai découvert plus de choses sur Brooke durant la semaine écoulée qu'au cours des trois ans et demi pendant lesquels nous avons fréquenté la même école.

Je ne sais peut-être pas où tout cela nous mène, mais je sais qu'à un moment ou à un autre, tout ça va m'exploser en pleine figure.

Comment pourrait-il en être autrement ?

J'ai passé près de dix-huit mois à étouffer tous mes sentiments. J'ai essayé de me convaincre qu'elle n'était pas aussi cool, intelligente ou drôle que je l'imaginais.

Vous savez quoi ?

Il s'avère qu'elle l'est encore plus que ce que je soupçonnais.

Et maintenant que je le sais, je n'ai pas du tout envie de garder mes distances. Plus je la connais et plus je l'apprécie.

Ça craint.

— Rhodes, tu viens ou quoi ? demande Asher, debout devant moi, complètement à poil, alors que son paquet s'agite dans la brise.

Enfin… je ne dis pas que je le regarde.

Mais difficile de le rater.

— Non, je ne pense pas.

Passer du temps avec ces enfoirés à boire de la bière et jouer à des jeux vidéo est loin d'être la priorité dans ma tête.

Il se déplace et prend une serviette sur le banc avant de se sécher les cheveux.

— Tu as oublié la revanche que tu me dois sur NHL ?

— Désolé, mais pas ce soir. J'ai des devoirs à terminer. On n'est pas tous étudiants en communication.

Il affiche un sourire avant d'attraper son boxer dans son casier et de le faire glisser le long de ses cuisses.

— Tu es juste jaloux de savoir que ce sera ma belle gueule qu'on verra à la télé quand j'aurai fini de jouer au ballon.

— Tu as plus une gueule à faire de la radio, grogné-je.

En réalité, c'est complètement faux. Asher Stevens a toutes les filles qu'il veut. La plupart du temps, il se balade avec une fille à chaque bras. Elles se pointent régulièrement à la maison qu'il partage avec Rowan, Brayden, Easton et Carson pour faire sa lessive.

Ce qui est tout aussi ridicule que le diplôme pour lequel il étudie.

— Allez, mec, se plaint-il comme un gros bébé d'un mètre quatre-vingts, Allison et Beth viennent ce soir. Je suis sûr qu'elles ont quelques copines qui seraient ravies de venir te tenir compagnie.

Je secoue la tête.

— Non, ça ne m'intéresse toujours pas.

— Hé, s'exclame Andrew, et moi ? J'ai besoin d'un peu de compagnie.

Les mots sortent de ma bouche avant que je ne puisse les retenir.

— Je croyais que tu cherchais à te remettre avec Brooke.

Pas même une lueur de culpabilité n'apparaît sur son visage, il hausse les épaules, prend un tee-shirt dans son casier et le revêt.

— C'est vrai. Et ?

— Tu penses que se taper d'autres filles va t'aider à atteindre cet objectif ?

Il fronce les sourcils, comme s'il réfléchissait sérieusement à la question.

— Non, mais qu'est-ce que je suis censé faire ? Rester assis et me tourner les pouces en attendant qu'elle change d'avis ?

Incroyable, punaise.

Au moment où j'ouvre la bouche pour l'engueuler, je la referme.

Qu'est-ce que je suis en train de faire ?

La meilleure solution serait qu'Andrew passe à autre chose et laisse

Brooke tranquille. Je dois sortir d'ici avant de me laisser entraîner dans d'autres conversations ou de convaincre sans le vouloir Andrew qu'il devrait rester concentré sur son ex.

Sans prononcer un mot de plus, je m'échappe du vestiaire avant de sortir du centre sportif. J'enfile mon sweat à capuche gris sur mes cheveux humides, puis je me dirige vers ma Mustang noire et je me glisse derrière le volant. Je fais tourner le moteur plusieurs fois et apprécie son ronronnement avant de prendre la route. Cinq minutes plus tard, j'entre dans le parking situé sous l'immeuble.

Comme si j'allais garer mon bébé dans la rue.

Même si les environs du campus de Western University sont relativement sûrs, il s'y déroule quand même quelques délits. Il a suffi qu'on vandalise ma voiture une fois en première année pour que j'installe un système d'alarme ultramoderne. Lorsque j'ai déménagé hors du campus en première année, le parking souterrain n'était pas négociable.

Quelques garçons me saluent et me disent qu'ils ont hâte de voir le match de ce week-end alors que je passe la porte et pénètre dans le hall d'entrée. Tandis que je me dirige vers l'ascenseur, j'aperçois un groupe de filles. Il est hors de question que je m'enferme dans la cabine avec elles. Tous les ricanements et les regards charmeurs qu'elles m'adressent me rendent complètement fou. Avant qu'elles ne me remarquent, j'ouvre d'un coup sec la porte métallique qui mène à la cage d'escalier et je monte les marches deux par deux. Arrivé au troisième étage, j'ai le souffle court.

Après les exercices que le coach nous a fait faire, je suis épuisé. Si je n'avais pas hâte d'envoyer un SMS à Brooke, je finirais mes devoirs avant de me coucher.

Andrew étant parti chez Asher, l'appartement est sombre et silencieux. J'attrape une barre protéinée dans le placard de la cuisine et je me dirige vers ma chambre pour me mettre à réviser. Ces cours d'ingénierie ne sont pas une partie de plaisir, mais mes parents tiennent à ce que j'obtienne un diplôme utile. Quelque chose dont je pourrai me servir si mes projets pour la NFL tombent à l'eau. Ma mère est titulaire d'un doctorat en anthropologie et enseigne à Columbia. Mon père est chirurgien orthopédique et possède son propre cabinet, et mon frère aîné suit ses illustres traces. Pendant des années, mes parents ont essayé de me pousser à faire des études de médecine, mais cela n'a jamais été le cas. Mon frère est peut-être fait pour ce genre d'existence, mais pas moi.

On peut vite avoir l'impression d'être le mouton noir de notre famille. Dès mon plus jeune âge, j'ai compris que leur vie n'était pas celle que je voulais. Ça ne leur a peut-être pas plu, toutefois j'ai réussi à tracer mon propre chemin. J'espère que la NFL fera partie de cet avenir. Même si ce n'est que pour quelques années. C'est plus que ce que certains obtiennent.

Après avoir dévoré la barre protéinée, je sors mes livres et me mets au travail. Toutes les vingt minutes environ, je jette un coup d'œil à mon téléphone et vérifie l'heure. J'ai hâte d'envoyer un texto à Brooke. Je m'efforce de rester concentré et de terminer mes devoirs à rendre demain. C'est fou que j'en sois arrivé à attendre avec autant d'impatience nos conversations en si peu de temps.

Au moment où j'achève mon travail, mon portable sonne pour indiquer un nouveau message. Je ne peux pas m'empêcher de sourire. Si ça, ce n'est pas un timing parfait, alors je ne sais pas ce que c'est. Dans ma hâte de lire le SMS, je me jette presque sur le mobile.

Salut... j'ai quelques questions à te poser.

Euhhh. Ce n'est pas l'accueil que j'attendais. Une vague d'inquiétude monte en moi alors que l'air se coince dans ma gorge.

A-t-elle réussi à me démasquer ?

Je ne pense pas qu'elle serait aussi calme si c'était le cas. Ni même qu'elle prendrait la peine de me recontacter. Je m'efforce de bouger mes doigts.

OK... Je t'écoute.

Trois petites bulles apparaissent avant que les questions ne surgissent.

On a passé beaucoup de temps à s'envoyer des messages, mais comment je peux être sûre que tu es vraiment qui tu dis être ? Ou qu'on fréquente la même école ?

Mes muscles se relâchent et j'expulse la bouffée d'air refoulée dans mes poumons. D'accord… elle ne m'a pas encore démasqué, mais on dirait que ses sens de détective sont en éveil.

En réalité, cette mascarade dure depuis assez longtemps. Je devrais faire ce qu'il faut et la *ghoster*. Peut-être même bloquer son numéro pour qu'elle ne puisse plus me contacter. Partir avant que ça ne m'explose à la figure serait la meilleure chose à envisager pour nous deux. Que Brooke le comprenne ou non. Si elle découvre que c'est moi qui suis à l'origine des messages, elle va sûrement paniquer avant de me pendre par les parties. Elle me détestera encore plus.

C'est l'une des choses que j'apprécie dans nos conversations. Elle ne s'en rend peut-être pas compte, mais nous avons pu tout reprendre à zéro. Pour elle, je ne suis pas Crosby, le garçon qu'elle déteste de tout son être. Je suis Chris. Elle a appris à me connaître d'une manière plus profonde et plus intime. Et elle aime visiblement ce qu'elle a découvert, parce qu'elle en redemande.

Bordel de merde.

J'ai l'impression d'être à la croisée des chemins. Ne sachant pas trop quoi faire, je glisse une main dans mes cheveux. J'ai besoin de m'éclaircir les idées. Je me dirige vers la fenêtre, j'ouvre les stores et je regarde fixement dehors. Tout ce que je sais, c'est que je ne suis pas prêt à tout arrêter. Avant même d'y réfléchir, je prends une photo du clocher de l'université que l'on aperçoit au loin avant d'appuyer sur « envoyer ».

Voilà la vue depuis ma chambre.

D'accord. Alors tu vis près de l'université. Mais est-ce que tu vas vraiment à Western University ? Ou est-ce que tu es un vieux de soixante-dix ans ?

Un sourire réticent se dessine aux coins de mes lèvres avant que je ne relève mon sweat-shirt et ne prenne une photo de mes abdominaux. Le jogging que j'ai enfilé après l'entraînement frôle mes hanches. S'il se trouvait plus bas, je risquerais de lui envoyer une photo d'un tout autre genre.

Et pour être clair, je n'envoie pas de photos de la marchandise.

Comme si j'avais besoin que cette erreur remonte à la surface plus tard dans ma vie.

Ou que ça arrive jusqu'à ma grand-mère.

Elle serait sûrement terrassée par une crise cardiaque.

Mes parents me tueraient, punaise. J'ai déjà fait assez de choix douteux au lycée. Je n'ai pas besoin de faire quoi que ce soit de plus pour consolider le titre de brebis galeuse.

Une longue période de silence me met les nerfs en pelote avant qu'elle ne réponde enfin.

Pour un ingénieur, tu as de belles tablettes.

Un petit rire m'échappe alors que je retourne vers le lit et que je m'installe pour notre conversation. Maintenant que j'ai apporté des preuves, j'ai l'impression que nous sommes de nouveau sur la bonne voie.

Qu'est-ce que tu insinues exactement à propos des ingénieurs ?

Elle me répond par un emoji qui rit.

Bon... je me suis dévoilé un peu. Tu crois que tu pourrais me rendre la pareille ?

Même si j'aimerais que Brooke m'envoie une photo de ses seins, je sais que ça n'arrivera pas. Mais on peut toujours espérer, non ?

Brooke McAdams a les plus beaux seins que j'aie jamais vus. Ils sont spectaculaires. Bien trop imposants pour tenir dans une main. C'est précisément pour ça que je l'ai traînée à l'étage à la soirée dès que j'ai remarqué que son pull était devenu transparent. On aurait dit une participante à un concours de tee-shirt mouillé. Il était hors de question que tous les trous du cul de la soirée la reluquent.

Je n'ai jamais été jaloux. Je peux me taper toutes les filles que je veux. Mais quand elle était avec Andrew, j'ai eu l'occasion de la croiser dans le couloir la nuit. Alors qu'elle portait simplement un débardeur et une culotte. Le tissu fin était tendu sur les courbes arrondies de ses seins, et je devais me retenir de toutes mes forces de ne pas la tirer vers moi. C'est dans ces moments-là, tandis que la jalousie me rongeait, que je détestais vraiment mon ami.

Mon portable sonne pour annoncer l'arrivée d'un message contenant une photo, et le sourire que j'arborais s'élargit.

C'est un cliché de son ventre nu. Je glisse mon pouce sur l'image comme si je pouvais la toucher. Ce qui suffit à réveiller mon sexe.

C'est tout ce que tu auras.

Je me recroqueville sur mon téléphone et j'envoie une réponse.

Ça me va.

Nous évoquons notre journée. Je lui raconte tout, en omettant les détails de l'entraînement de football. Et elle fait de même, me parlant de ses cours et de ses amis.

Même si je suis presque sûr de connaître la réponse à cette question, je la pose quand même.

Tu as un petit copain ?

Des bulles apparaissent alors que tous mes muscles se tendent telles des cordes d'arc. Je veux dire… il est possible qu'elle sorte avec quelqu'un. Même si j'essaie d'avoir l'œil sur elle, je ne sais pas tout. Si c'est le cas, je serai obligé de démanteler ce type, membre après membre.

Non.

Une vague de soulagement détend mes muscles.

Tu es célibataire depuis combien de temps ?

J'ignore pourquoi je lui pose cette question. Peut-être qu'au fond, je veux qu'elle vérifie qu'elle n'a plus de sentiments pour Andrew. Parce que, si c'est le cas…

Waouh. On est vraiment en train d'entrer dans le vif du sujet, n'est-ce pas ?

Je souris. Elle est loin de se douter à quel point on s'apprête à y plonger.

Oui. Maintenant, crache le morceau.

Je n'ai fréquenté personne depuis six mois. Le dernier garçon avec qui j'étais m'a beaucoup fait souffrir.

Qu'est-ce qui s'est passé ?

Il m'a trompée. Plusieurs fois.

Aïe. Ça a dû faire mal.

Oui. Je me suis sentie idiote parce que j'étais totalement inconsciente. Difficile de faire confiance à quelqu'un après ce genre d'expérience.

Je me frotte le visage. J'ai tant de fois été tenté de prendre Brooke à part et de l'informer de ce qui se tramait derrière son dos. Ou de lui envoyer un mot anonyme.

Quelque chose.

N'importe quoi.

Mais Andrew est l'un de mes plus vieux amis. Comment pourrais-je vraiment me retourner contre lui et le trahir ainsi ? Même s'il avait tort. La situation était merdique.

Je suis désolé que ça te soit arrivé.

Ça, au moins, c'est la vérité.

Moi aussi.

Alors... tu n'as plus envie de sortir avec quelqu'un ? Tu t'es résignée à rester célibataire et à adopter quelques chats ?

Au moins une douzaine. Lol !

Un autre petit rire s'échappe de ma gorge. Ça résume exactement la situation avec cette fille. Lui parler – même par SMS – me rend heureux. Je n'ai jamais ressenti cela auparavant. Mais encore une fois, est-ce que j'ai déjà passé du temps à simplement parler avec une fille ? En creusant sous la surface et en apprenant à connaître quelqu'un ?

La réponse est non, jamais.

Brooke est une première pour moi. Et je n'ai pas envie que ça se termine.

Avant même d'avoir le temps d'envoyer un autre message, j'en reçois un deuxième.

Quand je me déciderai enfin à reprendre une vie sentimentale, ce sera pour le bon garçon. Ou je devrais plutôt dire que je ne sortirai plus avec un athlète. J'espère que tu n'en es pas un.

Je grimace.

Eh mince.

Les mensonges s'accumulent.

Mais qu'est-ce que je peux faire ? Lui dire la vérité ? Je suis déjà allé trop loin pour ça.

Non.

Tu en es sûr ? Parce que tu as vraiment les abdos d'un sportif.

Euhhh... merci !

Elle répond par un emoji qui rit.

J'aime faire du sport. J'aime vraiment ça.

Je vois ça.

J'ai l'impression que tu aimerais plus que des photos.

C'est sûr que je ne dirais pas non...

Punaise... mes joues commencent à me faire mal à force de sourire. Honnêtement, ce n'est pas moi. Ça n'a jamais été moi. Brooke serait choquée si elle découvrait que c'est moi qui envoie les SMS. Elle me connaît comme étant un enfoiré lunatique. C'est certain. Toujours prêt à faire un commentaire foireux pour la tenir à distance. Et maintenant, regardez-moi. On dirait un ado.

C'est pas bon. Vraiment mauvais. C'est comme des sables mouvants. Plus je m'agite, plus je m'enfonce.

Avec des abdos pareils, j'imagine que tu as une copine.

C'est ta façon de me demander discrètement si je suis disponible ?

Peut-être.

J'expire d'un coup sec.

Non, pas de copine.

À quand remonte ta dernière relation ?

Dois-je lui dire la vérité ?

Je déteste tous ces mensonges. Je lui en cache déjà assez. Je devrais être honnête dès que j'en ai l'occasion.

Jamais.

Cette réponse est accueillie par un long silence.

Jamais, vraiment ?

Non, jamais.

Euhhhh.

Euhhhh ?

Et tu n'es pas un athlète ?

Eh mince.

Non.

Parce que je refuse de sortir avec un autre sportif.

Intéressant. Alors ça veut dire qu'on va sortir ensemble ?

Les mots volent sur le clavier avant que je puisse les arrêter.

Qu'est-ce que je suis en train de faire ?

Elle me renvoie un emoji qui rit.

Un deuxième message arrive avant que je puisse lui en envoyer un autre.

C'est vraiment facile de parler avec toi.

Je ressens la même chose.

C'est la première fois que j'ai une vraie conversation ou une connexion avec une fille qui ne s'intéresse pas à moi seulement pour mon statut dans l'équipe. On parle des mecs qui se tapent autant de filles qu'ils le peuvent. Mais vous savez quoi ? Les filles peuvent être tout aussi intéressées, et n'essayez pas de me dire le contraire. C'est comme si certaines de ces chasseuses de maillots avaient une liste qu'elles s'efforçaient de remplir avec soin.

Brooke se fout de savoir si je joue pour les Wildcats ou si je vais me présenter à la sélection au printemps. Si elle connaissait la vérité, elle ne me donnerait pas l'occasion de m'exprimer.

Je suis au courant de l'ironie de cette situation.

Je dois y aller. On se parle demain ?

Même heure. Même endroit.

J'abandonne le téléphone et glisse les deux mains dans mes cheveux avant de les poser derrière ma tête.

Qu'est-ce que je vais bien pouvoir faire ?

Même si je sais que je devrais mettre fin à cette folie avant qu'elle n'aille plus loin, je me rends compte que cela n'arrivera pas.

Dans le meilleur des cas, ça m'explosera à la figure.

Dans le pire des cas...

Je ne veux même pas penser à ce à quoi cela ressemblerait.

CHAPITRE 9

BROOKE

Je sèche mes cheveux jusqu'à ce qu'ils ondulent en vagues artistiques autour de mes épaules et dans mon dos avant de retourner dans ma chambre où je m'habille pour la journée. Comme il est censé faire très chaud cet après-midi, je choisis une jupe courte en tweed écossais qui arrive à mi-cuisse et dont le bas est effiloché. Je l'associe à un pull noir léger à col montant qui épouse toutes mes courbes. Une large ceinture noire à boucle argentée vient compléter l'ensemble, ainsi qu'une paire de bottes noires élégantes qui remontent jusqu'à l'arrière de mes mollets.

Ça y est.

Me voilà prête à affronter la journée.

J'ajoute un peu de fard à paupières, de mascara et de brillant à lèvres avant de saisir mon téléphone sur la table de nuit et de me rendre dans le couloir. Au moment où je franchis le seuil, un message apparaît sur l'écran. Je m'arrête précipitamment tout en balayant le texto du regard.

Bonjour, ma belle.

Il n'en faut pas plus pour que mon cœur entre en collision avec ma cage thoracique et qu'un sourire s'affiche sur mon visage. D'habitude, nous nous envoyons des SMS le soir avant d'aller dormir. Même si j'essaie de mettre un frein à toute cette histoire, cela me semble impossible. Notre relation prend de l'ampleur et s'infiltre dans nos vies.

Bonjour. Tu t'es levé tôt.

Oui. J'avais un truc à faire. J'étais sur le point de partir en cours.

Est-ce complètement fou de ma part d'apprécier autant ce garçon ?

Je veux dire… je ne sais même pas à quoi il ressemble. À part ses abdominaux, qui, je l'admets, sont spectaculaires. Croyez-moi, j'ai passé pas mal de temps à baver sur la photo après qu'on se soit quittés hier soir.

Je m'apprêtais à partir, moi aussi.

Ah oui ?

Habillée et prête.

Envoie-moi une photo.

L'air se retrouve emprisonné dans mes poumons alors que je réfléchis à sa demande. Moins d'une seconde plus tard, je fais demi-tour et entre dans ma chambre. Je m'avance devant le miroir plein pied posé contre le mur et fixe le reflet qui m'y attend. Mes dents s'enfoncent dans ma lèvre inférieure avant d'en irriter la chair.

J'admets qu'une partie de moi est terrifiée à l'idée de lui envoyer une photo.

Et s'il n'aime pas ce qu'il voit ?

Et si je n'étais pas son genre et qu'il décidait de m'oublier ?

Je ne suis pas une de ces filles minces qui se nourrissent de salades et de Coca-Cola. J'aime manger. Et mes courbes le démontrent.

J'ai passé la plupart de mes années de lycée à essayer de me conformer aux critères de beauté rigoureux de ma mère. Non seulement je passais beaucoup de temps à avoir faim, mais je me sentais mal dans ma peau. Hors norme. Et en fin de compte, cela n'a pas fonctionné. Il me suffit de regarder du coin de l'œil une part de gâteau au chocolat pour prendre cinq kilos.

Sans me donner le temps de réfléchir à sa demande, je lève mon téléphone et je me photographie, en m'assurant que l'appareil couvre bien mon visage. Je suis peut-être prête à courir le risque de lui envoyer une photo de mon corps, mais je ne suis pas encore prête à tout dévoiler.

Un pas hésitant à la fois.

Pendant un long moment, je scrute le cliché. Je pourrais facilement relever chaque défaut, mais j'ai décidé de faire l'effort d'arrêter depuis que j'ai réalisé que cela ne faisait qu'alimenter les démons dans ma tête et me mettre encore plus mal à l'aise face à mon poids.

J'appuie sur le bouton vert d'envoi pour éviter de me dégonfler ou de passer les quinze prochaines minutes à essayer d'obtenir l'éclairage et l'angle parfaits pour rendre la photo le plus flatteuse possible. Si Chris n'aime pas ce qu'il voit ou si je ne suis pas son genre, il vaut mieux qu'il s'en rende compte maintenant et qu'il passe à autre chose avant qu'on investisse plus de temps dans cette relation naissante.

Je vacille en y pensant.

Cela ne fait même pas une semaine. Et pourtant, nous avons passé tellement de temps à nous envoyer des SMS. Nous avons eu des conversations plus approfondies qu'Andrew et moi n'en avons jamais eues.

Et nous sommes restés ensemble pendant presque un an.

C'est triste, non ?

Des frissons s'agitent le long de ma colonne vertébrale alors que j'attends sa réponse.

N'importe quelle réponse.

Lorsqu'une minute s'écoule lentement sans réaction, la déception commence à monter en moi et je prends conscience que ce petit flirt par SMS vient peut-être de prendre brusquement fin.

Et ce n'est pas grave. Ce n'est pas comme si c'était vraiment…

Trois emojis de flamme s'affichent sur l'écran.

Punaise. Tu es canon.

Une vague de soulagement m'envahit tandis que chaque once de tension accumulée dans mes muscles se dissipe et que mes genoux faiblissent.

Je ne fais pas le poids face à toi.

Avant que je puisse répondre, un troisième message apparaît.

Passe une bonne journée, ma belle. On se parle ce soir.

UN SOURIRE s'étire sur mon visage alors que je traverse le salon presque en dansant pour me rendre dans la cuisine, où Sasha est assise sur le comptoir, et engloutit un bol de céréales tout en balançant ses jambes d'avant en arrière.

Les yeux plissés, elle pointe la cuillère dans ma direction.

— Tu es bien trop heureuse pour 8 heures du matin. Descends de quelques crans avant que je doive m'en occuper.

Je souffle et bats des cils. Tout mon être est bien trop distrait.

— Désolée, mais je ne peux pas.

Son visage se crispe.

— Laisse-moi deviner… ça a quelque chose à voir avec Chris, ton mystérieux correspondant.

Incapable de m'en empêcher, je souris comme une folle avant d'attraper une barre de céréales et une banane pour les manger sur le chemin pour aller en cours.

— Peut-être, chanté-je odieusement.

— Arrête, il n'y a pas de « peut-être ». Je ne t'ai pas vue aussi excitée par quelqu'un depuis… dit-elle avant de froncer les sourcils et de pencher la tête tout en regardant dans le vide. Eh bien, jamais en fait.

Euhhh. Elle a peut-être raison. Je ne suis même pas sûre qu'Andrew me plaisait autant. Je veux dire, si… mais ce n'était pas pareil. Comme si je me sentais chanceuse d'être avec lui. Comme s'il m'avait arrachée à l'obscurité comme une rockstar à un concert. Avec le recul, je l'ai traité comme s'il était spécial et je ne l'ai pas tenu pour responsable de son comportement.

Je ne sais pas ce qui rend ce garçon aussi spécial, mais j'ai hâte de voir où cela pourrait nous mener. Nous avons beaucoup de choses en commun et il est si facile de lui parler. Et ces abdominaux…

— Je sais, répliqué-je avant de marquer une pause et d'avouer à contrecœur ma peur la plus profonde. Il semble presque trop bien pour être vrai.

Voilà. Je l'ai dit. À voix haute.

— C'est peut-être le cas, répond-elle avant d'enfourner une nouvelle cuillère d'Apple Jacks dans sa bouche et de la mâcher pensivement. Est-ce qu'il t'a envoyé une photo de son visage ?

— Non.

Mais ce n'est pas non plus comme si je mourais d'envie de lui envoyer un portrait en gros plan. Nous prenons notre temps et apprenons à nous connaître sans nous préoccuper du physique.

— Et s'il est horrible en réalité ?

Je tourne la question dans ma tête. Ce n'est pas comme si je n'y avais jamais réfléchi auparavant.

— Je ne sais pas, répliqué-je sincèrement. Le truc, c'est que j'aime beaucoup sa personnalité. Tu sais, quand tu rencontres quelqu'un et qu'au début, tu n'es pas attirée par lui physiquement, mais que plus tu le connais, plus il devient attirant ?

Quand elle acquiesce, je continue :

— Je crois que c'est ça.

— *Cyrano de Bergerac.*

Je penche la tête.

— Hein ?

Elle agite sa cuillère en l'air avant d'avaler son petit déjeuner.

— Tu sais, comme le vieux film *Cyrano de Bergerac.*

— Je crois que le film est en fait basé sur une pièce de théâtre.

Sasha lève les yeux au ciel.

— Oui, mais ce n'est pas du tout le sujet.

— C'est plutôt comme l'émission de télé-réalité *Love is Blind.* C'est un peu comme si je sortais avec ce type à l'aveugle. Sauf qu'en réalité, on ne sort pas ensemble.

Pas encore.

— Qui sait, ajoute-t-elle, peut-être que celui-là sera l'homme de tes rêves.

Je retiens un grognement dans ma gorge et essaie de ne pas me faire trop d'illusions. Ai-je secrètement pensé la même chose ?

Peut-être.

— Je ne vais pas m'emballer, mais j'aime ce que j'ai découvert jusqu'à présent.

Après avoir posé le bol vide sur le côté, elle descend d'un bond du comptoir.

— N'importe qui serait mieux que tête de con.

« Tête de con » est le petit surnom que Sasha donne à Andrew. Je dois admettre que ça lui va bien.

Refusant de me laisser entraîner dans une autre conversation sur mon ex, j'attrape ma veste sur le dossier d'une chaise de la salle à manger ainsi que mon sac et me dirige vers la porte.

— C'est toujours d'accord pour ce midi ?

— Oui, je serai là.

— D'accord, à plus tard.

Puis je m'engage dans le couloir étroit avant de dévaler l'escalier qui mène au rez-de-chaussée et de sortir du bâtiment. Le campus se trouve à environ vingt minutes de marche de l'appartement. Et par une belle journée d'automne, lorsque le soleil brille, ce n'est pas désagréable. Mais en hiver, quand les températures chutent ou que les trottoirs sont enneigés, je prends généralement ma Volkswagen Jetta. C'est un cadeau de mon beau-père pour mon seizième anniversaire, après que maman et lui se soient mariés. Garret est un bon beau-père, contrairement à d'autres. Il a toujours été gentil.

La matinée s'écoule dans un brouillard de cours avant que je ne me rende à la bibliothèque pour étudier un peu, puis il est temps de rejoindre Sasha au réfectoire. Suis-je coupable d'avoir été distraite pendant la majeure partie du matin et d'avoir jeté un coup d'œil à mon téléphone pour voir si Chris m'a encore envoyé un SMS ?

Oui.

Est-ce que mon cœur bat la chamade chaque fois que mon portable sonne avec un message entrant ?

Je suis coupable, oui.

En traversant le grand espace bondé d'étudiants ayant eu la même idée, je scrute les différents présentoirs. Il y a des pizzas, des sandwichs, des *poke bowls* et des salades.

J'entends presque la voix de ma mère qui me souffle à l'oreille que je devrais choisir quelque chose de peu calorique. C'est pour cette raison que je me dirige vers les sandwichs au poulet. Elaine a passé des années à la ramener et à faire des commentaires passifs et agressifs sur les aliments que je devais éviter. Ce n'est que lorsque j'ai déménagé et que j'ai commencé à voir un diététicien en première année d'université que j'ai réalisé que notre relation était dysfonctionnelle.

Une fois devant le comptoir, je prends un sandwich ainsi qu'une coupe de fruits au lieu de frites, et une bouteille d'eau. Ce sont mes concessions. Ce que j'ai appris en consultation, c'est que tout est question de modération. Je peux manger quelque chose dont j'ai envie si je l'équilibre avec d'autres options saines. Une fois mon plateau chargé, je cherche Sasha du regard. Dès que je la vois, elle surgit comme un suricate et me fait un signe de la main depuis une table.

— Salut, ma belle, dit-elle lorsque je me glisse en face d'elle avant de montrer mon plateau du doigt. C'est exactement pour ça qu'on est de si bonnes amies. Les grands esprits se rencontrent.

Je remarque que son repas est identique au mien, jusqu'à l'eau et la coupe de fruits. Je souris tandis que nous piochons toutes les deux dans nos assiettes.

— Je suis affamée, dit-elle en mangeant son sandwich au poulet.

— Moi aussi.

Sasha est la gardienne de but de l'équipe féminine de football des Western Wildcats. Elle pourrait sûrement dévorer plusieurs sandwichs d'affilée, et brûler toutes les calories supplémentaires en courant sur le terrain pendant un entraînement de deux heures. Cette fille peut tout avaler sans jamais prendre un kilo.

Saloperie.

J'en suis à la moitié de mon repas quand mon téléphone sonne. Je jette un coup d'œil en bas et découvre une photo de moi en train de déjeuner.

Tu es encore plus sexy en vrai.

Les yeux écarquillés, je manque de m'étouffer avec mon poulet avant de me retourner pour scruter les alentours. La personne que je cherche reste un mystère. Je pensais peut-être qu'il se tiendrait à quelques mètres de moi, le sourire aux lèvres, et que je saurais immédiatement que c'est lui. Au lieu de cela, les gens se promènent, leur déjeuner à la main, discutent avec des amis et trouvent un endroit où s'installer.

Mon cœur bat la chamade sous ma poitrine tandis que je tape, les doigts tremblants.

Tu es là ?

J'y étais. J'ai dû prendre quelque chose en vitesse avant d'y aller.

Une vague de déception monte en moi avant de me submerger. Je n'arrive pas à croire que nous étions si proches. Pourquoi n'a-t-il rien dit ? Plus que tout, je veux mettre un visage sur le garçon auquel j'ai passé tant de temps à penser. Au point où j'en suis, je me fiche de savoir à quoi il ressemble. Petit ou grand. Enrobé ou mince. Beau ou pas...

Bon d'accord, je sais qu'il doit avoir un corps d'athlète.

Avant que je puisse envoyer un autre message, Easton s'assied à côté de Sasha et dépose un baiser sur ses lèvres. Ces deux-là...

Ils sont tellement parfaits l'un pour l'autre. Je ne sais pas comment ils n'ont pas pu s'en rendre compte deux mois plus tôt. D'autant plus qu'ils sont incapables de se détacher l'un de l'autre.

Ils me font également réaliser qu'Andrew et moi n'étions vraiment pas faits l'un pour l'autre et que j'essayais de me voiler la face en croyant le contraire. Au lieu de reconnaître mes préoccupations et d'agir, je les ai balayées sous le tapis et j'ai fait comme si elles n'existaient pas. Je ne permettrai plus jamais que cela se reproduise.

Je sors de ces pensées alors qu'un corps athlétique se glisse à côté de moi. Lorsqu'une hanche frôle la mienne, je me penche rapidement pour laisser un peu d'espace entre nous. Je jette un coup d'œil à la personne qui se trouve à côté de moi et découvre les yeux sombres de Crosby qui me dévisagent.

Tout se fige en moi. Je suis comme un cerf piégé dans les phares d'un véhicule qui arrive en sens inverse. C'est exactement l'impression qu'il me donne.

Pourquoi est-il ici ?

Il envahit mon espace personnel.

Sans parler de ma tranquillité d'esprit.

Je m'arme automatiquement de patience, m'attendant à un bonjour hargneux. Je suis sûre qu'il aura quelque chose de méchant à dire. C'est toujours le cas.

Alors je hausse les sourcils, cherchant à en finir. Il me fait un signe du menton en guise de salutation.

— Salut.

Je jette un coup d'œil autour de la table, confuse devant la situation. En temps normal, nous faisons tout pour nous éviter, et pourtant il est là, assis à côté de moi comme si c'était la chose la plus naturelle au monde. Plus étrange encore, il s'est écoulé une minute entière sans qu'il tente de me tailler en pièces avec sa langue acérée. Même son éternel sourire en coin est étonnamment absent.

J'aimerais bien balayer son salut et l'ignorer, mais les bonnes manières qu'Elaine m'a inculquées l'emportent, ce qui rend la chose impossible.

Je marmonne alors :

— Bonjour.

Sans vraiment savoir ce qui se passe. Nous n'avons jamais eu de conversation civilisée.

Comme à la dérive au milieu d'une mer déchaînée, je jette un coup d'œil à Sasha et Easton pour leur demander de l'aide, mais je constate qu'ils sont occupés à jouer à se faire des bisous. Je ravale la boule de nerfs qui me monte à la gorge et me dandine, mal à l'aise, tandis que j'aimerais que la fuite fasse partie de mes options. Un silence gênant s'installe alors que je fixe mon téléphone du regard. Si je ne peux pas m'enfuir physiquement, je peux peut-être m'échapper mentalement. Avec un peu de chance, si je l'ignore assez longtemps, il comprendra et partira.

Même si j'étais affamée il y a quelques instants, mon appétit s'est évanoui. Je ne sais pas si c'est à cause du garçon assis à côté de moi ou de celui qui vient de m'envoyer un SMS. Même si j'aimerais que ce ne soit pas le cas, Crosby me rend nerveuse. Comme si j'allais sortir de ma peau. Je déteste ça.

Bien que mon attention soit concentrée sur mon portable, je suis hyper consciente de sa présence, lui qui est assis à quinze centimètres de moi. Chaque mouvement de son corps. Chaque inspiration. Chaque soulèvement et abaissement de sa poitrine.

Je le sens au plus profond de mes os.

La chaleur qui se dégage de lui en vagues pesantes et suffocantes. Crosby Rhodes est beaucoup trop beau.

Et ce piercing à la lèvre...

Un frisson réticent me parcourt l'échine tandis que la chair de poule se répand sur mes bras. C'est comme si quelqu'un avait jeté une lourde pierre au fond de moi et qu'elle se brisait et se propageait jusqu'à se répercuter dans mes doigts et mes orteils. Plus d'une fois, je me suis demandé ce que cela ferait de l'embrasser. Je me dis que cela n'a rien à voir avec lui, mais plutôt avec le fait que je n'ai jamais embrassé un garçon avec un piercing.

Au fond de moi, je sais que je me mens à moi-même. Même si j'aimerais que ce ne soit pas le cas, Crosby est la seule raison. Après avoir réalisé ce que j'étais en train de faire, je me réprimande silencieusement avant de me reconcentrer sur mon téléphone.

— Qu'est-ce que tu observes de si intéressant ?

Sa voix s'immisce dans le tourbillon chaotique de mes pensées. Incapable de m'en empêcher, je jette un coup d'œil dans sa direction, mais son regard se pose sur le mien alors qu'il se rapproche. Nos genoux se frôlent et un éclair indésirable me traverse et électrise mes entrailles.

Ma bouche devient cotonneuse tandis que je me force à répondre.

— Rien.

Sasha se détache d'Easton suffisamment longtemps pour demander :

— Tu as reçu un autre message de ce mec ?

Une bouffée de chaleur inonde mes joues pendant que le regard de Crosby passe à mon amie avant de revenir sur le mien. Même si j'ai du mal à y croire, la profondeur de ses yeux sombres s'intensifie.

— Quel mec ?

Je serre les dents et lance un regard à Sasha.

Qu'est-ce qu'elle est en train de faire ?

D'abord elle en parle à Ryder, et maintenant à Crosby ?

Si elle cherche à perdre sa meilleure amie, elle est sur la bonne voie. Il faut qu'elle prenne conscience que s'il y a bien une personne à qui je refuse de dévoiler mes histoires personnelles, c'est ce type assis à côté de moi, qui envahit mon espace vital, et qui met mes sens en ébullition.

Je pense qu'il a toujours été un trou du cul. D'accord, il a peut-être été un peu gentil à la fête quand il m'a donné le tee-shirt qu'il portait, mais ça n'a jamais été son mode opératoire. Si l'on se fie à son comportement passé, ce Crosby plus gentil ne restera pas longtemps. Un jour ou l'autre, il se retournera, et je ne veux pas être prise par surprise à ce moment-là. Il est beaucoup plus facile de le tenir à distance que de baisser ma garde.

— Ça ne te regarde pas, grommelé-je en fronçant les sourcils.

S'il pense que je vais mettre de côté tout ce qui s'est passé entre nous juste parce qu'il a décidé d'agir comme un être humain pour une fois, il se trompe lourdement.

Quelques secondes de silence s'écoulent avant qu'il ne s'éclaircisse la gorge, attirant à nouveau mon attention sur lui.

— Tu es belle.

Mes yeux s'écarquillent. C'est comme si le vrai Crosby Rhodes avait été enlevé par des extraterrestres et remplacé par cet imposteur. Je ne dis pas que celui qui est assis à côté de moi n'est pas une meilleure version, mais c'est quand même flippant.

Il se déplace alors que je continue à le fixer du regard.

— Quoi ?

Je suis tentée de passer ma main sur son front et de vérifier s'il a de la fièvre. J'ai besoin de trouver une raison à ce changement brutal de comportement.

Devant mon silence, alors que je ne sais pas quoi répondre, il enchaîne avec une autre question.

— Ça te pose un problème que je te fasse des compliments ?

— Non, dis-je prudemment, en choisissant mes mots avec le plus grand soin.

C'est comme si je naviguais sur un champ de mines. Un seul faux pas et je serai réduite en miettes.

— J'attends juste ta *punchline*.

Il penche la tête. Ses yeux pénétrants ne me quittent pas une seule fois. J'ai l'impression qu'il peut voir sous la surface mes pensées les plus profondes. Celles qui se résument à lui. C'est troublant, et je ne peux m'empêcher de me trémousser sous leur intensité.

— Ma *punchline* ?

Il sort sa langue pour la faire glisser sur l'anneau d'argent, qu'il fait volontairement tourner dans un sens puis dans l'autre. Mon regard se pose sur le mouvement, tandis qu'une bouffée d'excitation indésirable s'épanouit au creux de mon ventre. En fait, la sensation s'est installée bien plus bas. Je serre les cuisses pour l'étouffer.

— Je ne comprends pas ce que tu veux dire, ajoute-t-il en continuant à jouer avec le métal.

Concentre-toi, Brooke !

Je me racle la gorge et plonge mes yeux dans les siens.

— J'attends que tu me dises quelque chose de méchant et que tu me démolisses. Tu aimes faire le con. Surtout avec moi, dis-je en haussant une épaule avec beaucoup plus de désinvolture que je n'en ai l'impression. C'est un peu ton truc.

Quelques secondes de silence s'installent alors que quelque chose scintille dans ses yeux. Ça ne peut pas être de la culpabilité. Ou du regret. Cela ne fait pas partie de son répertoire. Crosby Rhodes n'éprouve pas de remords. Encore moins quand il s'agit de moi. Le seul effet de cet étrange comportement sur moi est de me remplir de confusion et de me mettre sur les nerfs.

Je n'en ai pas besoin.

Et je n'en ai pas non plus envie.

La tension monte entre nous jusqu'à la frénésie, et j'ai du mal à la supporter. Ma poitrine se contracte avec la nécessité d'échapper à son regard impénétrable. Même si je n'ai pas fini de déjeuner, j'attrape mon sac.

— Tu veux bien te pousser ? Je dois y aller.

Ce n'est pas vrai, mais je ne peux plus rester en sa présence énigmatique un instant de plus, sinon je vais perdre le contrôle. Peut-être même que je vais exploser. Et je refuse que cela se produise.

Surtout devant lui.

CHAPITRE 10

CROSBY

Eh merde.

Ça ne se passe pas comme je l'avais imaginé. C'est même tout l'opposé.

Avec son sac en bandoulière, Brooke me fixe du regard comme si j'étais le diable incarné venu la traîner en enfer.

Ce qui, pour elle, est sûrement le cas.

Ce n'est pas comme si je pouvais tenir quelqu'un d'autre responsable de sa douleur. Il faut absolument que j'arrange cette relation. Reste à savoir si c'est possible après tout ce que j'ai dit et fait au cours des dix-huit derniers mois. Mais je dois essayer, pas vrai ?

Au lieu de me lever du banc et de la laisser partir – parce qu'elle s'envolera comme une chauve-souris si je le fais – je reste assis. Impossible pour elle de passer devant moi à moins que je ne la laisse faire. L'expression de son visage m'indique qu'elle aussi en est consciente. J'y lis un mélange entre l'envie de m'arracher la tête et celle de disparaître.

La tentation de l'attirer dans mes bras et d'apaiser son anxiété résonne dans mes veines comme un battement de tambour régulier. Il est tentant de céder. Elle est comme un animal effrayé qui a besoin qu'on le cajole et caresse avec douceur. Mais je garde mes mains pour moi. Elle risquerait de hurler au meurtre si je le faisais. Je le vois dans ses yeux.

Si nous n'avions jamais commencé à échanger de SMS, je pourrais peut-être continuer à la traiter avec dédain et à la tenir à distance, mais ce n'est plus possible. Brooke a involontairement partagé des détails personnels qu'elle garde cachés au plus profond d'elle-même. Je connais ses espoirs et ses rêves. Les démons du passé qui continuent de la hanter. Les peurs et les insécurités qui l'empêchent de dormir. J'ai épluché les couches et j'ai partagé les mêmes choses. Impossible d'effacer tout ça de ma tête et de prétendre que nous ne sommes rien de plus que des connaissances. Qu'elle en soit consciente ou non, tout a changé entre nous.

— On peut discuter ailleurs ?

La question sort de ma bouche avant que je puisse y réfléchir.

Pour la deuxième fois en quelques minutes, elle me regarde avec un étrange mélange de surprise et d'incertitude. Comme si elle ignorait qui je suis.

Devant son silence, je hausse les sourcils.

— Brooke ?

— On n'a rien à se dire, dit-elle à travers ses lèvres crispées.

J'aurais dû me rendre compte que ce ne serait pas si facile. Elle n'a rien à voir avec les autres filles du campus. Elle ne va pas simplement s'allonger et écarter les jambes parce que j'ai décidé d'être gentil. Je l'ai blessée des dizaines de fois, et maintenant elle ne veut plus avoir affaire à moi. Honnêtement, il est possible que je sois incapable de sauver cette relation.

Je regarde attentivement ses yeux, à la recherche d'un signe de tendresse.

En vain.

Alors que nous continuons à nous dévisager, elle redresse ses épaules et presse ses lèvres l'une contre l'autre jusqu'à ce qu'elles disparaissent en une fine ligne exsangue. Je jette un coup d'œil au couple en face de nous et constate qu'ils sont toujours enlacés. Tant mieux. Je n'ai vraiment pas besoin d'un public.

— Ça prendra moins de cinq minutes, et ensuite, si tu veux m'envoyer balader, tu pourras.

— Je n'ai même pas besoin d'y réfléchir, rétorque-t-elle, ses joues pâles s'échauffant.

C'est vrai.

Je baisse le ton.

— S'il te plaît ?

Elle aspire une grande bouffée d'air avant de l'expulser longuement.

— Tu as trois minutes.

— Je prends.

Je ne sais pas si ça suffira pour la convaincre que je ne suis pas celui qu'elle croit. Celui que j'ai tant voulu prouver que j'étais.

— Tu n'as pas vraiment le choix, s'emporte-t-elle alors que je me lève du banc et que je lui tends la main pour l'aider.

Elle la regarde brièvement comme s'il s'agissait d'un serpent avant de se lever seule. La sangle de son sac posée sur son épaule, elle attrape son plateau de nourriture à moitié dévorée. Sasha et Easton se séparent, comme s'ils venaient de se rendre compte qu'ils ne déjeunaient pas seuls.

Les sourcils de sa colocataire se rapprochent.

— Tu t'en vas déjà ? demande-t-elle avant de jeter un coup d'œil au plateau. Tu n'as même pas fini ton déjeuner.

Lorsque l'expression du visage de Brooke se tend, je me dis que je suis sûrement à l'origine de son manque d'appétit. Je passe mentalement en revue les dix dernières minutes et me rends compte qu'elle n'a pas touché à son sandwich pendant que j'étais assis à côté d'elle. Je déteste qu'elle se sente ainsi. Pourtant, elle a le même effet sur moi. Mais pour des raisons différentes.

— Oui, il faut que j'y aille.

Le regard curieux de Sasha oscille entre nous.

— Attendez une minute, vous partez ensemble ?

Je déplace mon poids avant de hocher la tête.

— On doit discuter de quelques trucs.

L'inquiétude se lit dans les yeux de Sasha. Je ne peux pas lui reprocher de se méfier de mes intentions. J'ai fait des pieds et des mains pour traiter Brooke comme de la merde, et tout le monde le sait. Y compris sa meilleure amie.

Et le mien.

Le coin de ses lèvres se plisse.

— Tu es sûr que c'est une bonne idée ?

L'expression dubitative d'Easton reflète celle de sa petite amie.

— C'est vrai...

Sa voix s'interrompt maladroitement.

Le fait qu'il se préoccupe du bien-être de Brooke me tape sur le système. Et pourtant, au fond, je ne peux pas leur reprocher d'être sceptiques. Je mérite les expressions inquiètes qui me sont adressées. Je les ai malheureusement méritées.

Je gesticule et marmonne :

— Ça va aller. Rassurez-vous, je n'ai pas l'intention de la découper en petits morceaux.

— Vraiment ? réplique Sasha, d'un ton plus dur.

Je lève les yeux au ciel et enroule mes doigts autour du poignet de Brooke. Son pouls bat de façon erratique contre mon pouce, comme les ailes d'un colibri. Je sais déjà qu'il n'y a rien que je puisse faire ou dire qui puisse arranger les choses. Un petit soupir s'échappe alors que je l'entraîne loin de la table et à travers le réfectoire bondé avant qu'aucun d'entre eux ne puisse la convaincre de revenir sur sa décision.

Au lieu de jurer sous mon souffle, j'écrase mes lèvres l'une contre l'autre avant de franchir les portes vitrées. Les bottes de Brooke claquent en staccato sur le carrelage tandis qu'elle accélère le pas pour me suivre, tout en essayant de se libérer de mon emprise.

Elle ignore combien j'ai envie de poser mes mains sur elle. Il me faut tout mon sang-froid pour ne pas la hisser dans mes bras et l'emmener dans un endroit où nous pourrions être seuls. Je pense être capable de faire taire toutes les voix qui se déchaînent dans sa tête si mes lèvres s'écrasaient sur les siennes.

Deviendrait-elle douce et docile dans mes bras ?

Ou continuerait-elle à me résister bec et ongles ?

— Tu peux me lâcher maintenant, grogne-t-elle, les mots s'échappant par à-coups.

Non, c'est impossible. Il est hors de question que je relâche mon emprise. Elle s'enfuirait en un clin d'œil.

Une fois dehors, une brise fraîche souffle sur nous et gifle nos joues. Alors que je la traîne le long de l'allée, les gens s'écartent de notre chemin. La colère qui se lit sur mon visage en dit long.

Je jette un coup d'œil autour de moi, à la recherche d'un endroit tranquille où nous pourrions parler, loin du va-et-vient des étudiants, avant de me diriger vers un monticule verdoyant, tandis qu'elle continue de se tordre dans mon étreinte.

— On va où ?

Dès que nous cessons de marcher, un grognement sort de ses lèvres et elle s'arrache de ma prise. Maintenant que nous sommes immobiles, je n'ai pas d'autre choix que de la libérer. Si elle s'enfuit, je ne pourrai pas y faire grand-chose.

Étonnamment, elle ne bouge pas. Elle me regarde d'un air renfrogné avant de se frotter la chair délicate de son poignet en formant des petits cercles. J'ai envie de le prendre dans mes mains pour vérifier qu'il n'est pas abîmé. Je refuse de la blesser ou de lui faire un bleu.

— Fais vite, dit-elle en claquant des doigts. Il faut que j'y aille.

Elle croise les bras contre sa poitrine et courbe les épaules comme si elle se préparait à une attaque.

Maintenant que je l'ai pour moi tout seul, mon cerveau se vide et je ne sais plus quoi dire. Un silence inconfortable s'installe entre nous et je plonge mes mains dans les poches de mon jean avant de me balancer d'un pied sur l'autre.

Son expression s'assombrit et elle tape impatiemment du pied.

— Alors, j'attends. J'attends. Qu'est-ce qui était si important ?

Sa voix s'élève à chaque mot prononcé.

Au lieu d'entamer la conversation comme je l'avais imaginée, je me lance :

— On peut faire table rase du passé et repartir à zéro ?

Le tapotement s'arrête instantanément tandis que son froncement de sourcils s'intensifie.

— Tu plaisantes ?

Je secoue lentement la tête.

Elle cligne des yeux alors que des questions défilent dans son regard avant qu'elle ne leur donne la parole.

— Pourquoi ? Tu as toujours été un vrai con. Pendant tout le temps où j'étais avec Andrew, tu n'as jamais eu un seul mot gentil à me dire. *Pas un seul.* En réalité, ajoute-t-elle, tu étais à peine capable de te montrer civilisé.

Je sursaute lorsque l'accusation sort de sa bouche.

Elle n'a pas tort. Rien de ce que je pourrais dire ne justifierait mes actes. Chaque coup et chaque fléchette empoisonnée étaient intentionnels, soigneusement ciblés pour provoquer le plus de dégâts possible, et il n'existe aucun moyen de revenir en arrière.

Je jette un coup d'œil au loin avant de me passer une main dans les cheveux.

Au lieu de lui révéler la vérité – que je l'ai repoussée parce qu'elle sortait avec mon meilleur ami et que j'avais des sentiments pour elle – je lui offre une excuse inadéquate.

— Je suis désolé.

Sa mâchoire se relâche avant qu'elle ne murmure :

— Sérieusement ?

Il me faut un effort pour avaler l'épaisse motte de sciure de bois humide qui s'est logée au milieu de ma gorge.

— Oui. Je n'aurais pas dû te traiter comme ça.

Elle se débarrasse du choc en cillant des yeux tandis qu'un rire s'échappe de ses lèvres.

— OK. D'accord. Comme tu veux.

Elle sort son téléphone de sa poche avant de jeter un coup d'œil à l'écran.

— Si on a fini, je dois filer.

Des vagues d'anxiété me submergent et inondent chaque cellule de mon corps.

— Non.

Son humour se transforme en grimace.

— Tes trois minutes sont presque écoulées.

Craignant qu'elle ne s'éloigne, je bondis en avant.

Ses yeux s'écarquillent et elle recule de quelques pas avant de lever la main pour me repousser.

— Non ! Je refuse que tu me touches.

Ses mots me font l'effet d'un poignard glacé dans le cœur. J'inspire brusquement et me force à garder une distance de quelques mètres entre nous.

— Pourquoi maintenant, hein ? Pourquoi te donner la peine de t'excuser alors qu'il reste à peine plus d'un semestre avant la remise des diplômes ?

L'air s'échappe de mes poumons comme un pneu se dégonflant lentement. Ce serait trop facile de tout avouer. De lui dire que c'est avec moi qu'elle échange des SMS tard dans la nuit. Mais elle me détesterait encore plus. Je peux le voir dans ses yeux. Tout ce qu'elle ressent pour Chris serait immédiatement anéanti. Elle penserait que je me fous de sa gueule pour le plaisir. Il n'y aurait aucun moyen de la convaincre du contraire.

Alors, non… la vérité n'est pas une option.

— Parce qu'il n'y a aucune raison pour qu'on soit en désaccord.

Le regard plongé dans le mien, elle baisse la tête et serre les bras contre sa poitrine. Cette position d'autoprotection ne m'échappe pas.

— C'est ça le plus drôle. On n'a jamais été en désaccord. Tu étais juste un connard sans raison. Il y a une différence, et j'espère vraiment que tu le comprends. Bizarrement, tu m'as tout de suite détestée, et j'ai eu beau être agréable et indulgente, ça n'a rien changé. Au contraire, ça n'a fait que t'encourager. Et maintenant, après tous tes commentaires merdiques et la gêne que tu as provoquée en moi, tu veux que je te pardonne ? demande-t-elle avant de s'interrompre un instant. Tu veux que j'oublie tout ça parce que tu as soudain décidé qu'on devrait se réconcilier ?

Ses traits sont aussi durs que du granit sculpté alors qu'elle secoue la tête.

— J'ai l'impression que c'est juste un autre de tes jeux, et devine quoi ? Je refuse d'y jouer.

Lorsque je fais un pas désespéré dans sa direction, elle tressaille.

— Je te promets que ce n'est pas le cas.

Elle crache un rire sans éclat.

— Et je suis censée laisser tout ça derrière moi et croire que tu es honnête ?

Je sors la langue pour m'humecter les lèvres. C'est bien pire que ce que je pensais.

— Bien sûr que non. Je sais qu'il faudra du temps pour prouver ma sincérité. Tout ce que je demande, c'est que tu me donnes une chance de le faire.

Au lieu de repousser ma requête comme s'il s'agissait d'un avion survolant un territoire ennemi, ce à quoi je m'attendais, elle murmure en secouant la tête :

— Je ne sais pas.

Une petite étincelle d'espoir s'allume en moi.

— Je sais que j'ai été un gros con. Je te demande juste de me laisser une chance de te montrer que je peux être différent. C'est tout.

Elle serre les lèvres l'une contre l'autre et ses épaules restent voûtées. Je vois presque les pensées qui se bousculent dans sa tête et la tentation qui brûle en elle de me dire d'aller me faire voir. Je n'ai vraiment pas envie qu'elle s'en aille sans avoir fait au moins un petit progrès dans la bonne direction.

Sans trop savoir quoi faire d'autre, je lui tends le bras.

— On fait une trêve ?

Son regard se pose sur ma main tendue et un silence pesant s'installe entre nous. Les bruits environnants s'estompent jusqu'à ce qu'il n'existe plus que nous deux. Alors que je crois qu'elle va me laisser en plan, elle place prudemment ses doigts dans les miens. Dès qu'ils se touchent, ma poigne se resserre comme si je m'accrochais à la vie.

Brooke est loin de se rendre compte qu'elle vient de sceller son destin par ce geste anodin.

Ses yeux s'enflamment, elle retire rapidement ses doigts et les replie. Maintenant qu'elle a accepté une trêve, je ne la laisserai pas me tenir à distance plus longtemps. L'électricité qui passe et grésille entre nous me donne encore plus envie d'elle. J'ai passé des années à me priver de la fille que j'ai toujours voulue, et je refuse de le faire plus longtemps.

— Il faut que j'y aille, marmonne-t-elle avant de s'éloigner et de s'enfuir à travers la marée d'étudiants.

Alors qu'elle est sur le point de disparaître, elle jette un coup d'œil par-dessus la courbe de son épaule. Son regard confus s'arrête sur le mien, un léger sourire se dessine au coin de mes lèvres et je lève une main hésitante. Elle ne me rend pas mon geste. Au contraire, un froncement de sourcils s'installe sur ses traits avant qu'elle ne se détourne et s'estompe de mon champ de vision.

Une fois qu'elle est partie, je relâche l'air emprisonné dans mes poumons et mes muscles se détendent. Bien sûr, j'admets que c'était un peu délicat, mais, en fin de compte, la conversation s'est mieux déroulée que prévu. Qu'elle en soit consciente ou non, son accord pour effacer l'ardoise n'est qu'un début.

Lorsque mon téléphone sonne avec un message entrant, je fouille dans ma poche avant de jeter un coup d'œil à l'écran.

C'est injuste que tu saches qui je suis. Je veux une photo de toi.

Je laisse échapper un rire silencieux.

Non… hors de question.

Du moins, pas tout de suite.

Une chose est sûre, j'ai du pain sur la planche. La plupart des filles du campus trouvent que je suis un charmant salaud. Je pense qu'il est temps de prouver que je peux être vraiment charmant.

CHAPITRE 11

BROOKE

J'accélère le pas alors qu'un nouveau frisson de malaise me traverse. D'accord… ce n'est peut-être pas totalement de l'appréhension. C'est peut-être plus quelque chose du genre…

Non.

Je refuse de craquer.

Je m'efforce de me débarrasser des sentiments que Crosby fait si facilement naître en moi. Comment fait-il pour m'entortiller dans une série de petits nœuds complexes ?

Même si ce type m'attire physiquement, je ne le supporte pas.

Alors oui… cette conversation n'a aucun sens. Tout ce qu'il a réussi à faire, c'est m'embrouiller.

De toutes les choses que je m'attendais à ce qu'il dise, des excuses pour ses transgressions passées n'en faisaient pas partie. Honnêtement, je m'attendais à ce qu'il pleuve des billets avant que ça n'arrive.

Même si j'ai accepté de faire table rase du passé, cela signifie-t-il que je vais oublier tout ce qu'il m'a dit et fait ?

Bien sûr que non.

Ce type a une tonne de choses à prouver avant que je puisse envisager de lui faire confiance.

Mes sourcils se froncent tandis que je ressasse soigneusement la conversation dans ma tête. La question que j'avais posée était légitime. Nous obtiendrons tous les deux notre diplôme au printemps et nous passerons à autre chose. Pourquoi s'en préoccuper maintenant ?

Être amis ou apprendre à se connaître plus profondément ne sert à rien. Le seul avantage que j'y vois, c'est que je n'aurai plus à craindre qu'il me mette mal à l'aise ou qu'il m'insulte. La tension n'envahira plus chacun de mes muscles et je ne serai plus nerveuse et à cran à l'idée de le croiser.

Au lieu de faire semblant d'être amis, je préférerais que nous nous ignorions. Comme ça nous pourrions coexister en paix. Nous n'avons aucune raison d'interagir. Peut-être que l'énergie irrépressible qui s'échappe et grésille lorsque nous nous trouvons dans la même zone se dissiperait enfin.

Alors que je m'apprête à tourner sur le chemin qui mène à McKinney Hall où a lieu mon prochain cours, Sasha me rattrape.

Elle expire, l'air essoufflé, alors que son regard me parcourt rapidement.

— C'était quoi ça ?

Je secoue la tête et fronce les sourcils.

— Moi non plus je n'en sais rien. Peut-être qu'il a réalisé l'impossible en se trouvant une conscience. Si c'est le cas, ça prouverait que les miracles existent vraiment.

Devant son expression se remplissant de confusion, j'admets à contrecœur :

— En fait, il s'est excusé pour son comportement merdique et a prétendu qu'on devrait (Je fais des guillemets avec mes doigts.) « effacer l'ardoise et repartir à zéro ».

Les yeux de Sasha s'écarquillent.

— Je n'y crois pas !

— Et si ! répliqué-je en appuyant sur le « s ».

— Punaise. Je ne m'attendais pas à un tel rebondissement.

— Peut-être, dis-je en secouant les épaules et en continuant à marcher. Mais peut-être que si.

Elle hésite un instant avant de demander :

— Tu ne le crois pas ?

Et voilà la question à un million.

— Je ne sais pas. Il a beaucoup de choses à prouver avant que je ne fasse confiance à quoi que ce soit qui sorte de sa bouche.

La conversation continue de tourner en boucle dans mon cerveau tandis que je baisse la voix.

— Je ne serais pas surprise de me rendre compte que tout ça n'est qu'une sorte de jeu tordu pour me donner un faux sentiment de sécurité avant de commettre quelque chose d'horrible.

Ses yeux s'agrandissent avant qu'elle ne murmure :

— Impossible. Tu crois vraiment que Crosby est aussi diabolique ?

Honnêtement ?

Je n'en ai aucune idée. En fin de compte, je ne le connais pas très bien. Comment le pourrais-je ? Il n'a fait que repousser toutes mes tentatives pour apprendre à le connaître, tout en me traitant comme de la merde.

Alors, oui… à mon avis, il est capable de presque tout.

Une bouffée d'air s'échappe de mes poumons.

— Je ne sais pas.

Mais je refuse de lui laisser le bénéfice du doute ou de prendre le risque d'être blessée à nouveau.

— J'espère que tu te trompes, chuchote-t-elle avant de se mordiller la lèvre inférieure. Je lui botterai littéralement le cul s'il essaie de faire un truc pareil.

Ses paroles grommelées m'arrachent un sourire sincère. Sasha et moi nous sommes rencontrées lors de la semaine d'orientation des étudiants de première année et nous nous sommes tout de suite bien entendues. Nous avons fini par vivre ensemble dans les dortoirs en première année, puis nous avons déménagé hors du campus dans un appartement en deuxième année. Ce sera notre dernière année de cohabitation avant de prendre des chemins différents après l'université. Parmi tous les amis que je me suis faits au cours de ma vie, Sasha est sûrement celle dont je me sens la plus proche. J'espère que nous resterons toujours présentes dans la vie de l'une et l'autre. Ça va faire bizarre de ne plus voir son visage tous les jours l'année prochaine.

Il y a un moment de silence avant qu'elle ne demande :

— Mais tu vas lui donner une chance ?

Mes lèvres se pincent.

— Je crois.

Est-ce que j'en ai vraiment envie ?

Non, mais nous avons le même groupe d'amis. Quand j'arrive à une fête, je m'inquiète non seulement de voir Andrew, mais aussi Crosby. À vrai dire, l'idée de le croiser m'angoisse plus que de me retrouver face à Andrew. Je peux faire face à mon ex et repousser aisément ses avances persistantes. Mais bizarrement, ce n'est pas aussi facile avec le beau brun.

Alors… c'est peut-être mieux ainsi.

Ça me fait une personne en moins dont m'inquiéter.

— Bon, ma belle. Je dois aller en cours. Je voulais juste m'assurer que tu allais bien.

Je colle un sourire sur mon visage.

— Je vais bien. Ne t'inquiète pas.

Avec un signe de la main, Sasha s'en va.

— À plus tard.

— Bye, lui lancé-je alors qu'elle s'éloigne tout en la regardant rattraper l'une de ses coéquipières.

J'ai à peine le temps de faire quelques pas que j'entends quelqu'un crier mon prénom par-dessus le faible brouhaha des conversations environnantes. Reconnaissant instantanément la voix, je grimace et accélère le pas.

D'abord Crosby et maintenant Andrew.

Cette journée pourrait-elle être pire ?

Ne répondez pas à cette question. C'était plutôt une question rhétorique. Tout le monde sait que c'est possible.

Et ça le sera sûrement.

Lorsqu'il prononce mon nom une deuxième fois, plus fort, je réalise que je ne pourrai pas le perdre dans la foule. Il est beaucoup plus proche qu'il ne l'était il y a quelques secondes.

Mince.

Moins d'une minute plus tard, je sens une large paume sur mon épaule et toute fuite devient alors impossible. Parfois, j'ai l'impression qu'il essaie de m'épuiser.

Attendez, est-ce vraiment ce qu'il veut ?

Que je cède et que j'accepte d'être sa petite amie parce que je n'ai plus la force de continuer à le combattre ?

Cette pensée est perturbante à bien des niveaux.

— Salut, dit-il en s'arrêtant à côté de moi avec un sourire.

Le même que celui qu'il m'adressait avant qu'on se mette ensemble. Celui du genre « je suis un gentil et charmant garçon ».

Le pire, c'est que je suis tombée dans le panneau. En plein dans le mille.

— Je t'ai appelée, j'ai essayé d'attirer ton attention. Tu ne m'as pas entendu ?

Je trouve ça drôle. Andrew ne se serait jamais dit que je l'ignorais intentionnellement. Son ego est bien trop grand pour cela.

Je pousse un soupir d'exaspération. Je suis encore bien trop perturbée par mon étrange conversation avec Crosby pour me concentrer sur mon ex. Avant que je ne puisse sortir la moindre excuse de je ne sais où, il glisse son bras musclé autour de mes épaules et me hisse contre son corps athlétique. Je fais preuve de finesse en passant sous son bras et en creusant un peu d'espace entre nous.

Il me lance un regard blessé.

— Avant tu ne te sentais jamais assez près de moi. Cette époque me manque.

— C'était avant que je me rende compte que tu aimais être proche de beaucoup de filles et que tu n'étais pas du genre exclusif.

— Bébé, soupire-t-il, on en a déjà parlé.

Oui, c'est vrai.

— Et je me suis excusé une centaine de fois.

— Peut-être parce que tu m'as trompée à peu près autant de fois, lui rappelé-je, refusant de le laisser me culpabiliser pour que je lui pardonne.

— Tu exagères, murmure-t-il.

J'ouvre la bouche, prête à répliquer de manière cinglante, avant de la refermer et de grincer des dents. Le soulagement m'envahit lorsque le bâtiment d'ingénierie se dessine au loin. J'accélère, cherchant à l'atteindre le plus rapidement possible.

Au lieu de répondre à sa remarque, je la balaie d'un revers de main.

— Écoute, je dois vraiment y aller. Je dois parler à l'un de mes professeurs avant le début des cours, dis-je.

Je m'attends à ce qu'il s'acharne. Au lieu de cela, il s'enquiert :

— Vous avez discuté de quoi avec Crosby ?

Je cligne des yeux, surprise par ce changement brutal de sujet.

— Quoi ?

La suspicion brille dans ses yeux bleus avant de disparaître, me faisant douter qu'elle ait vraiment existé.

— Je t'ai vue avec Crosby et je voulais m'assurer que tout allait bien, dit-il avant de s'interrompre alors que l'émotion s'infiltre dans sa voix. Tu sais que je lui botterais le cul s'il était méchant avec toi.

Un grognement d'incrédulité m'échappe avant que je ne puisse le retenir.

— Il a toujours été méchant et tu n'as jamais rien fait pour y remédier.

— Bébé, dit-il en penchant la tête et son expression s'adoucit, j'ai essayé de vous laisser régler vos problèmes entre vous. C'est tout. J'étais toujours prêt à intervenir si tu avais besoin de moi.

Je lève les yeux au ciel.

C'est un mensonge. Il s'asseyait sur le canapé avec une bière et nous regardait comme si nous étions le spectacle de la soirée. Après m'être fait découper en morceaux par Crosby et m'être retrouvée au bord des larmes, Andrew me prenait dans ses bras avant de me guider vers la chambre, comme si le sexe allait tout arranger. Et c'est tout. Il n'a jamais dit quoi que ce soit à son ami.

Comment ai-je pu croire que j'étais amoureuse de lui ?

Tout ce que je peux dire, c'est que cela ne se reproduira plus jamais. Je ne me laisserai plus jamais entraîner par un autre athlète menteur et infidèle. Je préfère être seule que mal accompagnée.

— Et si je t'emmenais dans ce petit restaurant mexicain que tu aimes tant, et qu'on en discutait ?

Je m'arrête si brusquement que la fille qui marche derrière moi me percute.

— Désolée, lui dis-je alors qu'elle me fait un doigt d'honneur et s'éloigne avant de reporter mon attention sur Andrew. Il n'y a plus rien entre nous. Il n'y aura *plus jamais* rien. C'est tout. Fin de l'histoire. Point final, terminé-je en cherchant son regard. Compris ?

Il cligne des yeux et déplace son poids avant de baisser sa voix jusqu'à un grondement sourd.

— Tu as tes *ragnagnas* ou quoi ? Parce que tu es vraiment odieuse.

J'entrouvre la bouche.

Il serait trop facile de tendre la main et de l'étrangler. Je me retiens de toutes mes forces de ne pas le faire.

Tu as tes ragnagnas ou quoi ?

Ce mec est-il sérieux ?

— En fait, répliqué-je avec plus de calme que je n'en ressens, non. Je suis juste agacée d'avoir la même conversation chaque fois que je te croise. C'est comme le film *Un jour sans fin*. C'est épuisant et il faut que ça cesse.

— Alors, dit-il lentement, comme s'il se creusait la tête sur un sujet difficile, ce que tu essaies de me dire, c'est que je devrais te donner un peu plus de temps ?

J'ouvre la bouche pour l'envoyer balader avant de la refermer et de m'éloigner à grands pas.

Non.

Non... C'est bon.

CHAPITRE 12

CROSBY

Dès que l'entraîneur siffle, je quitte le terrain en courant pour aller chercher une bouteille d'eau. Maintenant que nous sommes au cœur de la saison, chaque seconde passée sur le terrain compte. Chaque action. Chaque jeu. Chaque mètre gagné de haute lutte. Nous sommes tous conscients que les petites choses peuvent faire la différence entre la victoire et la défaite.

Je porte la bouteille à mes lèvres, l'eau glacée remplissant ma bouche avant d'atteindre le fond de ma gorge. C'est à ce moment-là que quelqu'un me bouscule et que le liquide se déverse sur mon menton et sur le devant de mon maillot d'entraînement. Le poing serré autour de la bouteille, je me retourne, prêt à frapper ce connard en pleine face.

Au lieu de trouver un petit joueur désemparé, je tombe sur Andrew, le regard rivé sur le mien. Sa mâchoire est crispée et ses bras pendent le long de son corps. Apparemment, il a l'air prêt à se battre.

Lorsque je lève un sourcil, il me fait un signe du menton.

Je change de position sous l'effet de ce regard scrutateur.

— Qu'est-ce qu'il y a ?

Il est clair que quelque chose ne va pas. Je le connais depuis trop longtemps pour me laisser berner par son silence. Il bout de l'intérieur, prêt à exploser. Il a toujours eu un tempérament explosif. C'est juste qu'il n'a pas l'habitude de s'en prendre à moi.

— Qu'est-ce qu'il y a entre toi et Brooke ?

Tous mes muscles se tendent comme des cordes de fouet. A-t-il découvert que je lui envoyais des messages ?

Je me creuse la tête. C'est impossible. J'ai été tellement prudent. Elle n'est même pas répertoriée par son prénom dans mon téléphone. Elle n'est identifiée que sous le nom de « fille parfaite ».

Alors je ne sais vraiment pas comment il a pu s'en rendre compte. Je me passe une main dans les cheveux tandis que mon esprit continue de tourner, à la recherche d'une explication.

— Oui, je t'ai vu parler avec elle au déjeuner, dit-il alors que son regard devient glacial. Je croyais que tu ne la supportais pas ?

L'air emprisonné dans mes poumons s'échappe lentement tandis que je secoue les épaules. D'accord… il ne sait rien. Pas vraiment. J'ai réagi de manière excessive et j'ai tiré des conclusions hâtives. C'est ce qui arrive quand on cache des choses à son meilleur ami et colocataire. On devient paranoïaque.

Je m'efforce de garder une voix nonchalante.

— Easton voulait passer dire bonjour à sa copine. C'est tout.

Même si je devrais maintenir les questions enfermées au fond de moi, à l'abri de la lumière du jour, elles éclatent.

— C'est quoi le problème ? Je n'ai pas le droit de discuter avec elle ?

Il penche la tête, comme s'il nous réévaluait, moi et mon commentaire, avec un intérêt nouveau.

— Je trouve juste bizarre que tu te sois toujours comporté comme un connard avec elle quand elle était ma petite amie, et que maintenant qu'on a rompu, tu fasses ami-ami.

— Je ne dirais pas ça non plus, murmuré-je, sachant qu'il n'y a aucune chance que Brooke me considère comme un ami.

Elle a à peine toléré ma présence pendant les cinq minutes que nous avons passées ensemble avant de s'enfuir aussi vite qu'elle le pouvait.

— Fais-moi une faveur et ne t'approche pas d'elle.

Je me redresse, mes muscles se raidissent.

— Pardon ?

Il se rapproche et ses joues se teintent d'une rougeur vive.

— Tu m'as bien entendu. Laisse-la tranquille. Ne t'approche pas d'elle.

Je plisse les yeux.

— C'est drôle. Ça ne te posait pas de problème quand je l'embêtais avant.

Même si ses lèvres se retroussent aux coins, ses yeux bleus restent glacials.

— Honnêtement ? Ça m'arrangeait que vous ne vous supportiez pas tous les deux. Je n'avais pas à m'inquiéter qu'elle tombe sous le charme de tes conneries comme le font toutes les autres filles.

Hypnotisé, je me focalise sur ses mots qui roulent comme des billes dans ma tête. Quand j'y repense, je me rends compte qu'Andrew n'a jamais pris la peine de la défendre. Bien sûr, il la réconfortait, mais il ne m'a jamais dit d'arrêter ces conneries. À l'époque, je me suis dit qu'il ne voulait pas se mêler à nos disputes. Ce n'est que maintenant que je réalise que je n'avais pas vraiment tort.

Je secoue la tête, éprouvant de moins en moins de respect pour lui. Bientôt, il ne restera plus rien.

— Tu es un vrai connard, dis-je d'un ton sec.

Lorsqu'un lent sourire se dessine sur son visage, je comprends qu'il en est conscient, mais qu'il s'en fout.

— Tu es au courant que Brooke t'aimait vraiment, n'est-ce pas ?

Avant qu'il ne puisse répondre, je me rapproche et grogne :

— Elle aurait fait n'importe quoi pour toi. C'était la petite amie parfaite, et tu l'as jetée sans même y penser.

Eh mince.

Pourquoi j'ai dit tout ça ?

Le sourire disparaît et ses lèvres se tordent en une affreuse moue.

— Sérieusement, Rhodes ? On dirait presque que tu craques pour mon ex.

Une minute gênante et immobile s'écoule.

Au lieu de nier en bloc pour retrouver un terrain stable, je reste silencieux. J'en ai tellement assez de lui mentir et de me mentir à moi-même sur ce que je ressens. Je le fais depuis que je l'ai vue pour la première fois sur le campus.

— Et je sais que c'est faux. *Pas vrai ?*

Les mots sont sur le bout de ma langue. Un rien pourrait les faire sortir et lui dévoiler la vérité.

Dévoiler la vérité *pour la première fois.*

Je pourrais alors laisser les choses exploser avant de ramasser les morceaux. Une partie de moi pense que ce serait plus facile que de me protéger constamment et de garder tout au fond de moi, à l'abri de la lumière du jour. Parce que c'est précisément ce que je fais, et ça me ronge de l'intérieur.

Il avance encore d'un pas avant de plaquer une main sur ma poitrine et de me forcer à reculer. L'agressivité à peine contenue suffit à me déstabiliser.

— Tu n'as pas répondu à la question. Tu n'essaies pas de te faire ma copine quand même ?

Quelques garçons se retournent et me fixent des yeux tandis qu'Andrew hausse la voix. J'ai beau vouloir tout avouer, ce n'est ni le moment ni l'endroit d'avoir cette conversation.

Mes épaules s'affaissent lorsque le mensonge s'échappe.

— Non.

Même s'il acquiesce, il continue de me dévisager avec méfiance. Je crois qu'il ne m'a jamais regardé comme ça, comme s'il n'ignorait pas qui j'étais.

C'est vraiment ce que j'ai l'intention de faire ?

Faire exploser notre amitié ?

Merde.

Merde.

Merde.

Parce que ce serait le parfait moyen de le faire. Il ne passera pas à autre chose tant qu'il ne l'aura pas récupérée.

— Parfait. Je ne veux même pas que tu regardes ma copine.

— Ce n'est pas ta copine, lui rappelé-je. Elle t'a largué il y a six mois.

— Quoi qu'il se passe entre nous, Brooke sera toujours à moi. Elle est en colère et a besoin de temps pour se calmer. Tu verras, elle reprendra ses esprits et reviendra vers moi.

Je me retiens de toutes mes forces de souffler. Les poules auront des dents avant que cela ne se produise. Mais il est hors de question que je lui dise ça. À en juger par l'expression qui se lit sur son visage, il y croit dur comme fer. Et il est fort probable qu'il passera le reste de sa dernière année à essayer de faire en sorte que cela se produise.

— Reste en dehors de mon chemin, ou je te dégagerai.

J'écarquille les yeux devant la rage refoulée qui vibre en vagues épaisses et suffocantes.

— Calme-toi, putain.

S'il pense pouvoir m'intimider, il a perdu la tête.

— Ah ouais ?

Ses mains se crispent avant de retomber le long de son corps. Je ne serais pas surpris qu'il tente de me donner un coup de poing. Une brume rouge obscurcit sa vision. Il ne voit pas clairement. Si c'était le cas, il s'éloignerait.

— Ouais, tu te comportes comme un fou.

Il lui faut un moment pour que ses épaules se relâchent et qu'il tourne la tête d'un côté à l'autre, faisant craquer sa nuque comme pour évacuer la tension.

— C'est juste que je ne supporte pas l'idée qu'elle soit avec quelqu'un d'autre.

— Je sais.

Et si je ne le savais pas avant cette conversation, je le sais maintenant. Andrew ne sera jamais d'accord pour que je vive quoi que ce soit avec son ex. Pour la première fois depuis que Brooke et moi nous sommes rapprochés, j'envisage sérieusement de faire marche arrière.

La chose la plus intelligente à faire serait de mettre fin à tout ça. Ce n'est pas comme si nous avions une véritable relation. Nous ne faisons que nous envoyer des SMS.

Est-ce que j'aimerais qu'il y ait plus ?

Oui.

Mais ce serait au détriment de mon amitié, et je ne suis pas prêt à aller jusque-là.

Pas encore.

CHAPITRE 13

BROOKE

L'excitation s'empare de mon ventre alors que j'attrape mon téléphone et que je m'installe dans mon lit.

Est-ce triste de voir combien j'ai hâte d'envoyer un SMS à Chris à la fin de chaque journée ?

Sûrement.

Après ma conversation bizarre avec Crosby cet après-midi et ma rencontre avec Andrew, c'est exactement le baume dont j'ai besoin pour m'apaiser.

Au lieu d'attendre qu'il établisse le premier contact, mes doigts s'agitent sur le clavier.

Salut, comment ça va ?

J'envoie le message avant de regarder mon portable dans l'attente d'une réponse. Même s'il a semblé trouver ma photo attirante, une partie de moi craint de ne pas être son genre et qu'il finisse par me rejeter. Je ne suis pas sûre de pouvoir le supporter.

Salut, ma belle.

Un sourire soulagé s'affiche sur mon visage tandis que tous les doutes qui tournent vicieusement dans ma tête se dissipent. Mes doigts survolent l'écran et je trouve le courage d'appuyer sur le bouton d'envoi.

Tu veux qu'on se voie en FaceTime ? Tu me le dois bien sachant que toi tu sais déjà à quoi je ressemble.

Dès que j'appuie sur le bouton d'envoi, mon cœur se loge au milieu de ma gorge avant de s'emballer. Les secondes qui s'écoulent lentement s'étirent comme des heures. Un mélange d'impatience et de peur me traverse, faisant monter ma nervosité à un niveau sans précédent.

Désolé, je ne suis pas encore prêt.

Un raz-de-marée de déception déferle sur moi, menaçant de m'entraîner dans son flot. J'ai tellement envie de mettre un visage sur la personne que j'ai appris à connaître au cours de la semaine passée.

Et si on s'appelait ?

J'expire, m'attendant à ce qu'il rejette également cette idée. Ce n'est que maintenant que je me rends compte que je suis peut-être allée trop loin avec ce petit échange de messages. Ça ne signifie peut-être rien pour lui et je devrais sûrement m'éloigner. Si ce mec ne veut même pas faire un FaceTime ou...

Lorsque l'écran s'illumine d'un appel entrant, je me redresse d'un coup alors que mon cœur manque d'exploser.

J'appuie sur le bouton vert et je réponds :

— Allô ?

— Salut.

Sa voix est étonnamment grave et titille quelque chose dans les recoins les plus reculés de mon cerveau. Avant que je ne puisse y réfléchir, une nuée de papillons surgit au creux de mon ventre avant de chercher frénétiquement une issue. Je me baisse puis m'allonge sur le côté et serre le téléphone contre mon visage.

Je laisse échapper la première chose qui me vient à l'esprit.

— Je n'arrive pas à croire qu'on est en train de se parler.

Il rit.

— C'est agréable d'entendre ta voix.

Aussi fou que cela puisse paraître, j'ai déjà l'impression que nous nous connaissons. C'est plus une formalité qu'autre chose.

— La tienne aussi. *C'est si bon.* Je n'arrive pas à croire que tu m'aies reconnue sur le campus.

Une brève pause s'installe, et je n'entends qu'une légère inspiration avant qu'il ne s'éclaircisse la gorge.

— J'étais au réfectoire en train de déjeuner et je t'ai remarquée. Puis j'ai réalisé que c'était la même tenue que celle de ta photo de ce matin. J'ai tenté ma chance et j'ai pris la photo. Je suis content d'avoir eu raison.

Je m'accroche à la première partie de son explication, ne laissant pas trop d'espoir s'installer.

— Alors, je suis ton genre de fille ?

— Tu es *vraiment* mon genre de fille.

Une nouvelle explosion se produit dans mon abdomen tandis qu'un sourire idiot s'affiche sur mon visage. Le maîtriser serait impossible. Ce n'est même pas la peine d'essayer.

— Et tu ne comptes pas m'envoyer de photo en retour ?

Il marque une pause.

— Pas encore.

— Tu sais que je m'en fiche, n'est-ce pas ? dis-je alors que le ton de ma voix baisse et devient sérieux. Je veux seulement mettre un visage sur la personne avec qui j'ai passé tant de temps à échanger des SMS.

— Il me faut juste un peu de temps, d'accord ? Ça ne te dérange pas ?

— Non, pas du tout.

S'il n'est pas prêt à sauter à l'étape suivante, j'attendrai qu'il le soit. Je suis simplement heureuse d'entendre sa voix. J'ai l'impression que nous avons franchi une nouvelle étape.

Je tire les couvertures sur moi et m'y blottis tandis qu'il me dit :

— Parle-moi de ta famille. Tu es fille unique, c'est ça ?

— Mes parents ont divorcé quand j'avais 7 ans, et pendant long-temps j'ai vécu seule avec ma mère. Quand j'avais 15 ans, elle a épousé mon beau-père, Garret.

— Et tu t'entends bien avec lui ?

— Oui, je l'aime bien. Il est super facile à vivre et me traite bien, répliqué-je avant d'admettre : ma mère, par contre ? C'est un peu l'op-posé. Notre relation est plus tendue.

— Pourquoi ?

Je mets un moment à formuler une réponse.

— On n'a pas vraiment les mêmes valeurs, et elle a toujours été critique envers moi.

— Je suis désolé de l'apprendre. Je parie que c'était difficile à gérer en grandissant. Je peux te demander pourquoi elle est si critique. Tu m'as l'air sacrément parfaite.

Le compliment provoque un petit tressaillement dans mon ventre.

C'est un peu surréaliste de parler de ça avec quelqu'un que je ne connais pas dans la vraie vie. Mais c'est justement ça qui est étrange… parce que j'ai l'impression de le connaître. Je ne pourrais peut-être pas le reconnaître parmi une liste, mais j'ai l'impression qu'il y a un lien entre nous. Malheureusement, c'est déjà plus que ce que j'ai pu trouver chez les autres garçons avec lesquels je suis sortie.

Alors que je ne réponds pas immédiatement, sa voix s'adoucit.

— Tu sais quoi ? Oublie ma question. On ne se connaît pas très bien, et c'était peut-être trop personnel.

Je relâche une respiration refoulée et me rends compte que j'ai envie d'être honnête et de partager avec lui une relation privilégiée que je n'aurais pas forcément avec des garçons avec qui la relation est purement superficielle. Sasha est au courant des problèmes avec ma mère, mais elle est l'une des rares personnes. Au début, avec Andrew, j'ai essayé de m'ouvrir, mais il n'avait pas envie de creuser sous la surface. Lorsque nous passions du temps ensemble, il voulait faire l'amour. Les rares fois où j'ai parlé de ma mère, il m'a dit qu'elle était géniale et que je n'avais pas de raisons de me plaindre. Je n'ai donc pas remis le sujet sur le tapis.

— Non, ça va. J'ai envie de t'en parler. Ma mère s'appelle Elaine. Elle s'intéresse plutôt aux choses matérielles et profite de tous les avantages qui lui reviennent en étant mariée à un homme riche avec un bon statut social. C'est la vie qu'elle a toujours voulu mener, et c'est quelque chose que mon père ne pouvait pas lui offrir. C'est pour ça qu'ils ont divorcé quand j'étais petite. Honnêtement, je pense qu'ils sont tous les deux bien plus heureux avec leur mari et femme d'aujourd'hui.

— D'accord, dit-il doucement, mais ça n'explique pas pourquoi tes rapports avec elle sont compliqués.

Non, c'est vrai.

Son commentaire me fait prendre conscience qu'il est réellement attentif à la conversation, et une vague de chaleur s'épanouit dans ma poitrine.

— Elle a toujours beaucoup critiqué mon apparence, dis-je avant de marquer une pause et de me forcer à admettre la vérité tout en mettant à nu des blessures profondes. Et mon poids.

Le rouge me monte aux joues tandis que la honte tente de s'installer. Ce sujet a constamment été sensible pour moi, et il est peu probable que ça change un jour. Quel que soit le nombre de séances chez le psy.

— Ton poids ?

La confusion se fraye un chemin dans sa voix.

— Oui, dis-je en aspirant une grande bouffée d'air avant de la relâcher. Pendant mon enfance, elle était très préoccupée par mon poids. Elle faisait toujours des commentaires sur le type de nourriture que je mangeais, si j'en avalais trop ou si je ne rentrais pas bien dans mes vêtements. J'étais obsédée par le nombre de calories que je consommais et par le sport que je faisais pour les brûler. C'était vraiment malsain, et j'essaie de ne pas retomber dans ces vieux schémas de pensées.

Un long silence s'étire entre nous tandis que mon rythme cardiaque s'accélère. Mes dents grattent ma lèvre inférieure et je me demande si je n'ai pas, par inadvertance, révélé trop de choses sur moi. Ce n'est pas un sujet que j'ai envisagé de partager avec Andrew. En fait, lorsqu'il a vu des photos de moi au lycée, il m'a dit combien j'étais belle, puis il a pincé mes poignées d'amour comme pour me montrer silencieusement qu'il voyait la différence. Je grimace en repensant à ce souvenir.

— Punaise. Ça craint vraiment. Je suis désolé, je ne savais pas.

Je force un rire pour dissimuler ma gêne d'avoir trop parlé.

— Comment tu aurais pu ? On se connaît à peine.

Il se racle la gorge.

— C'est vrai. Pour ce que ça vaut, je pense que tu es parfaite.

Personne ne devrait jamais te faire croire que tu n'en vaux pas la peine. Peu importe ton poids.

Le gouffre au fond de mes tripes se dissout peu à peu.

— J'ai passé une grande partie de mes années lycée à suivre un régime hypocalorique et j'ai ensuite essayé de brûler tout ce que j'avais consommé. Parfois, je me gavais de nourriture. Toutes les sucreries que ma mère désapprouvait et bannissait de la cuisine. Je me sentais tellement coupable après coup que je me forçais à tout vomir. Pendant longtemps, je pensais être incapable de briser ce cycle. Comme si j'allais en être prisonnière pour le reste de ma vie. Chaque fois que je cédais, je me sentais tellement honteuse d'avoir perdu le contrôle et d'être faible. Je me disais que ça ne se reproduirait plus. Mais si. Pendant un certain temps, je parvenais à contrôler mes pulsions et je me sentais invincible. Forte. Même si mon corps était faible. Et puis je craquais, je me gavais et j'avais l'impression d'être une merde. Sans valeur. Je dépensais tellement d'énergie à essayer de répondre à ses attentes irréalistes. Je voulais être la fille parfaite, mais ce n'était jamais assez.

Même si j'en ai parlé en thérapie et que j'y ai travaillé dans ma tête, il y a quelque chose d'étrangement cathartique dans le fait de partager mon passé avec lui. De lui donner un aperçu de la personne enfouie sous la façade. Je ne veux pas faire semblant d'être quelqu'un d'autre. S'il n'est pas capable de l'accepter – de *m*'accepter – alors, il ne vaut pas la peine que je lui consacre du temps.

— J'aimerais vraiment pouvoir te serrer dans mes bras, là, tout de suite.

Tout mon être fond.

— Moi aussi.

— Ferme les yeux et imagine que je suis là.

Je fais ce qu'il me dit, l'imaginant à mes côtés, et étrangement, tout va mieux.

— Est-ce que tu te bats toujours contre ce problème ? demande-t-il avec hésitation.

— Une fois que je suis partie pour l'université, j'ai pu prendre du recul et admettre que ma relation avec la nourriture, mais aussi celle avec ma mère, étaient vraiment malsaines. J'ai commencé à voir un psy sur le campus et ça m'a vraiment aidée à comprendre ce que je faisais. Il m'a fallu beaucoup de temps pour reconnaître que c'étaient ses problèmes et non les miens. J'ai également fini par accepter que je ne serais jamais une brindille, mais que je pourrais toujours être heureuse et en bonne santé.

Je dois remercier Sasha pour cela. Elle m'a permis de réaliser que je ne me voyais pas clairement quand je me regardais dans le miroir.

— Je suis vraiment triste que tu aies traversé tout ça.

— Moi aussi.

J'ai passé énormément de temps à faire le deuil de mon enfance, à souhaiter que les choses aient été différentes. Mais on ne peut pas changer le passé. Je ne peux que faire la paix avec lui et aller de l'avant.

— Tu as beaucoup de mérite d'avoir été capable de faire ça. Tu es vraiment forte.

— Ça n'a pas été facile, mais je suis beaucoup plus heureuse maintenant.

Une nouvelle bouffée de chaleur se répand dans mes veines tandis que je m'éclaircis la gorge et que j'oriente la conversation dans une autre direction. Assez parlé de moi.

— Et toi ? Tu es proche de ta famille ?

— Comme tes parents, les miens sont divorcés. C'est arrivé à peu près au même âge que toi, alors je suppose qu'on a ça en commun, dit-il avec une pointe d'humour dans son ton. Mon père en est à sa quatrième femme.

Mes yeux s'écarquillent.

— Waouh. Punaise. C'est…

— Beaucoup ? demande-t-il avec un petit rire. Oui, c'est vrai. Il est chirurgien et passe plus de temps à l'hôpital qu'à la maison. L'épouse numéro deux avait l'habitude de plaisanter en disant qu'il était marié à la médecine plutôt qu'à elle. Malheureusement, c'est la vérité. Lorsqu'elle a fini par comprendre que ça ne changerait jamais, elle est partie. Pareil pour l'épouse numéro trois. Ça n'a carrément pas l'air de déranger sa quatrième femme de voir qu'il n'est pas vraiment présent.

Je cherche dans mon cerveau toutes les autres informations que j'ai pu glaner sur sa famille lors de nos précédents échanges de SMS.

— Tu as un frère aîné, c'est ça ?

— Oui. Il est en deuxième année de médecine.

— Mais toi, faire ça ne t'intéressait pas ?

Après une longue période de silence, je me demande si je n'ai pas marché involontairement sur une mine antipersonnel. Ce que j'ai compris de mon propre passé, c'est que nous en avons tous un. Que nous en soyons conscients ou non.

Alors que j'ouvre la bouche pour lui dire que nous ne sommes pas obligés d'en parler, il me répond :

— Non, l'ingénierie, c'est plus mon domaine. Mon père travaille sûrement quatre-vingts heures par semaine. Il est toujours de garde pour ses patients. Mon frère et lui se sentent tous deux investis d'une vocation supérieure et sont passionnés par la profession. Il faut ce genre de dévouement et la volonté de sacrifier d'autres aspects de sa vie. Je ne suis pas prêt à le faire.

On dirait qu'il a beaucoup réfléchi à la question. Je ne l'aurais pas vraiment envisagé en pensant aux carrières médicales, mais c'est logique.

— Je peux comprendre. Est-ce que ta famille est déçue de ton choix ?

— Un peu, peut-être, mais ils savent que j'ai d'autres intérêts.

— Tu veux dire l'ingénierie ?

Il hésite légèrement avant de répondre :

— Oui.

— Qu'est-ce que tu aimerais faire ensuite ?

— Je ne sais pas. Sûrement quelque chose dans l'industrie automobile.

— J'ai du mal à croire qu'on sera diplômés le semestre prochain. Tu as pu faire un stage ? Tu as déjà des perspectives ?

— J'ai quelques options, mais rien de concret. J'en saurai plus au printemps, dit-il avant de retourner rapidement la question vers moi.

— Et toi ? Tes projets après la remise des diplômes ?

— J'ai eu la chance de décrocher un stage l'été dernier dans un grand magasin, et ils m'ont proposé un poste à temps plein pour travailler avec leur acheteur. Ce n'est pas exactement ce que je veux faire, mais c'est un bon début.

— C'est vraiment cool. Félicitations.

— Merci.

Un sourire se dessine sur mon visage et nous passons les deux heures suivantes à parler de tout et de rien. Au milieu de tout cela se glissent une tonne de rires et de plaisanteries. Je crois que je n'ai jamais été aussi proche de quelqu'un. J'ai l'impression que je pourrais dire n'importe quoi à Chris et qu'il comprendrait. Je suis sous le choc lorsque je jette un coup d'œil à l'horloge posée sur la table de nuit et que je réalise qu'il est plus d'une heure du matin. Où est passé le temps ?

— Je suis sûre qu'on te l'a déjà dit, mais c'est vraiment facile de parler avec toi, reconnais-je, réticente à mettre fin à notre conversation. Je suis sortie avec quelqu'un pendant près d'un an, et je ne crois pas qu'on ait déjà autant discuté ni même partagé autant de choses durant toute notre relation, avoué-je en forçant un petit rire. C'est triste, non ?

— Ça prouve qu'il n'était pas fait pour toi.

— Non, c'est vrai.

Nous retombons tous les deux dans le silence.

— Je devrais peut-être te laisser. Tu vas être un zombie demain matin.

Un mélange de tristesse et de nostalgie m'envahit et j'accepte à contrecœur.

— Oui, d'accord.

Mes dents s'enfoncent dans ma lèvre inférieure. Je n'ai pas envie que ce soit la seule fois, mais j'ai peur d'en réclamer plus ou de passer pour quelqu'un d'indigent.

— On se parle demain ? demande-t-il.

Je suis soulagée.

— Absolument.

— Bonne nuit, ma belle.

— Bonne nuit, Chris.

Puis je raccroche à contrecœur.

CHAPITRE 14

BROOKE

Je tourne la page du livre que je suis en train de lire et prends quelques notes avant de jeter un coup d'œil à mon téléphone. Il me reste environ une heure de révision avant de rentrer à la maison et d'appeler Chris. La seule idée de m'installer dans mes draps et de lui parler suffit à faire naître un sourire ridiculement étourdissant sur mon visage.

C'est fou de voir combien j'apprécie ce garçon.

On s'envoie des SMS tout le temps, pas uniquement le soir. C'est devenu un problème. Voilà pourquoi je suis à la bibliothèque. Je ne peux vraiment pas me permettre de me relâcher dans mes cours alors que je suis à deux doigts d'obtenir mon diplôme.

En plus, Easton et Sasha étaient terrés dans sa chambre. Une fois que le sommier a commencé à heurter le mur, j'ai fait mon sac et j'ai filé ici. Rester là à les écouter s'envoyer en l'air me donnait l'impression d'être un énorme pervers.

— Salut.

Sortie de mes pensées, je lève les yeux et découvre que Crosby me regarde. Un frisson d'excitation me parcourt l'échine tandis qu'une détonation de nervosité indésirable explose dans mon ventre.

Pourquoi ?

Pourquoi me fait-il toujours cet effet-là ?

Même si je croyais que ses excuses permettraient d'apaiser les choses entre nous, ce n'est pas le cas. La tension sexuelle est montée d'un cran alors que tout ce que je veux, c'est qu'elle disparaisse.

— Salut.

— Tu travailles tard.

Je me déplace sur ma chaise avant de faire un effort concerté pour détacher mon regard de ses yeux couleur d'onyx. Parfois, j'ai l'impression qu'ils pourraient m'aspirer si je ne fais pas attention.

— Oui, j'ai des devoirs à terminer, dis-je en haussant les épaules. C'est plus facile de se concentrer ici qu'à l'appartement.

— Je suppose qu'Easton est là ? demande-t-il avec un sourire en coin.

Mes lèvres se soulèvent et un petit rire s'échappe.

— Malheureusement, les casques antibruit ne suffisent pas toujours.

— Oui, je n'ai pas envie d'imaginer.

Il déplace le sac à dos sur son épaule avant de désigner la chaise placée face à moi.

— Ça te dérange si je révise aussi ici ?

L'humour qui m'habitait s'évanouit.

— Euhhh.

Dis-lui que oui. Dis-lui que tu attends quelqu'un.

— Ah... je ne pense pas.

S'il remarque l'hésitation dans ma voix, il l'ignore et tire la chaise avant de s'y installer. Alors qu'il sort son ordinateur et quelques livres, je me recentre. Je me suis promis de lire encore un chapitre avant de rentrer chez moi et d'appeler Chris. C'est ma petite récompense pour avoir bien travaillé, et je ne vais pas laisser Crosby la compromettre.

Sauf que... mon regard se pose sur lui à plusieurs reprises.

Heureusement, il ne s'en rend pas compte. Chaque fois que je me surprends à le regarder, ou pire encore, à fixer son piercing des yeux en me demandant ce que ça ferait...

Je m'efforce de me débarrasser de ces pensées.

En me déplaçant sur la chaise, je consulte à nouveau mon téléphone et réalise que trente minutes se sont écoulées et que j'ai à peine parcouru quatre pages. Au rythme où je vais, je ne pourrai jamais rentrer et appeler Chris.

Je jette un coup d'œil à la raison de ma distraction et constate qu'il m'observe déjà. La chair de poule envahit mes bras lorsqu'il continue à me dévisager sans détourner les yeux.

Ma bouche devient cotonneuse.

Ce n'est pas la personne pour laquelle je veux ressentir cela.

— Tu as presque terminé ? demande-t-il.

Est-ce mon imagination ou sa voix est-elle étrangement graveleuse ?

Peut-être qu'il vaut mieux que ce soit le cas. Avec suffisamment de temps et de distance, ces sentiments finiront par s'estomper. Mais ça dure depuis un moment et ça ne s'est pas encore produit.

— Euhhh, oui. J'ai fait la plupart de ce que j'avais à faire. *Mensonge*. Je devrais peut-être rentrer.

Je suis soulagée à l'idée de m'éloigner de lui et des émotions déstabilisantes qu'il fait naître en moi.

Tout en acquiesçant d'un signe de tête, il éteint son ordinateur et le ferme avant de le ranger dans son sac à dos.

Je cligne des yeux.

— Qu'est-ce que tu fais ?

— Je pars avec toi.

Une nouvelle détonation de nervosité explose dans mon ventre et je secoue la tête.

— Non, tu viens d'arriver. Ne pars pas à cause de moi. Tu devrais rester et étudier, dis-je, alors que ma voix continue de s'élever. Je suis sûre que tu y arriveras mieux une fois seul.

Même si ma présence ne semble pas aussi distrayante pour lui que la sienne l'était pour moi.

— C'est bon. Je n'avais pas l'intention de rester longtemps, mais il fallait que je termine ce travail pour demain. Je peux faire le reste chez moi.

Eh mince.

— Ah. D'accord.

Une fois son sac fait, il se lève.

— Tu as pris ta voiture ou tu es venue à pied ?

Je jette un coup d'œil vers l'escalier et me demande si mon départ serait vraiment impoli.

— À pied.

Il baisse les sourcils avant de les froncer. Ce qui le rend encore plus beau.

— Tu ne devrais pas rentrer seule quand il fait nuit. C'est dangereux.

Je déplace mon sac sur mon épaule, j'ai envie de m'éloigner de lui.

— Je sais, mais ce n'est pas si loin.

— Viens, je suis en voiture. Je te dépose.

Quand j'ouvre la bouche pour argumenter, il secoue la tête et tout se dégonfle en moi.

Génial.

Au lieu de m'éloigner de lui, je vais me retrouver coincée dans sa voiture.

Je ne peux m'empêcher de traîner les pieds alors que nous rejoignons le rez-de-chaussée puis nous dirigeons vers la sortie. Bien trop proche de moi pour que je sois à l'aise, Crosby glisse son bras autour de moi et saisit la poignée de la porte avant de l'ouvrir. Lorsque je le dévisage, ses lèvres tremblent aux commissures, comme s'il savait exactement ce qui se passe dans mon cerveau.

Depuis quand ce type a-t-il des manières ?

Dès que je suis dehors, l'air frais de la nuit me frappe les joues. Je regrette de ne pas avoir pris une veste avant de sortir cet après-midi. Je me frotte les mains de haut en bas pour lutter contre le froid.

Peu de temps après, Crosby s'approche de moi, passe un bras autour de mes épaules et m'attire contre lui. L'odeur boisée de son eau de Cologne envahit mes sens. Alors que je suis sur le point d'inspirer une nouvelle fois, je m'interromps.

Qu'est-ce que je suis en train de faire ?

Il est si tentant de me libérer, mais sa chaleur est bien trop agréable.

— C'est mieux comme ça ?

Sa voix rauque fait exploser le désir au plus profond de moi avant de s'installer inconfortablement entre mes cuisses.

Je me racle la gorge alors que ces pensées désordonnées m'envahissent.

— Oui, merci.

Au moment où nous sommes à peu près à mi-chemin du parking, je remarque un groupe de trois filles qui se dirige vers nous. Il n'y a plus grand monde sur le campus à cette heure-ci, seulement quelques personnes qui se rendent à la bibliothèque ou dans les dortoirs. Leurs regards restent fixés sur le garçon à côté de moi. Lorsqu'elles sont à une dizaine de mètres, l'une d'entre elles nous adresse un signe de la main, un immense sourire illuminant son visage.

— Salut, Crosby. Justement je te cherchais chez les footballeurs.

— Ah oui ?

— Il y a une tonne de gens qui font la fête là-bas. J'espérais que tu y serais.

— Désolé, pas ce soir, répondit-il nonchalamment, j'ai encore beaucoup de devoirs à terminer.

Le regard curieux de la blonde se pose sur moi avant qu'elle ne hausse un sourcil. Je l'ai déjà vue sur le campus et lors des soirées chez les footballeurs. Elle est magnifique, avec le genre de corps élancé que je ne peux m'empêcher d'envier.

Alors que j'imagine bien ce qu'elle doit penser vu notre proximité et que ce n'est pas du tout la vérité, je décide qu'il serait sûrement judicieux de m'éloigner de lui. Mais lorsque j'essaie de me dégager, le bras de Crosby se resserre autour de moi, m'ancrant à ses côtés.

Il se racle la gorge.

— Peut-être une autre fois, d'accord ?

Son attention se porte à nouveau sur lui avant qu'elle ne réduise un peu la distance qui les sépare.

— Je suis libre si tu as besoin d'aide pour étudier, dit-elle alors qu'une lueur chaude s'allume dans ses yeux, je sais comment te motiver.

Euhhh, d'accord.

Lorsqu'elle pose une main sur son torse, je lève les yeux et comprends ce qui lui passe par la tête. Cette conversation vient vraiment de prendre une tournure gênante.

Au moment où Crosby ouvre la bouche, elle pivote vers moi et lui coupe la parole.

— Je ne crois pas qu'on se soit déjà vues. Je m'appelle Shandi. Tous les amis de Crosby sont aussi les miens.

Euhhhh.

— Salut, moi, c'est Brooke.

Mes yeux s'écarquillent lorsqu'elle me tend la main et la glisse dans la sienne avant de la serrer doucement.

— On pourrait peut-être aider Crosby à réviser, dit-elle en clignant de l'œil, *ensemble*.

Il me faut un moment avant de sortir de la stupeur mentale qui s'est emparée de moi et dégager mes doigts.

— Je crois que tu as mal compris.

Avant que je ne puisse ajouter quoi que ce soit, Crosby écarte son autre main de sa poitrine et nous fait reculer d'un pas.

— Désolé, Shandi. Tu vas devoir trouver quelqu'un d'autre pour t'amuser.

Son regard passe de l'un à l'autre avant qu'elle ne hausse les épaules.

— Pas de souci. Peut-être une autre fois. Amusez-vous bien.

Et le trio s'en va en ricanant.

Attendez une minute... est-ce qu'elle vient vraiment de dire ce que je crois ?

Crosby me propulse en avant tandis que je secoue la tête, essayant de comprendre cette étrange conversation. Après quelques pas, mes pieds s'immobilisent puis je m'élance vers lui.

Il me regarde en haussant les sourcils.

— Y a un problème ?

— Je ne sais pas qui c'était, mais si tu préfères traîner avec elle, n'hésite pas. Je suis tout à fait capable de rentrer chez moi toute seule.

Son regard ne quitte pas une seule seconde le mien.

— Je n'ai pas envie de passer du temps avec Shandi.

— Tu es sûr ? Parce que ce que tu fais ne me regarde pas.

— Oui, je t'assure.

Alors que je reste figée sur place, incertaine de la marche à suivre, son bras se resserre autour de moi.

— Viens, il fait froid. Rentrons à la maison.

À contrecœur, j'acquiesce et le suis.

Le silence s'installe autour de nous tandis que nous nous dirigeons vers le parking et la voiture isolée à quelques rangées de là. Normalement, pendant la journée, le parking est bondé et les places sont rares. Ce n'est pas le cas aujourd'hui.

Une fois que nous avons atteint le véhicule, son bras disparaît autour de moi et le froid m'envahit immédiatement. Il ouvre la porte et m'introduit à l'intérieur avant de m'enfermer dans le petit habitacle. Après avoir fait un tour rapide du capot, il s'installe sur le siège en cuir et démarre le moteur. Il le laisse tourner au ralenti pendant quelques minutes avant de sortir du parking et de s'engager dans la rue bordée d'arbres. Je me creuse la tête pour trouver quelque chose à dire, mais je ne peux m'empêcher de penser à Shandi.

Si je devais tracer le portrait du genre de fille avec laquelle Crosby passe du temps, elle correspondrait parfaitement à la description. Elle est la copie conforme de celles que j'ai vues traîner autour d'Andrew. Ce qui est évident, c'est qu'elle ne se souciait pas de savoir si Crosby passait du temps avec une autre femme. Au contraire, elle avait vraiment envie de participer à l'action. Un rappel inutile de plus de la raison pour laquelle fricoter avec un athlète à Western University est une mauvaise idée.

Non que je risque de me retrouver avec un autre athlète.

Je regarde Crosby un peu de travers.

Et certainement pas avec le sportif assis à côté de moi.

Vous imaginez ?

Le rire monte dans ma gorge avant que je ne l'étouffe pour qu'il n'ait pas l'occasion de se libérer.

— Vas-y, dis-moi à quoi tu penses.

Hors de question que je lui dise la vérité.

— Je pense simplement à ce qu'il me reste à faire ce soir.

— Ah oui ? demande-t-il en me jetant un coup d'œil. Je croyais que tu avais tout fini à la bibliothèque.

— Il me manque juste un peu de lecture, murmuré-je, détestant le fait qu'il m'ait prise en flagrant délit de mensonge.

Je suis soulagée lorsqu'il s'arrête devant le bâtiment. Une fois qu'il s'est garé, son regard sombre se pose sur le mien et j'ai l'impression d'être clouée au siège. Même si mes doigts sont enroulés autour de la poignée et que je suis prête à descendre, je me sens incapable de bouger.

— On aurait pu rester à la bibliothèque si tu avais besoin de travailler. Je n'étais pas pressé de partir.

Je déglutis, ma bouche devient cotonneuse.

— C'est bon, murmuré-je. Ce n'est pas grave.

D'un signe de tête, il se tourne davantage vers moi.

— Tu as des projets pour ce soir ?

Chris se fraye un chemin dans mon cerveau et, pour une raison que j'ignore, je répugne l'idée de l'évoquer devant Crosby. Mes relations ne le regardent pas. Tout comme les siennes ne me regardent pas.

— Non. Je vais sûrement me coucher tôt. La journée a été longue.

Je me force à arrêter de divaguer avant d'admettre la vérité.

Pourquoi ce type me rend-il si nerveuse ?

En m'obligeant à rompre le contact visuel, je jette un coup d'œil vers le bas et une mèche de cheveux tombe sur mes yeux, le protégeant de mon champ de vision et me permettant de respirer plus facilement. Au moment où j'expire, prête à bondir de la voiture et à m'enfuir rapidement, il tend la main et écarte l'épaisse mèche de mes yeux avant de la glisser soigneusement derrière mon oreille.

Ce geste intime a pour effet de bloquer l'air dans mes poumons. Mon regard écarquillé plonge dans le sien. L'intensité qui se dégage de ses prunelles fait battre mon cœur à tout rompre alors que l'oxygène est aspiré dans ce petit espace. Ses doigts effleurent lentement ma joue avant de s'en détacher.

C'est la sonnerie aiguë de mon téléphone qui me libère de cette étrange paralysie. Je cligne des yeux et cherche à tâtons l'appareil avant d'appuyer sur le bouton vert et de le porter à mon oreille.

— Allô ?

Lorsque je retrouve enfin ma voix, il ne s'agit plus que d'un râle douloureux. Comme si je n'avais pas bu une goutte d'eau depuis des jours.

— Brooke ? demande l'interlocuteur avant de s'interrompre. Où es-tu ?

C'est *Sasha*.

Je lui suis reconnaissante pour cette interruption opportune. J'ai peur de penser à ce qui aurait pu se passer autrement. Et c'est un aveu difficile à faire.

— Je suis juste devant l'immeuble, dis-je en jetant à contrecœur un coup d'œil à Crosby. Je suis sur le point de monter.

— Bien, répond-elle sur un ton de reproche. J'étais inquiète quand j'ai vu que tu n'étais pas à la maison.

— Je vais bien. On se retrouve dans quelques minutes.

— D'accord.

Mes doigts tremblent lorsque je raccroche et glisse mon téléphone dans mon sac.

— Je suppose que tu dois y aller.

— Oui.

Il faut vraiment que j'y aille. Mes doigts saisissent la poignée avant de la déclencher. Même si l'air froid s'engouffre dans l'habitacle, il ne parvient pas à m'éclaircir les idées.

— Merci de m'avoir raccompagnée.

— Quand tu veux.

J'acquiesce d'un hochement de tête avant de me glisser hors de la voiture. Ce n'est qu'en claquant la portière que j'arrive à respirer et à me précipiter vers l'immeuble. Je me retiens de toutes mes forces de jeter un coup d'œil par-dessus mon épaule. Même si je résiste à l'envie, je sais qu'il est là, qu'il m'observe. Je peux pratiquement sentir la chaleur de son regard percer ma chair.

Ce n'est que lorsque les portes de l'ascenseur se referment que mes genoux faiblissent et que je manque de m'effondrer contre le mur.

L'espace d'un instant, j'ai eu l'impression que Crosby allait m'embrasser.

Et encore plus accablant que cela ?

Je le voulais.

Un gargouillis d'incrédulité monte dans ma gorge et je ferme les yeux. Il faut que je fasse plus d'efforts pour rester aussi loin que possible du footballeur aux cheveux noirs.

Sinon...

J'ai peur de penser à ce qui pourrait arriver.

CHAPITRE 15

BROOKE

Je claque la porte de ma chambre avant de sortir mon portable de mon sac et de le poser sur mon bureau. Toute la journée, j'ai eu hâte d'appeler Chris et de lui parler. Après ce qui a failli se passer avec Crosby, ça me semble encore plus important. Je me laisse tomber sur le lit avant d'ouvrir sa fiche parmi mes contacts. Un instant plus tard, la sonnerie de son téléphone retentit. À la troisième, il décroche, et sa voix grave résonne sur la ligne.

— Salut, ma belle.

Tout en moi se détend alors que je chasse Crosby de mon cerveau pour me concentrer sur Chris. Ce n'est pas comme si j'étais perturbée ou confuse à son sujet. C'est Chris qui m'intéresse. Et si j'étais physiquement attirée par quelqu'un d'autre ?

Ça ne veut rien dire.

— Salut, parler avec toi m'a manqué.

— Oui, moi aussi, dit-il alors que la portière d'une voiture claque. J'étais très occupé aujourd'hui.

Un souffle s'échappe, je me laisse tomber sur le dos et fixe le plafond.

— Je te dérange ?

— Non. Je rentre juste à la maison.

Le soulagement m'envahit. C'est précisément ce que j'ai attendu toute la journée. Le simple fait d'entendre sa voix grave suffit à me rassurer.

Pendant l'heure qui suit, nous nous penchons sur notre passé et sur ce que nous espérons pour l'avenir. Nous discutons de nos films favoris – il aime Marvel et je préfère Harry Potter – ainsi que de nos musiques de rock alternatif préférées – il aime Royal Blood et j'aime Billie Eilish.

Je soupire enfin :

— C'est tellement facile de parler avec toi.

À part Sasha, je n'ai jamais partagé autant de choses avec quelqu'un d'autre.

— J'ai l'impression qu'on pourrait rester au téléphone pendant des heures.

— Je crois que c'est le cas, dit-il avec un petit rire.

Un sourire se dessine sur mes lèvres. Il a raison. Notre plus longue session marathon a duré quatre heures.

C'est vraiment surprenant que nous ne soyons jamais à court de choses à dire. En tout cas, ce n'est pas encore arrivé.

Je ferme les yeux et me force à poser la question :

— Est-ce qu'il t'arrive de penser à moi pendant la journée ?

J'ai l'impression d'être obsédée par lui tout le temps. Cela ne fait que quelques semaines et je suis déjà au fond du gouffre. C'est comme des sables mouvants. S'il ne ressent pas la même chose alors je dois trouver un moyen de freiner.

— Tout le temps, dit-il en baissant le ton de sa voix qui devient rauque.

Le soulagement m'envahit.

— Je pense aussi beaucoup à toi.

— Ah oui ? Qu'est-ce qui se passe exactement dans ton cerveau quand j'y surgis ?

Mes dents s'enfoncent dans ma lèvre inférieure avant que je n'admette :

— J'ai simplement envie de te voir. Tendre la main et te toucher.

Je devrais m'arrêter avant d'en révéler trop, mais les mots s'échappent avant que je puisse les interrompre :

— T'embrasser.

Mes yeux s'écarquillent devant le silence qui suit. Je suis sûre qu'il va s'enfuir en courant face à mon désir.

— J'aimerais faire plus que ça, dit-il d'un ton bourru.

— Qu'est-ce que tu voudrais qu'on fasse ? lui demandé-je, en me mettant sur le côté et en tenant le téléphone fermement contre mon oreille pour ne pas rater une seule syllabe.

Il expire lentement et j'ai l'impression de sentir la chaleur de son souffle se répandre sur la peau délicate de mon visage.

— Si j'étais là avec toi maintenant, je t'attirerais dans mes bras jusqu'à ce que je puisse sentir chaque centimètre de ton corps plaqué contre le mien. Tu es tellement belle, et j'adore tes courbes. Je prendrais tout mon temps pour vénérer chacune d'entre elles.

Une expiration tremblante quitte mes lèvres tandis que mon ventre se creuse. Le timbre grave de sa voix et ce qu'il dit sont comme le craquement d'une allumette. Tout ça suffit à déclencher une tempête de désir au plus profond de moi. Je me déplace contre les draps et je serre les cuisses. Nous ne sommes même pas dans la même pièce et je suis plus excitée que jamais.

— Dis-moi ce que tu aimes, m'encourage-t-il.

Les battements de mon cœur résonnent presque douloureusement contre ma poitrine. Je n'ai jamais parlé de mes désirs à qui que ce soit. Andrew ne m'a jamais demandé ce que j'aimais et ne s'en est jamais soucié. Tout dans notre relation tournait autour de lui. Surtout le sexe. C'est comme s'il savait qu'il pouvait l'obtenir de n'importe quelle fille. Il faisait de petits commentaires qui me donnaient l'impression que je devais être performante pour le satisfaire.

En fin de compte, ce n'était pas assez.

Peut-être que je n'étais pas assez.

Pendant un certain temps, j'ai laissé son infidélité m'embrouiller l'esprit en même temps que ma confiance en moi. Il m'a fallu du temps pour comprendre que c'était lui le problème, pas moi. Et il n'était assurément pas le seul athlète à tromper sa petite amie dans son dos. C'est une véritable épidémie sur ce campus.

L'interaction avec Shandi me vient à l'esprit, et les pensées de Crosby suivent rapidement. Pour ce que j'en sais, il a décidé de se rendre à la maison des footballeurs pour l'y retrouver. Ou l'une des autres filles qui réclament son attention. Mais encore une fois, ce que fait Crosby Rhodes de son temps n'a pas d'importance. Je me débarrasse de ces réflexions et me concentre sur la conversation en cours.

— Hé oh, tu es là ? Tu es là ?

— Oui. Désolée.

— Je vais trop loin ?

Le ton rauque de sa voix vient de laisser place à l'hésitation. Tout ce que je redoute.

— Pas du tout.

Je m'efforce de prononcer ces mots. Je les ai souvent pensés, mais je ne les ai jamais exprimés à voix haute, et encore moins devant quelqu'un d'autre.

— Ce que j'aime le plus, c'est qu'on joue avec mes seins.

— Ah oui ? Ils sont sensibles ?

— Très sensibles.

Ils l'ont toujours été.

— Tu les touches en ce moment ?

— Quoi ?

J'ouvre les yeux. Je jette un coup d'œil à la porte, espérant que Sasha ou Easton n'ont pas entendu mon cri, avant de réduire ma voix à un murmure.

— Non, bien sûr que non !

— Je veux que tu le fasses pendant que je suis au téléphone.

Oh, mon Dieu.

— Tu veux que je…

Mes mots se perdent dans le néant alors que ma gorge devient sèche comme un désert.

— Que tu te touches ? dit-il d'un ton neutre, comme si ce n'était pas grave. Oui, je veux t'imaginer en train de jouer avec tes seins tout en rêvant que c'est moi qui le fais.

Un gémissement m'échappe et je me mets sur le dos pour réfléchir à sa demande.

Avant que je puisse lui fournir une réponse, il continue :

— Je veux que tu te déshabilles complètement et que tu te glisses nue sous les draps.

Pendant un moment, je reste immobile, décidant si je peux vraiment aller jusqu'au bout. La masturbation ne m'est pas étrangère. Je ne dénombre plus les fois où je n'ai pas pris mon pied avec Andrew. Il ne s'assurait jamais que j'étais aussi en extase avant qu'il ne jouisse. M'exciter n'était pas vraiment une priorité pour lui. Cinq minutes après s'être mis sur le dos, il ronflait profondément et je devais moi-même terminer le travail. Il ne s'en est jamais rendu compte. Peut-être que le problème venait en partie de là et que j'aurais dû le lui dire. Peut-être qu'alors il n'aurait pas pensé être aussi génial au lit.

— Tu as enlevé tous tes vêtements ?

— Non, dis-je timidement, pas encore.

— Qu'est-ce que tu attends ? grogne-t-il.

Au lieu de réfléchir à la situation, je laisse tomber mes inhibitions et fais ce qu'il me demande.

Je pose le téléphone, mes doigts remontent jusqu'à l'ourlet de mon pull avant de le faire glisser le long de mon corps et de le jeter par terre. Je dégrafe ensuite mon soutien-gorge et le retire de mes bras, avant de le laisser tomber. Je détache le bouton et abaisse la fermeture Éclair de mon jean avant de le faire glisser rapidement le long de mes hanches et de le dégager d'un coup de pied. Une fois en culotte, l'air frais de la pièce flotte sur ma peau brûlante. Mes tétons se crispent tandis que mon cœur s'emballe. Une fois que j'ai retiré mes sous-vêtements, je m'enfouis sous les draps et tire les couvertures sur mon corps. Il y a quelque chose de délicieux dans la sensation du coton frais contre ma chair nue.

— C'est bon, c'est fait.

— C'est bien, dit-il doucement.

C'est bien.

Ces deux petits mots suffisent à faire exploser mon excitation.

— Maintenant, ferme les yeux et faufile tes doigts dans le creux entre tes seins. De haut en bas. Doucement, dit-il avant un petit silence. C'est bon ?

— Oui, murmuré-je tout en suivant ses instructions à la lettre.

J'ai arrêté de me poser la question.

J'en ai *envie*.

— Parfait. Maintenant, dirige tes doigts entre tes cuisses avant de les faire glisser à nouveau vers le haut. Qu'est-ce que tu ressens ?

Mmm. C'est tellement bon. Surtout quand j'imagine que c'est lui qui me caresse. Cette pensée me fait basculer sur le matelas alors que le désir se déploie au plus profond de moi.

— C'est très agréable.

— Maintenant, pose cette même main sur ton sein et dessine des petits cercles autour de ton mamelon sans le toucher.

Mes dents s'enfoncent dans ma lèvre inférieure et je fais exacte- ment ce qu'il m'ordonne. Il y a quelque chose de si fort et d'irrésistible dans la façon dont sa voix profonde m'envahit.

— Je veux que tu accordes la même attention à l'autre. Des cercles lents qui te donneront envie d'aller plus loin.

Oh punaise… ils sont si rigides. Mes seins sont déjà lourds et douloureux.

— Maintenant, masse le premier avec tes doigts. Pince-le bien. Je veux que tu le sentes descendre jusqu'à ton sexe.

Un gémissement m'échappe alors que je suis ses directives. Il suffit d'une seule pression pour que mon entrejambe s'inonde d'une chaleur liquide.

— Tu aimes ça ?

— Oui, murmuré-je avec surprise, beaucoup.

Le monde se rétrécit avant de ne contenir plus que lui et moi.

— J'aimerais pouvoir te regarder te toucher tout en prenant ton pied au son de ma voix. Je parie que tu es magnifique, étalée sur le lit.

Les palpitations entre mes jambes s'intensifient, devenant presque insupportables.

— Je meurs d'envie de te toucher. Caresser tes seins parfaits avant de les aspirer dans ma bouche. Je parie que tu adorerais ça, pas vrai ?

— Oui, gémis-je en l'imaginant faire.

Je ferme les yeux et mets un moment avant de réaliser que le garçon qui occupe mes pensées est... Crosby. Ce sont ses prunelles sombres qui me dévisagent. Ses grandes mains qui frôlent ma peau. Même si je sais que c'est mal, cette image ne fait qu'attiser les flammes de mon désir. Je me dis que c'est seulement parce que je ne sais pas à quoi ressemble Chris.

Ce doit être la raison. Je ne vois pas ce que ça pourrait être.

— Maintenant, pince l'autre téton, comme tu l'as fait pour le premier, dit-il, sa voix coupant net mes pensées.

Un souffle s'échappe de moi et mon dos se cambre sur le matelas.

— Mets-moi sur haut-parleur, grogne-t-il, pour que tu puisses utiliser tes deux mains.

Quoi ?

Mes paupières s'ouvrent et mes mouvements s'arrêtent.

— Non, je ne peux pas faire ça. Je ne veux pas que ma colocataire t'entende.

Ni qu'elle m'entende.

Surtout moi.

— Ne t'inquiète pas, je vais parler à voix basse. Personne d'autre ne t'entendra jouir. Les cris que pousseront tes lèvres ne seront que pour moi, ajoute-t-il avant de s'interrompre. Tu as envie de jouir, pas vrai ?

Je me mordille la lèvre inférieure pendant quelques secondes avant de céder. Il y a trop d'excitation dans mon corps pour que je puisse faire marche arrière. Et cela fait si longtemps que je n'ai pas eu de bon orgasme. Je n'ai jamais pris autant de plaisir à me toucher. Dans le passé, j'ai toujours utilisé mon vibromasseur pour mes petites affaires, et cela ne dure jamais plus de cinq ou dix minutes. Il y a toujours un but à atteindre, et c'est ce que je m'efforce de réussir.

Je n'ai jamais pris le temps de toucher ou de jouer avec mes seins, de masser mes petits tétons jusqu'à ce qu'ils se raidissent. Je ne passe pas lentement mes mains sur mon corps, poussant mon excitation jusqu'au point de non-retour. Je ne joue pas. L'acte est direct.

J'appuie sur le bouton du haut-parleur sans en prendre conscience avant de poser le téléphone à côté de moi sur l'oreiller. Je suis plutôt motivée par un désir profond d'aller jusqu'au bout de cette expérience.

— D'accord, murmuré-je, je suis prête.

Un grognement sourd vibre dans mon oreille.

— Ton ex ne sait pas ce qu'il a perdu, n'est-ce pas ? Quel con !

Je ne peux pas dire le contraire. Ce qui est étrange, c'est que ce mec – celui que je n'ai pas encore rencontré – semble mieux comprendre mes envies que la personne avec qui je suis sortie pendant un an.

— Tu es vraiment parfaite, tu le sais, ça ?

— Pas du tout.

— Tu es tellement parfaite que j'ai du mal à le supporter.

Mon cœur se retourne sous ma poitrine, j'aimerais que ce soit vrai.

— Es-tu prête à aller plus loin ?

— Oui.

Beaucoup plus loin.

— Je sais que tu l'es, et je vais t'aider, dit-il avant de s'éclaircir la gorge. Je veux que tu prennes tes seins à deux mains et que tu sentes leur poids. Maintenant, imagine que je suis à côté de toi, que j'admire chaque magnifique centimètre de ta peau pendant que je joue avec ton corps.

L'image qu'il grave dans mon cerveau est si torride.

— Tu caresses tes seins veloutés ?

— Oui, répliqué-je en me cambrant sur le matelas tout en massant mes seins. Mmm, c'est si bon de se toucher.

— Je n'en doute pas, gémit-il.

— Je veux que tu fasses rouler tes mamelons entre tes index et tes pouces.

Mon souffle s'échappe dans un élan tremblant avant que je ne halète, l'aspirant à nouveau à l'intérieur.

— Pince-les un peu avant de tirer dessus.

Une décharge de douleur infusée de plaisir me traverse en spirale tandis qu'un gémissement s'échappe de mes lèvres entrouvertes.

— Putain, grogne-t-il. Tu as une idée de l'envie que j'ai de te toucher ?

— J'en ai aussi envie.

C'est la seule chose qui pourrait améliorer cette expérience.

— Je veux que tu attrapes tes seins et que tu les presses l'un contre l'autre. Ils sont assez gros pour ça ?

— Oui.

J'avais l'habitude d'être gênée par la taille de mes seins. Mais en cet instant, en écoutant le râle de sa respiration lourde flotter sur la ligne et en sachant qu'il imagine la même chose, je suis contente qu'ils le soient. Et j'aime que cela l'excite.

— J'adorerais glisser ma queue entre eux.

L'idée qu'il soit à califourchon sur moi, qu'il me cloue au matelas en faisant des va-et-vient avec son sexe contre ma chair fait exploser une bouffée de chaleur entre mes jambes.

— Je la glisserais lentement d'avant en arrière. À chaque passage, j'approcherais le bout de tes lèvres pour que tu l'embrasses et la lèches.

L'image érotique qu'il dépeint est tellement excitante qu'il est impossible de contenir mon gémissement enfermé à l'intérieur, à sa place.

— Je veux que tu gardes une main sur ton sein et que tu fasses descendre l'autre le long de ton ventre jusqu'à cette douce petite chatte.

J'entends presque chacune de ses respirations sur la ligne lorsqu'il fait une pause.

— Tes doigts y sont ?

Je hoche la tête avant de répondre péniblement.

— Oui.

— Enlève les couvertures pour sentir l'air frais contre ta peau nue.

Un « non » se trouve sur le bout de ma langue. Au lieu de le prononcer, je l'avale et je fais ce qu'il me demande. Mon corps est en feu et je brûle de l'intérieur. Une fois la couette et le drap enlevés, l'air de l'appartement flotte sur ma peau, provoquant la chair de poule dans son sillage. Je me déplace contre le coton et réalise que je n'ai pas fermé la porte de la chambre à clé. Non que Sasha ait l'habitude de faire irruption sans au moins frapper à la porte, mais cela pourrait arriver. Le risque de me faire surprendre ne fait qu'accroître le désir qui bat à tout rompre dans mes veines.

— Maintenant, je veux que tu écartes les jambes. Ouvre-les complètement.

J'écarte les cuisses jusqu'à ce que mes genoux touchent pratiquement le matelas. Des années de gymnastique ont assoupli mon corps. Tandis que l'air frais caresse ma chair humide, je sais que je n'ai jamais ressenti autant de désir de toute ma vie.

— Je parie que tu es magnifique, allongée avec tes cheveux étalés comme une auréole autour de toi.

L'air se coince dans ma gorge au son guttural de sa voix qui m'envahit. Je me rends compte que je ne me suis même pas touchée – pas vraiment – et j'ai déjà l'impression que je pourrais me briser en mille morceaux.

— Je veux que tu fasses glisser tes doigts doucement sur tes lèvres écartées et que tu me dises ce que tu ressens.

Je caresse un côté duveteux avant de faire soigneusement le tour de l'entrée. À mesure que je me touche, je suis traversée par de vives poussées de désir et mon dos se cambre sur le lit. Même si je suis seule, je me sens étrangement exposée et vulnérable.

Totalement à sa merci.

— Dis-moi comment est ta chatte, bébé.

Mon cœur bégaie sous l'effet de l'adoration.

— Mes lèvres sont soyeuses et si douces.

— Mmm. Je parie qu'elles le sont. Continue. Je veux en savoir plus. Je veux tout savoir.

— Elles sont humides parce que je suis très excitée.

Mes doigts continuent de tourner autour, n'osant pas pénétrer à l'intérieur. Mais j'en ai tellement envie.

— Et chaudes. Plus je les caresse, plus elles sont pulpeuses. Comme si elles gonflaient d'excitation.

— Putain, siffle-t-il. Tu aimes te caresser ?

— Oui, répliqué-je en gémissant, appréciant l'acte plus que je ne l'aurais cru possible.

— Et te faire lécher ? Je parie que tu aimes ça aussi.

— Oui, mais mon dernier petit ami, dis-je avant de marquer une pause, cherchant le courage d'avouer le reste, n'aimait pas souvent le faire.

— Comment c'est possible ?

Même s'il ne peut pas me voir, je hausse les épaules.

— Je ne sais pas. Il préférait quand je m'occupais de lui.

Il grogne.

— Je te lécherais tout le temps. Je ne pourrais pas m'en passer. Tu le sais, ça ? Tout. Le. Temps.

Ses mots m'envoient une décharge d'excitation dans mon intimité et me conduisent à me trémousser sur le lit.

— Qu'est-ce que tu veux maintenant ?

— J'ai envie de jouer avec mon clitoris, murmuré-je.

J'ai l'impression qu'il palpite de vie et d'envie qu'on le touche.

— Hors de question. Pas tout de suite. Continue à te caresser en faisant des cercles lents et agréables du genre à te pousser vers la folie.

Cela ne va pas tarder à arriver. Je suis au bord de l'explosion. Je ne sais pas du tout ce que ce type est en train de me faire, mais j'adore ça.

Je gémis, j'ai besoin de plus. Au lieu de discuter, je fais exactement ce qu'il m'ordonne, sachant qu'il m'entraînera de plus en plus haut jusqu'à ce que j'explose. Et quand j'exploserai, ce sera le meilleur orgasme que j'aie jamais connu.

Au moment où je ne pense pas pouvoir tenir un instant de plus, il me dit :

— D'accord, mets ton doigt à l'intérieur, mais ne va pas jusqu'au bout. Seulement une ou deux phalanges. Tu dois simplement te titiller et ne jamais trop te donner.

Un autre gémissement s'échappe tandis que je suis les instructions.

— Tu en veux plus ?

— S'il te plaît.

— Mmmm, j'adore t'entendre me supplier. Tu peux faire entrer et sortir ton doigt plusieurs fois, mais les mouvements doivent rester lents.

Je geins et mes muscles se raidissent, devenant incroyablement tendus.

— Maintenant, touche ton clitoris et imagine que ce sont mes doigts qui caressent ce petit bouton.

Sa voix devient de plus en plus rude.

Ce premier contact me fait haleter alors que les sensations s'intensifient. Mon dos se cambre et tout en moi se contracte, se noue étroitement tandis qu'un cri s'élève au plus profond de moi. Mes yeux se ferment alors que je caresse ma chair.

— Mes doigts sont enroulés autour de ma queue, je l'étrangle alors que je t'imagine étalée, en train de te caresser pour moi.

Sa voix n'est rien de plus qu'un râle rude alors que sa respiration devient laborieuse, se répercutant dans mes oreilles tandis que tout le reste disparaît.

L'image de lui en train de se caresser me propulse dans le vide. Mon corps se convulse et mon orgasme me fait gémir. Je n'interromps pas mes caresses avant d'avoir tiré toutes les gouttes de plaisir de mon intimité. Ses gémissements et le claquement de sa peau se mêlent aux miens tandis que nous atteignons tous les deux le plaisir absolu.

Sans aucun doute, c'est l'un des orgasmes les plus intenses que je me sois jamais donnés. Et c'est sans hésiter bien mieux que tout ce que j'ai connu avec Andrew.

La brume sexuelle met quelques instants à se dissiper avant que je puisse reprendre mon souffle.

— Chris ? Tu es toujours là ?

— Oui, dit-il, l'air essoufflé, comme s'il venait de courir un marathon. Je suis là.

J'attrape un Kleenex et m'essuie les doigts avant de saisir mon téléphone et de désactiver le haut-parleur.

— Merci.

Il rit :

— Je suis presque sûr que c'est moi qui devrais te remercier.

— C'était, dis-je avant de marquer une pause, essayant de trouver les mots adéquats pour décrire ce qui vient de se passer, assez incroyable.

— Oh que oui !

— Promets-moi qu'on le fera en vrai un jour ?

La question est sortie de ma bouche avant que je ne puisse l'arrêter.

Un instant silencieux s'écoule alors que sa voix devient sérieuse.

— Oui, promis.

Mes dents s'enfoncent dans ma lèvre inférieure avant que je ne pose la question suivante. Compte tenu de l'intimité que nous venons de partager, il me semble étrange de devoir le lui demander.

— Tu crois qu'on pourrait se voir demain ? Peut-être pour prendre un café ou un truc du genre ?

Une détonation de nervosité explose en moi lorsque sa réponse se fait désirer.

Je passe ma langue sur mes lèvres afin de les humecter.

— S'il te plaît ?

Je ne sais pas pourquoi il est si impératif qu'il accepte cette rencontre, mais c'est le cas. S'il me repousse après ce que nous venons de faire…

Je serai anéantie. Il n'y a pas d'autre solution.

— D'accord, dit-il en hésitant avant d'ajouter, comme s'il essayait de se résigner à l'idée, bien sûr, on peut.

— Vraiment ?

L'air s'échappe de mes poumons tandis qu'une légère impatience prend racine en moi. J'ai presque peur d'espérer pouvoir enfin mettre un visage sur le garçon que j'ai appris à connaître si bien.

— Oui.

— Parfait, dis-je alors qu'un sourire étire le bout de mes lèvres. 11 heures au *Roasted Bean* ?

— Ça marche.

J'ai envie de pousser un cri, mais je garde le son emprisonné à l'intérieur.

Pour l'instant.

— On se voit demain, dis-je en murmurant alors que je me retrouve presque étourdie par l'impatience qui m'envahit.

— Demain.

CHAPITRE 16

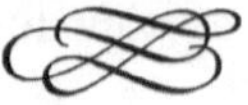

CROSBY

*M*ais à quoi je pensais ?

Oh… c'est vrai, à rien. J'étais bien trop absorbé par ce que nous faisions et par tout ce désir étrange qui s'agitait sous ma peau alors qu'il tentait de se frayer un chemin vers la liberté. Et puis, quand Brooke a demandé qu'on se rencontre, j'ai cédé comme un vulgaire château de cartes.

Maintenant je regrette cette décision impulsive. Elle n'est pas prête à découvrir la vérité. Elle tolère à peine d'être en ma compagnie. Hier, à la bibliothèque, elle n'avait qu'une hâte, s'éloigner de moi.

Je glisse une main dans mes cheveux et continue à faire les cent pas devant le *Roasted Bean*. Il est 10 h 55. Un énorme rocher pèse au fond de mon estomac. Et impossible de le faire disparaître.

Bien sûr, je suis conscient qu'à un moment donné, il faudra que je dise la vérité. Ce n'est pas comme si je pouvais continuer à jouer la comédie indéfiniment. Surtout après ce qui s'est passé hier soir. Rien que de penser à la façon dont nous nous sommes masturbés au télé- phone me donne envie. J'ai couché avec beaucoup de filles, et c'est sûrement la chose la plus sexy que j'ai jamais vécue.

Bref. Je redresse les épaules et inspire profondément.

Bon, voilà le plan… J'entre, je fais un brin de causette, puis je lui annonce que je suis Chris. Elle sera d'abord furieuse – c'est normal – mais j'espère pouvoir l'amadouer. Croyez-le ou non, je sais user de mon charme quand l'occasion s'y prête. Et c'est l'occasion parfaite. Je m'excuserai à nouveau – à outrance, s'il le faut – et lui demanderai de me pardonner.

Qui sait... peut-être même qu'elle verra la pointe d'humour dans cette situation. Parce que c'est assez drôle quand on y pense.

Voilà, c'est précisément ce que je vais faire. Et au bout du compte, tout ira bien. La semaine dernière, nous avons enterré la hache de guerre. Tout ça pourrait faire partie de notre nouveau départ.

Je m'arrête et me retourne pour la regarder à travers la grande baie vitrée devant le café. Elle est là depuis dix minutes et s'est déjà installée à une petite table, dans l'attente que je fasse mon apparition. Ses cheveux couleur caramel tombent autour de ses épaules et en cascade dans son dos en formant des ondulations douces. Beaucoup de filles aiment relever leurs cheveux en queue de cheval ou en chignon, mais pas Brooke. Elle les porte généralement lâchés.

J'adore ça, punaise.

J'ai tant de fois voulu tendre les doigts et les glisser dans ses mèches soyeuses. Mais comme je ne suis pas du genre à aimer prendre ma vie en main, je les ai toujours gardées pour moi.

Elle porte encore une jupe courte qui laisse apparaître une alléchante partie de ses longues jambes. Ainsi qu'un pull rose pâle qui épouse ses courbes. Des courbes qu'elle a volontiers caressées sur mon ordre hier soir.

Il ne faut pas que j'y pense pour le moment. J'ai joui en même temps qu'elle au téléphone, mais j'ai dû me caresser une fois de plus avant de pouvoir enfin m'endormir hier soir.

Je reviens à la réalité en clignant des yeux lorsqu'elle se déplace sur sa chaise, jetant tour à tour un coup d'œil à la salle bondée avant de fixer son portable. Même à cette distance, je lis un mélange de nervosité et d'excitation dans ses iris verts. J'ai beau essayer de me convaincre qu'elle acceptera la vérité, au fond de moi, je sais que c'est un mensonge. Il y a de fortes chances qu'elle me torde le cou quand elle se rendra compte que c'est moi qui étais au téléphone avec elle hier soir.

Ne sachant que faire, j'aspire mon piercing dans ma bouche avant de le faire pivoter d'avant en arrière avec ma langue. Je pense qu'il n'existe que deux possibilités. Un, je m'en vais et je ne lui reparle plus jamais. Ou deux, j'agis en homme et je lui dis la vérité. C'est la seule façon de procéder. Indécis, je n'arrive pas trouver de réponses à tout ce qui tourne dans ma tête, tandis que je regarde par la fenêtre et que je pèse mes choix.

C'est finalement l'envie de fuir qui me pousse à enfin bouger. Je dois au moins essayer de lui expliquer comment un SMS innocent s'est transformé en boule de neige avant que je puisse y mettre un terme.

Ce n'est pas comme si j'avais délibérément voulu lui mentir.

D'accord, j'ai peut-être continué à lui envoyer des messages en sachant qu'elle me prenait pour quelqu'un d'autre, mais ce n'était pas dans une intention malveillante. Elle doit pouvoir le comprendre, n'est-ce pas ?

Depuis la première fois que j'ai vu Brooke, je ressens des choses que j'ai voulu ignorer, et pendant longtemps, j'ai pu faire passer mon amitié avant tout. Ces deux dernières semaines n'ont fait qu'intensifier ces sentiments et me pousser à réaliser que je ne pouvais plus les négliger. Je n'ai pas envie de perdre ce que je viens à peine de trouver.

Nous avons passé tellement de temps à nous parler et à nous envoyer des messages, à apprendre à nous connaître plus profondément. En fin de compte, c'est *moi* qu'elle a appris à connaître. Et qu'elle apprécie. Même si elle n'en a pas encore conscience.

Il ne me reste plus qu'à plaider ma cause en espérant qu'elle comprenne.

Avant de pouvoir me dégonfler, je me retourne et saisis la poignée de la porte, avant de forcer mes pieds à franchir le seuil et de me frayer un chemin jusqu'à elle. Ce n'est qu'au moment où j'atteins la petite table que je m'arrête en titubant. Lorsque mon ombre tombe sur elle, elle lève la tête et croise mon regard. La lueur d'espoir dans ses grands yeux s'éteint quand elle me découvre à côté d'elle.

S'il me fallait une preuve supplémentaire qu'elle refuse de me voir, la voici.

— Oh. Salut, Crosby.

Toutes les explications soigneusement élaborées dans mon esprit s'évaporent lorsqu'elle se déplace pour essayer de regarder derrière moi comme si je lui bloquais la vue.

Au lieu de m'enfuir, comme mon instinct me le hurle, je force les mots à traverser mes lèvres rigides.

— Salut. Qu'est-ce que tu fais là ?

Son attention distraite se porte brièvement sur moi avant de s'éloigner.

— Euhhh, dit-elle en penchant la tête alors que le carillon de la porte vitrée retentit et que quelqu'un entre dans la salle. J'ai rendez-vous avec un ami.

— Ah oui ? *Dis-lui. Dis-lui tout de suite avant que ça n'aille plus loin.* Quelqu'un que je connais ?

Eh mince.

Qu'est-ce que je suis en train de faire ?

Non, sérieusement.

C'était l'occasion parfaite de lui dire :« Oui, je suis Chris, cet ami c'est moi. »

Au lieu de cela, je garde les mots enfouis au plus profond de moi. Comment lui avouer la vérité alors qu'il est évident, au vu du désintérêt à peine dissimulé sur son visage, que je suis la dernière personne avec laquelle elle souhaite avoir une conversation ? Je pense que si elle pouvait m'expulser de la table sans être ouvertement impolie, elle le ferait sans hésiter.

— Je ne pense pas, admet-elle finalement, alors qu'un soupçon de couleur se dessine sur ses joues. C'est un peu un rendez-vous à l'aveugle.

Dis-lui.

Fais-le.

Arrête de faire ta chochotte.

— Ah, dis-je alors que je lève une main pour me caresser la mâchoire. Intéressant.

C'est officiel, je suis une mauviette.

Elle secoue les épaules. Quand la porte s'ouvre pour la deuxième fois, elle se redresse et jette un coup d'œil autour de moi.

D'accord, je peux encore changer la trajectoire de cette conversation.

C'est maintenant ou jamais.

Je me racle la gorge, prêt à lâcher la vérité.

— Écoute, je…

— Je crois que mon *date* vient d'arriver, dit-elle en se levant rapidement. On peut discuter une autre fois ?

— Hein ?

Je fronce les sourcils, me retourne et scrute les alentours jusqu'à ce que mon regard se pose sur un grand blond qui contemple Brooke en souriant.

Oh, non.

— Attends…

Elle me dépasse avant même que je puisse l'arrêter. L'impatience danse sur son visage. Son expression n'a rien à voir avec celle qu'elle arborait en me regardant. Ne sachant que faire, je vois le type se passer une main dans les cheveux pour écarter les mèches de ses yeux avant de sourire.

Au lieu de me précipiter sur elle et de l'attraper comme mon instinct me pousse à le faire, je m'empresse de quitter le *Roasted Bean*. Alors que je franchis la porte, une brise fraîche m'envahit avant de refroidir toutes les émotions qui se bousculent sous ma peau. Après quelques pas, je sors mon téléphone et envoie un texto rapide pour m'excuser de ne pas être venu.

Vous pensez vraiment que je vais la laisser croire que l'enfoiré dans ce restaurant est celui avec qui elle a échangé des SMS ?

Hors de question.

CHAPITRE 17

BROOKE

Une fois ma voiture garée dans le parking à moitié rempli, j'abaisse la visière et je me regarde une dernière fois dans le miroir, m'assurant que ma coiffure et mon maquillage sont parfaits. Inutile de donner à Elaine des munitions supplémentaires à utiliser contre moi. Je respire calmement, sachant que même si je me lissais les cheveux, ma mère trouverait toujours quelque chose à redire. Il m'a fallu quelques années et une tonne de séances de thérapie pour en arriver là.

La plupart du temps, lorsque nous passons du temps ensemble, mon armure reste fermement intacte et je suis capable d'exploiter les outils et conseils appris en thérapie pour ressortir presque indemne. Mais ce n'est pas le cas aujourd'hui. Après que Chris m'ait posé un lapin, je me sens un peu vulnérable. Mes grands espoirs se sont soldés par une déception écrasante.

Je ne devrais peut-être pas être si surprise qu'il m'ait abandonnée. Pourtant, après la nuit dernière, je crois que je le suis. Se masturber au téléphone avec un homme est une première pour moi. Pour être honnête, c'était vraiment torride, mais quand même...

La seule chose qu'il me reste pour me consoler, c'est qu'il m'a tout de suite envoyé un SMS pour me dire qu'il ne pouvait pas venir.

Malheureusement, le mal était déjà fait. Je pensais que le beau gosse que j'avais aperçu de l'autre côté de la salle était lui et je suis allée me présenter. Lorsque je lui ai demandé s'il s'appelait Chris, il m'a répondu, et je cite, qu'il pouvait être le type que je voulais qu'il soit. Je croyais qu'il essayait d'être mignon jusqu'à ce que le vrai message de Chris arrive, m'informant qu'il avait été retenu par l'un de ses professeurs. Sortir du café s'est alors révélé embarrassant.

Le reste de la journée s'est déroulé en dents de scie. Et maintenant, je m'apprête à la terminer en dînant avec ma mère. Je suis persuadée qu'à la fin du repas, j'aurai envie de me jeter du pont le plus proche.

Avec un soupir résigné, je me prépare à deux heures de souffrance, le tout en me déplaçant sur la pointe des pieds à travers un champ de mines. La soirée s'annonce épuisante, c'est pour ça que je n'accepte de la voir qu'une fois sur deux. Dieu sait qu'il me faudra un long moment pour effacer de ma tête tous les messages subliminaux – ou non – qu'elle s'apprête à me lancer en masse. Si ce dîner me blesse vraiment, je prendrai rendez-vous avec mon psy sur le campus pour discuter de mes problèmes non résolus.

En sortant du véhicule, je lisse ma jupe et me dirige vers l'intérieur du restaurant. Plus vite j'entrerai, plus vite ce sera fini, et je pourrai rentrer chez moi pour panser mes plaies en privé.

— Bonjour, dis-je avec un sourire forcé en arrivant au comptoir où se trouve l'hôtesse, je dîne avec Elaine Bollinger.

La jeune femme hoche la tête avant de quitter l'accueil aux lignes épurées.

— Elle est déjà installée. Si vous voulez bien me suivre, je vais vous indiquer votre table.

J'essaie de toutes mes forces de garder une expression agréable sur mon visage alors que j'aperçois ma mère, stratégiquement placée au milieu de l'élégante salle à manger, d'où elle peut observer tous ceux qui vont et viennent. Dès qu'elle me remarque, elle se lève et m'ouvre les bras.

— Chérie, me dit-elle d'une voix douce, c'est si bon de te voir. J'ai l'impression que ça fait une éternité.

Je me retrouve immédiatement enveloppée d'un nuage sulfureux de Chanel tandis qu'elle m'embrasse sur les deux joues, comme si elle venait d'un pays européen sophistiqué et non d'un bled de l'est du Kentucky, où elle est née et a grandi avant de s'enfuir à l'âge de 17 ans. Les seules fois où elle est retournée à ses racines, c'est lorsque ses parents sont morts et qu'elle a vendu la petite masure dans laquelle elle avait grandi. Ma mère a toujours eu de grands rêves et, quoi qu'on en dise, elle a fait en sorte de les réaliser.

Je regarde avec envie l'hôtesse qui se retire silencieusement vers l'avant du restaurant tout en regrettant de ne pas pouvoir m'enfuir avec elle.

— Toi aussi, maman.

Elle recule juste assez pour scruter mon visage avant que son sourire ne s'efface et qu'un regard inquiet n'envahisse ses yeux bleus brillants. Elle pose une main fraîche sur ma joue.

— Brooke, tu as l'air fatiguée. Tu n'as pas bien dormi ?

Et c'est parti…

— J'ai très bien dormi.

Surtout après l'orgasme cataclysmique de la nuit dernière. J'ai dormi comme un bébé jusqu'à ce que mon réveil sonne ce matin. Même si je doute fort que ma mère veuille entendre tous les détails croustillants.

L'idée de partager ma petite séance de plaisir en solo avec elle fait naître un faible sourire sur mes lèvres. Le choc et l'horreur qui s'installeraient sur son visage vaudraient peut-être la peine, mais j'en entendrais parler jusqu'à ma mort. Et ça, je n'ai pas envie d'y faire face. Elle s'évanouirait sûrement et je devrais appeler Garret pour qu'il vienne la chercher.

Elle presse ses lèvres remplies d'injections l'une contre l'autre, ce qui lui donne encore plus l'air d'un canard que d'habitude. Lisa Rinna n'a rien à envier à Elaine Bollinger.

— Je ne sais pas, (Elle me regarde attentivement.) tu as l'air d'être stressée. Les cours se passent mal ?

Je me dégage de son étreinte avant de mettre quelques pas de distance entre nous. L'odeur de son parfum me donne déjà mal à la tête. Lorsque je m'assieds en face de son sac, elle fait de même. Mais elle se baisse avec beaucoup plus d'aplomb et de grâce.

— Tout va bien en cours. Très bien même.

Elle acquiesce, vérifie discrètement son maquillage dans un petit poudrier doré avant de le refermer d'un clic et de le glisser dans son dernier Birkin.

— Je suis ravie de l'apprendre. Garret sera aux anges.

Je me racle la gorge, soulagée de changer de conversation.

— Comment va-t-il ?

— Il est très occupé, dit-elle en agitant une main parfaitement manucurée en l'air. Tu sais qu'il ne compte pas ses heures.

Oui, je le sais. Ces mêmes heures qui permettent à ma mère de passer ses journées au spa, chez le coiffeur ou dans des associations caritatives. Malgré ses débuts difficiles dans la vie, elle est née pour cette vie. Elle est le genre d'épouse qu'elle a toujours voulu être. Mon père ne gagnait pas assez d'argent à son goût. Lorsqu'ils étaient mariés, elle le harcelait constamment pour qu'il gravisse les échelons et cherche un meilleur emploi, où il gagnerait mieux sa vie. Un emploi qui lui permettrait de s'offrir tout le luxe qu'elle estimait lui être dû. Lorsqu'il est devenu évident que Joe McAdams ne comptait pas l'entretenir, elle l'a laissé partir et a trouvé un moyen d'épouser le type d'homme qu'elle jugeait digne d'elle.

Garret a une cinquantaine d'années et deux fils plus âgés que moi que j'ai rencontrés pour la première fois lors du mariage avant de les croiser quelques fois à Noël. J'ai l'impression que Brett et Derek n'aiment pas Elaine. Heureusement, ils ont toujours été gentils avec moi.

Ma mère a 44 ans, mais avec toutes ses opérations, elle ressemble plus à une femme d'une trentaine d'années. Je ne compte plus les fois où elle a essayé de se faire passer pour ma grande sœur.

Que suis-je censée faire d'autre à part lever les yeux au ciel et jouer le jeu ?

Un serveur s'arrête à notre table et prend notre commande. J'aurais bien choisi une boisson alcoolisée pour me calmer, mais je devrais alors assister à un sermon sur les ravages que cause l'alcool. Et par

« ravages », entendez qu'ils font vieillir prématurément. Même si elle me répète que j'ai d'excellents gènes et que c'est elle qui me les a transmis, je n'ai tout de même pas envie de tenter le diable. Nous commandons donc deux verres d'eau gazeuse avec un quartier de citron.

Pendant quelques instants, elle fait mine de lire le menu. Je ne sais pas trop pourquoi elle se donne la peine de faire semblant. Nous savons toutes les deux qu'elle finira par prendre une salade d'épinards. Avec la vinaigrette à part. Et sans croûtons.

Elle adresse au serveur un sourire charmeur avant de demander exactement ce que je soupçonnais. J'envisage de commander un plat de pâtes riche en glucides, mais je devrais alors l'écouter dire combien les glucides sont horribles.

Pour moi.

Ce serait l'occasion idéale de parler de mon poids, et je n'ai pas l'énergie pour une telle conversation ce soir. À la place, j'opte pour le saumon grillé sur un lit de verdure.

Miam.

Pas vraiment.

Je déteste le saumon. Ça a trop le goût de poisson. Mais je sais qu'elle approuvera vivement ce choix. Et qu'elle sera encore plus impressionnée quand j'y toucherai à peine. Peut-être qu'en rentrant à la maison, j'irai manger un hamburger en son honneur.

C'est précisément la raison pour laquelle il m'a fallu plusieurs années de thérapie pour défaire tous ses enseignements tordus et reprogrammer mon cerveau pour qu'il redevienne normal. Chaque fois que je suis en sa présence, je me bats pour ne pas retomber dans mes vieux travers.

Nous en sommes à la moitié du dîner lorsqu'elle aborde un autre sujet dont je n'ai aucune envie de parler.

— Tu as parlé à Andrew dernièrement ? demande-t-elle en piochant avec soin dans sa salade et en osant seulement embrocher ses légumes vert foncé et feuillus avant de les mettre dans sa bouche un par un et de les mâcher méthodiquement.

Je déplace le saumon dans mon assiette pour donner l'illusion que j'ai pris quelques bouchées.

— Oui. Je l'ai vu hier.

Malheureusement.

Elle penche la tête et fait la moue.

— Il me manque. C'était un jeune homme si gentil. Et si beau, dit-elle en me lançant un regard complice. Un homme à épouser, si tu veux mon avis. Ce garçon a de l'avenir.

Je serre la mâchoire, refusant de mordre à l'hameçon. Même si c'est tentant. Depuis quand un connard égocentrique et infidèle est-il considéré comme un homme à épouser ?

Voyant que je reste stoïquement silencieuse, elle poursuit allègrement :

— J'espère sérieusement que vous reconsidérerez la possibilité de vous remettre ensemble et de donner une nouvelle chance à votre relation. Ce serait vraiment dommage de le laisser te filer entre les doigts, dit-elle en agitant sa fourchette. En un rien de temps, une autre femme lui mettra le grappin dessus et tu t'en voudras de ne pas avoir pensé à long terme. Crois-moi, les regrets amers ne sont pas beaux sur le visage d'une femme.

Peut-être. Mais d'après ce que j'ai appris, le Botox, les traitements au laser et la chirurgie plastique sont parfaits pour les effacer.

Je grimace en ayant cette méchante pensée. Passer du temps en sa compagnie me rend narquoise et ça ne me plaît pas du tout.

Je fais appel à tout mon sang-froid pour poser soigneusement ma fourchette sur l'assiette en porcelaine fine au lieu de la lancer à travers l'immense pièce.

— Tu sais qu'il m'a trompée, pas vrai ?

Une petite partie de moi continue d'espérer qu'elle reconnaisse la douleur qu'il m'a infligée, mais ce n'est toujours pas le cas.

Son attitude devient sérieuse et elle acquiesce.

— C'est ce que tu m'as dit.

Il m'est impossible de dissimuler le ton tranchant de ma voix.

— Pas seulement une fois, mais plusieurs.

Aucun signe de douceur à l'horizon autour de ses yeux ou de sa bouche, mais c'est peut-être dû au Botox.

— Je ne dis pas que ses actes étaient corrects, mais ne mérite-t-il pas une seconde chance de prouver qu'il a changé ?

Écœurant.

Je trouve que ce que sa sale tronche d'infidèle mérite est un adjectif bien plus fort.

— Non, il ne le mérite pas.

Un battement de tambour régulier commence à palpiter derrière mes tempes.

—Brooke.

Elle a le culot de faire claquer sa langue comme si j'étais une enfant capricieuse.

— Quoi, maman ? rétorqué-je. J'aurais dû fermer les yeux sur ce qu'il faisait et le laisser continuer ? Ou peut-être que je n'aurais pas dû considérer mériter mieux ? C'est vraiment le conseil maternel que tu me donnes ?

Il faut que ce dîner se termine avant que je ne perde totalement les pédales.

— Bien sûr que non, ma chérie, dit-elle en secouant un peu la tête comme si c'était moi la folle. Mais il t'aime tellement, et tu ne dois pas oublier que son père possède l'une des cinq cents sociétés les plus rentables. Je ne veux pas que tu regrettes une décision impulsive parce que ta fierté est blessée. Tu dois réfléchir au genre de vie qu'il pourrait t'offrir, poursuit-elle avant de hausser légèrement les épaules. Parfois, il est nécessaire d'oublier ses erreurs de jugement pour ne pas perdre de vue l'objectif à atteindre. Je ne veux pas que tu fasses les mêmes erreurs que moi, parce que j'étais jeune et idiote. Je n'avais personne pour me guider. Ce qui n'est pas ton cas.

Ce n'est pas la première fois qu'elle me dit que son mariage avec mon père était une erreur, et c'est loin d'être la dernière.

— Je ne veux pas d'un homme incapable de garder son...

— Ils sont tous infidèles, dit-elle brusquement avant de me regarder avec pitié. S'il te plaît, ne te fais pas d'illusions en croyant le contraire. Ce sont des hommes. Malheureusement, c'est dans leur nature.

Je me redresse sur ma chaise et dis, les dents serrées :

— Ce n'est pas vrai. Et je n'ai aucun problème à subvenir à mes besoins. C'est la raison pour laquelle je vais à l'université et prépare un diplôme qui me permettra de payer mes factures. Je n'ai pas besoin d'un homme pour prendre soin de moi.

Elaine ne serait pas du tout d'accord et vous dirait que si elle m'a envoyée à l'université, c'est pour que je trouve un mari riche sur lequel je pourrais mettre le grappin, comme elle l'aurait fait si elle en avait eu l'occasion. Mais ses parents n'avaient pas les moyens de l'envoyer à l'université. Elle est donc partie dans une grande ville où elle a été serveuse dans un établissement haut de gamme où elle aurait la possibilité de rencontrer un homme qui portait un costume et une montre en argent qui pourrait subvenir à ses besoins. Ce rêve ne s'est pas vraiment réalisé comme prévu, mais le reste appartient à l'histoire.

Heureusement, le serveur s'arrête et nous demande si nous avons envie d'autre chose.

— Simplement l'addition, murmuré-je, lassée par cette conversation.

— Est-ce que l'une d'entre vous aimerait connaître nos desserts du jour ?

Ma mère fait un signe de la main.

— Non merci, je suis rassasiée.

Le jeune homme jette un coup d'œil à sa salade à peine entamée avant de se tourner vers moi. Son expression demeure imperturbable.

— Et vous, mademoiselle ?

— Non plus, dis-je en faisant mine de me taper le ventre. Je suis également rassasiée.

Il s'incline légèrement et emporte les deux assiettes.

J'ouvre la bouche pour dire au revoir quand elle me devance.

— J'allais presque oublier de te parler de la collecte de fonds que nous organisons au domaine ce week-end.

Tout mon être se décompose alors que ma langue s'élance pour humidifier des lèvres desséchées.

— Oh, ah, j'aurais aimé…

Sa bouche se rétrécit tandis que ses yeux se durcissent de désapprobation.

— Ce n'est pas une option, Brooke. Garret serait extrêmement déçu si tu ne venais pas à un événement aussi important. Faut-il te rappeler qu'il paie tes frais de scolarité ainsi qu'il subvient à toutes tes dépenses tous les mois sans exception ?

— Non, grommelé-je, pas besoin.

Surtout parce qu'elle sort cette phrase chaque fois qu'elle a besoin de me manipuler et me forcer à rentrer dans le rang. Je n'ai d'autre choix que de ruminer en silence et de me souvenir que l'année prochaine ne sera plus la même. J'aurai un revenu et je pourrai me débrouiller seule. Je n'aurai plus besoin de l'argent de Garret pour quoi que ce soit. Dans ces moments-là, c'est l'unique chose à laquelle je peux me raccrocher.

Son expression s'adoucit devant ma capitulation rapide, et elle m'adresse un sourire.

— Très bien. Je t'enverrai tous les détails par SMS demain.

— D'accord.

Lorsque le serveur arrive avec la pochette en cuir, ma mère sort son portefeuille Chanel rose et glisse un billet de cent dollars à l'intérieur avant de se lever de sa chaise.

— Eh bien, c'était très agréable.

Me voilà à nouveau enveloppée dans une étreinte parfumée avant qu'elle ne me relâche dans la nature. Alors que nous nous dirigeons vers l'entrée du restaurant, elle croise une femme avec laquelle elle copréside de nombreuses œuvres de charité, et je m'esquive rapidement avant d'être entraînée dans une conversation qui me pousserait au suicide.

Le battement dans mes tempes s'est transformé en une véritable migraine lorsque je me glisse au volant de ma Jetta et que je m'enfuis du parking comme si j'étais poursuivie. Mais c'est normal, c'est pourquoi j'ai pris quelques Tylenol avant de sortir.

Même si je suis affamée et que j'ai l'impression que mon estomac consomme sa propre paroi, je ne prends pas la peine de m'arrêter. Tout ce dont j'ai envie, c'est rentrer à la maison, me blottir dans mon lit et appeler Chris. J'ai besoin d'entendre sa voix. Étrangement, il est capable d'améliorer les choses. Il s'est excusé pour ce matin, et je ne vais pas lui en vouloir.

Du moins, pas cette fois-ci.

Je lui ai dit que j'allais dîner avec ma mère, et après tout ce que je lui ai révélé au cours des deux dernières semaines, il a semblé comprendre que j'aurais besoin de discuter après ça. C'est ce que j'aime chez lui. Il est intuitif et voit plus loin que les mots qui franchissent mes lèvres.

Quinze minutes plus tard, je me gare sur une place de parking devant mon immeuble et je coupe le moteur. Au lieu de sortir du véhicule, j'aspire une grande bouffée d'air et laisse mon front s'écraser contre le volant rembourré. Je ne comprends pas pourquoi ça se passe toujours ainsi. Aussi loin que je puisse remonter dans ma mémoire, je ne me souviens pas d'une fois où nous étions ensemble et où je ne me suis pas sentie comme une merde.

J'aimerais que nous ayons une relation mère-fille normale, comme certaines de mes amies. Elles envient peut-être l'argent de ma famille, mais je suis jalouse des liens réels qu'elles ont avec leur mère.

À quoi cela ressemblerait-il ?

Je n'arrive pas à l'imaginer, car je n'ai jamais connu le véritable amour maternel. C'est dans ces moments-là que je me sens encore plus démunie, parce que je réalise au fond de moi qu'Elaine n'est pas capable d'être le genre de mère que j'attends. Si des années de thérapie m'ont appris quelque chose, c'est qu'il faut accepter les choses qu'on ne contrôle pas. Sinon, il serait trop facile de gâcher toute une vie en sombrant dans l'amertume.

En m'accordant quelques minutes pour m'apitoyer sur mon sort et reconnaître la blessure qui m'a été infligée, il m'est plus simple de la mettre de côté et de la faire taire. Un bon bain chaud serait aussi une bonne idée.

Au moment où je lève la tête, prête à sortir du véhicule, on tape contre la vitre. Un cri s'élève dans ma gorge avant d'éclater lorsque mon regard se pose sur le visage qui m'observe de l'autre côté, dans l'obscurité.

CHAPITRE 18

CROSBY

Peut-être que frapper à la vitre alors qu'elle ne faisait pas attention n'était pas la façon la plus intelligente d'annoncer ma présence. Les yeux de Brooke s'écarquillent jusqu'à en devenir comiques, elle ouvre la bouche et pousse un cri à glacer le sang. Avec la chance que j'ai, quelqu'un va appeler la police et je finirai cette journée en me faisant embarquer.

Il lui faut une seconde ou deux avant de me reconnaître. Elle cligne des yeux tandis que le son de son effroi meurt lentement sur ses lèvres. Pendant un long moment, nous nous regardons fixement. Quand ses sourcils se froncent, je recule de quelques pas pour qu'elle puisse ouvrir la portière. Ses joues n'ont toujours pas retrouvé leurs couleurs et sa bouche se fige en un trait serré.

— Qu'est-ce que tu fous à me surprendre comme ça ?

Sa voix vacille tandis qu'elle plaque une paume contre sa poitrine, comme pour contenir à l'intérieur tout ce qui se déchaîne dangereusement sous la surface.

— J'ai failli avoir une crise cardiaque !

Je me racle la gorge et mens :

— Pardon. Je faisais mon jogging et je t'ai vue assise dans ta voiture. Je me suis dit que quelque chose n'allait pas.

En réalité, je tourne devant son immeuble comme un lion en cage depuis trente minutes. Croyez-moi, je n'en suis pas fier, mais après ce qui s'est passé au café aujourd'hui, j'ai décidé qu'il fallait que j'enclenche la vitesse supérieure avec elle.

Ma réponse la surprend et ses sourcils se froncent en signe de confusion.

— Ah.

Lorsqu'un nouveau moment de silence inconfortable s'installe, je change de position et m'éclaircis la gorge.

— Tu vas bien ? Quelque chose ne va pas ?

J'espère qu'elle ne va pas balayer la question du revers de la main, parce que je ne pourrais pas faire grand-chose d'autre que de m'éloigner.

— Non, tout va bien, dit-elle avant de faire une pause et de poursuivre : en fait, pas vraiment.

Je sais que si elle savait qu'elle parlait à Chris, elle n'aurait aucune hésitation. Elle serait déjà en train de raconter tous les horribles détails. Mais le type qui se tient devant elle n'est pas Chris.

C'est Crosby.

Et elle ne lui fait pas confiance. Et pour être honnête, loin de là. À ce stade, je ne suis pas sûr de pouvoir faire quoi que ce soit pour bouleverser sa vision des choses. Mais cela ne diminue en rien le désir fou qui m'habite et qui me pousse à m'approcher d'elle le plus possible. Ce qui est hilarant – pas vraiment –, c'est que ce n'est pas du tout réciproque. En réalité, Brooke serait certainement ravie que je lui souhaite rapidement une bonne nuit et que je m'en aille avant de ne plus jamais faire partie de sa vie.

Peu importe comment, il faut que je corrige ça.

Même si je dois mourir en essayant.

Je change de position et adopte un ton plus léger.

— Alors… c'est un non catégorique ? Ou plutôt un « oui, mais je n'ai pas vraiment envie de t'en parler parce que tu as toujours été un connard » ?

Elle cille des yeux, et quelques secondes s'écoulent avant que sa bouche tressaille. Je crois que c'est le premier sourire qu'elle m'adresse. Aussi minuscule soit-il, je le considère comme un pas dans la bonne direction.

— Plutôt la deuxième proposition.

Je me pince les lèvres et acquiesce.

— C'est mérité.

Elle me cherche du regard avant que la tension de ses épaules ne se relâche progressivement et qu'une bouffée d'air ne s'échappe d'elle péniblement.

— Je rentre d'un dîner avec ma mère, et c'était toujours aussi agréable que d'habitude.

J'ai envie de lui dire que je suis au courant, mais je ne peux pas le faire à moins de vouloir me dénoncer ici et maintenant. Après le fiasco à *Roasted Bean*, je sais que j'aurai besoin de plus de temps pour gagner sa confiance et son amitié.

— Vous ne vous entendez pas ? demandé-je en espérant briser sa carapace.

Son expression se tend alors qu'elle tourne la question dans sa tête.

— Malheureusement, c'est plus compliqué que ça, dit-elle en haussant légèrement les épaules pour tenter de dédramatiser la situation. Ce n'est pas si grave.

Sauf que je sais, d'après nos précédentes conversations, qu'en réalité ça l'est.

— Ce n'est pas vrai, si ça t'a gâché la soirée.

Elle m'examine un long moment avant d'admettre à contrecœur :

— Sûrement, dit-elle avant de marquer une pause. En général, il me faut un peu de temps pour décompresser après l'avoir vue. J'aime ma mère, ajoute-t-elle rapidement, mais on est très différentes et pas toujours du même avis. Ses valeurs ne sont pas forcément en accord avec les miennes.

Je fourre mes mains dans les poches de mon sweat.

— Je comprends. Les parents essaient de nous modeler à leur image, mais ça ne marche pas toujours. En fin de compte, on est des personnes à part entière, avec nos propres pensées et croyances. Ça peut créer des frictions.

Elle cligne des yeux avant de me dévisager.

— Tu as raison sur ce point.

Avec un petit hochement de tête, elle actionne les serrures de sa Volkswagen avant que l'alarme n'émette un bip et elle glisse l'anse de son sac sur son épaule. Lorsqu'elle se dirige vers l'entrée de son immeuble, je m'aligne à côté d'elle. Je ne suis pas près d'abandonner ce navire à la dérive.

Elle me regarde un peu de travers, mais reste silencieuse.

Mes lèvres se soulèvent et je prends le taureau par les cornes.

— Je t'accompagne jusqu'à la porte pour m'assurer qu'il ne se passe rien.

— Comme quelqu'un débarquant de nulle part et me faisant sursauter ?

— Exactement.

Elle acquiesce et adopte un air songeur.

— Ahh, intéressant. Jamais je ne t'aurais imaginé gentleman.

Sûrement parce que je n'ai jamais essayé d'en être un.

— Tu oublies que je t'ai ouvert la porte de la bibliothèque et la portière de la voiture hier soir ?

Un grognement s'échappe de ses lèvres.

— Je pense plutôt que tu n'étais pas dans ton état normal.

— Tu ne crois pas que j'ai changé mes manières ?

Peu convaincue, elle secoue la tête.

— Je crois que tu essaies d'enfumer la mauvaise personne.

J'affiche un sourire.

— Ou alors, tu ne me connais pas aussi bien que tu le crois.

— Je me demande pourquoi ? fait-elle avant de plisser yeux et de se tapoter le menton avec son index. Ça ne serait pas parce que tu étais trop occupé à te comporter comme un con pour que j'apprenne à te connaître ?

Aïe. Malheureusement, elle a raison. J'ai tout fait pour ne pas apprendre à la connaître. Et vice versa.

— Dans le mille.

Une fois la porte vitrée atteinte, elle s'arrête et sort un trousseau de clés de sa poche avant de glisser le métal fin dans la serrure et de la déverrouiller. Son regard interrogateur se pose sur le mien. Je ne sais pas ce qu'elle cherche. Tout ce que je sais, c'est que j'ai envie de rester et de poursuivre notre conversation.

Juste au moment où la situation devient gênante, elle s'empresse de proposer :

— Tu veux entrer un moment ?

CHAPITRE 19

BROOKE

Que quelqu'un me dise que je ne viens pas d'inviter Crosby Rhodes dans mon appartement.

Au vu de l'expression de surprise qui s'est dessinée sur son visage, il est bien trop tard pour ravaler mes mots et faire comme s'ils ne s'étaient jamais échappés. Tout ce que je peux faire à ce stade, c'est m'accrocher à l'infime espoir qu'il ait mieux à faire et qu'il décline l'invitation. Si ce n'est pas le cas, le reste de ma soirée s'écroulera et je ne pourrai rien y changer.

Voilà ce qui arrive quand je passe du temps avec Elaine. Je perds la tête.

— Pourquoi pas ?

Eh mince.

Mes épaules s'affaissent sous le poids de son accord. Je n'ai d'autre choix que d'acquiescer à contrecœur lorsqu'il me contourne et saisit la porte avant de tendre le bras vers le hall d'entrée.

Le destin scellé, je pénètre dans l'immeuble tandis que Crosby laisse la porte se refermer avant de m'emboîter le pas jusqu'à l'ascenseur. J'appuie sur le bouton et me réprimande en silence.

Qu'est-ce qui m'a pris ?

Maintenant, je suis condamnée à passer du temps seule avec le mec que j'essaie d'éviter à tout prix.

Beurk !

Une fois les portes de l'ascenseur ouvertes, il attend que j'entre pour me suivre. Il est si proche que je peux sentir la chaleur de son corps et l'odeur de son eau de Cologne. La tentation est forte d'inhaler une grande bouffée de lui. Au lieu de cela, j'appuie sur le bouton de l'étage. Quelques secondes plus tard, les portes se ferment, nous emprisonnant ensemble à l'intérieur.

L'air se bloque dans mes poumons tandis qu'une énergie étrange et combustible se libère et crépite autour de nous. Plus le temps passe, plus l'atmosphère semble explosive. C'est comme si tout l'oxygène avait disparu de ce petit espace. Je n'ai jamais compris pourquoi mon corps réagit ainsi à son égard. Le fait que je le trouve si séduisant, compte tenu de notre passé houleux, est plus que déconcertant. J'aimerais être indifférente envers lui. L'intensité de l'énergie qui se dégage de lui est presque suffocante. Il est un peu comme un aimant. Un aimant qui m'attire continuellement, sans jamais me permettre d'aller trop loin.

Étant à bout, je me décale avant de le toiser.

— J'espère que tu ne penses pas que je t'ai invité pour coucher avec moi, dis-je.

Il cligne des yeux avant que son regard presque noir ne perce le mien.

— L'idée ne m'a jamais traversé l'esprit.

Une vague de chaleur me pique les joues et je hoche la tête en signe d'acquiescement. Je ne pouvais pas paraître plus idiote.

— Cool, murmuré-je. Je voulais juste être claire pour qu'il n'y ait pas de malentendu.

Ses lèvres tremblent alors qu'il les presse l'une contre l'autre en s'efforçant de ne pas sourire.

— Crois-moi, ce n'est pas le cas. Je ne me fais pas d'illusion, je sais que tu ne veux pas coucher avec moi.

Si seulement c'était vrai.

Je grimace presque à cette pensée.

Heureusement, les portes de l'ascenseur s'ouvrent, m'évitant de me noyer dans une autre conversation. Crosby me suit sans discuter dans le long couloir éclairé jusqu'à ce que je m'arrête devant ma porte. Mes doigts tremblent lorsque je l'ouvre.

— Si tu n'as pas envie que je sois là, je peux m'en aller. Tu as l'air d'avoir passé une soirée compliquée. Peut-être que tu as juste envie de te coucher et de laisser tout ça derrière toi.

Décontenancée par cette remarque, je lui lance un regard surpris.

Tout se détend en moi et je m'entends dire :

— Non, c'est bon. Ça te va de regarder un film ?

— Oui, si ça te fait plaisir.

L'appartement est plongé dans l'obscurité lorsque je pénètre à l'intérieur. Je pense que Sasha est sortie avec Easton. Ces deux-là ont toujours été proches, mais maintenant ils sont carrément devenus siamois. Ils se connaissent depuis si longtemps et sont de grands amis. Je ne pense pas pouvoir trouver quelqu'un qui me connaisse aussi bien de l'intérieur que de l'extérieur.

Est-ce étrange que Chris me vienne immédiatement à l'esprit ?

Nous ne nous connaissons pas depuis très longtemps – quelques semaines seulement – et pourtant, j'ai partagé tant de choses avec lui. Mon passé et mon présent. Nous avons même parlé de ce que l'on souhaite pour nos avenirs. J'avais prévu de l'appeler en arrivant chez moi, mais ça devra attendre.

Je le chasse de mes pensées en allumant tandis que Crosby pénètre dans l'appartement. Il est composé d'une entrée étroite avec un buffet disposé contre le mur. Un miroir biseauté est suspendu au-dessus de ce dernier, et un bol en céramique destiné aux clés trône sur sa surface brillante. Je pose mon sac à main sur la table avant de le suivre.

Comme la plupart des logements étudiants situés à proximité du campus, cet endroit est exigu. Il y a une minuscule cuisine à droite avec à peine assez de place pour que deux personnes puissent y manœuvrer, et un bar pour le petit déjeuner, avec deux tabourets bien rangés sous le comptoir. Un canapé aux dimensions modestes, une chaise encombrée, une table basse en verre et une télévision occupent la pièce. Au fond se trouve un petit balcon avec vue sur l'université au loin. C'est un appartement avec deux chambres, donc Sasha et moi avons chacune notre espace. Même si c'est elle qui a fini par décrocher sa propre salle de bains. Une fois le contrat de location signé, nous l'avons jouée à pile ou face.

Et j'ai perdu.

Crosby s'affale sur le canapé, et j'envisage de m'asseoir sur le fauteuil avant de rejeter l'idée et de m'installer à l'autre bout, en veillant à laisser beaucoup d'écart entre nous.

— Tu veux regarder quel genre de film ?

Il étend son bras sur le dossier, ce qui lui donne l'impression d'être plus proche qu'il ne l'est en réalité.

Après cette soirée ?

— Un film drôle, ça, c'est sûr.

Il acquiesce tandis que je prends la télécommande et lance Netflix avant de faire défiler quelques comédies et d'en choisir une récente avec Ryan Reynolds.

— Laisse-moi deviner, dit-il avec un grognement, tu fais partie de ces filles qui trouvent ce mec sexy.

Difficile de ne pas remarquer le dédain dont résonne sa voix.

Mes yeux s'écarquillent.

— Tu es en train de me dire que tu ne le trouves pas beau ?

— Objectivement, il est pas mal, dit-il avant de marquer une pause. Enfin si on aime ce genre de mec.

Je hausse les sourcils.

— Pour être honnête, c'est *totalement* mon genre de mec. D'ailleurs, tu vas sûrement devoir essuyer ma bave sur mon menton.

Il se tourne davantage vers moi.

— Ah bon ?

— Oui. Et fais attention, je pourrais te faire regarder un autre de ses films pour te punir d'avoir ne serait-ce que suggéré qu'il ne mérite pas son statut d'homme le plus sexy du monde.

Un sourire se dessine sur son visage et il s'exclame :

— L'homme le plus sexy du monde ? N'importe quoi !

— Je maintiens ce que je dis, et rien de ce que tu diras ne me fera changer d'avis. Il est terriblement canon, et le fait qu'il soit drôle le rend encore plus sexy. Fin de l'histoire.

Ses larges épaules sont secouées d'une hilarité à peine dissimulée.

— Lance le film et finissons-en.

Je plisse les yeux avant de m'exécuter.

— Continue comme ça et on va se faire un marathon.

Environ dix minutes plus tard, la tension qui m'envahit se dissipe et mes muscles se relâchent enfin. Une bonne dose de rire, c'est exactement ce dont j'avais besoin après ce dîner houleux avec Elaine.

Une autre demi-heure s'écoule, et nous sommes tous les deux morts de rire.

— Tu vois, dis-je en désignant la télévision. Non seulement il est sexy, mais en plus il est drôle. Même toi, tu dois admettre que ce mec est parfait.

Il lève les yeux au ciel pour ce qui semble être la énième fois avant de convenir à contrecœur :

— Oui, OK. Il est drôle. D'accord ? Tu es contente ? On peut regarder le film ?

Ravie qu'il ait enfin reconnu la vérité, je lui adresse un sourire tandis que nos regards se croisent et s'accrochent. L'électricité danse le long de ma colonne vertébrale pendant qu'une détonation d'excitation explose en moi. Lorsque le bout de ses doigts effleure le haut de mon épaule, je sursaute.

Jusqu'ici, je n'avais pas réalisé qu'il me touchait.

Presque au ralenti, il se rapproche de moi, réduisant la distance qui nous sépare.

— Brooke...

Avant qu'il ne puisse ajouter quoi que ce soit et gâcher la bonne ambiance que nous avons réussi à instaurer, je saute du canapé et quitte le salon, les jambes tremblantes. Mon cœur bat à tout rompre dans ma cage thoracique alors que je jette un coup d'œil par-dessus mon épaule.

— Je vais chercher deux bouteilles d'eau et préparer un bol de pop-corn.

Je ne lui laisse pas le temps de répondre avant de me précipiter vers l'atmosphère sûre de la cuisine. Une fois sur place, mes genoux se dérobent et je m'effondre pratiquement contre le plan de travail. J'ai besoin d'une minute ou deux pour calmer tout ce qui se déchaîne dangereusement en moi.

Qu'est-ce que c'était ?

Comme hier soir, j'avais l'impression qu'il allait…

Je secoue la tête pour me débarrasser de ces pensées.

Non.

Non.

Non.

Hors de question.

Je n'apprécie même pas Crosby.

Bien sûr, je le trouve très sexy, mais je ne suis certainement pas la seule à le penser. La plupart des filles de Western University le trouvent irrésistible. Ses cheveux noirs ébouriffés sont presque une invitation aux doigts féminins de se frayer un chemin à travers eux. Sans parler de ses iris sombres qui semblent presque insondables. Et ses muscles. Punaise, ses muscles. Il a un corps athlétique et puissant, parfaitement sculpté. Sans oublier son piercing à la lèvre…

Oui, ce type est la définition même d'une friandise pour la gent féminine. Une fois que mon cœur a cessé de battre la chamade, je jette prudemment un coup d'œil dans l'autre pièce, et me rends compte qu'il a mis le film en pause.

Je respire calmement et tente de dissiper le brouillard mental qui s'est installé avant de prendre un sachet de pop-corn dans le placard, de déballer la cellophane et de le disposer dans le micro-ondes.

Vous savez quel est le moyen le plus simple d'expulser Crosby de mon cerveau ?

En me concentrant sur le garçon qui m'intéresse vraiment. Celui que j'aimerais voir ici à sa place.

L'inviter était une erreur. Quand il m'a donné une porte de sortie, j'aurais dû la saisir à deux mains et admettre que j'étais fatiguée. Au lieu de cela, je me retrouve là, à me cacher dans la cuisine de mon propre appartement.

Je retire le téléphone de ma poche arrière avant d'envoyer un SMS.

Salut. Je t'appelle tout à l'heure. Je regarde un film avec un ami. Je préférerais discuter avec toi.

CHAPITRE 20

CROSBY

Je sors mon téléphone de ma poche lorsqu'il sonne avec un message entrant et je survole l'écran.

C'est quoi ce bordel ?

Je suis un peu surpris de trouver un message de Brooke. Je jette un coup d'œil rapide à la cuisine et je mets le portable en silencieux. Il ne faut surtout pas qu'elle fasse le rapprochement et qu'elle comprenne que je suis Chris. Il lui faut encore un peu plus de temps pour mieux me connaître. Peut-être qu'alors elle n'aura pas l'impression que je l'ai délibérément trompée.

Même si c'est précisément ce que je fais.

Comment ma vie a-t-elle pu devenir si compliquée ?

Le fait d'avoir laissé cette situation s'envenimer autant est plus que ridicule.

Et pourtant… comment la reprendre en main ?

Je suis allé beaucoup trop loin pour m'éclipser du jour au lendemain sans rien dire. J'aurais pu la planter au café ce matin, mais je n'en ai pas été capable.

Je survole le SMS une deuxième fois.

Alors comme ça elle regarde un film avec un ami, hein ?

Je pense qu'elle aurait pu utiliser des mots bien pires pour me décrire. En jetant un autre coup d'œil rapide vers la cuisine, je tape une réponse et j'appuie sur le bouton d'envoi avant de pouvoir me retenir.

Ah oui ? Quel genre d'ami ? Quelqu'un dont je devrais m'inquiéter ?

Mon cœur s'accélère de quelques battements alors que je m'agite sur le canapé dans l'attente d'une réponse.

Pas du tout.

Puis elle ajoute quelques emojis de bonhomme qui rit pour remuer un peu plus le couteau dans la plaie.

Mes lèvres se froncent et je me frotte le visage. Je n'arrive pas à croire que je suis jaloux d'un personnage que j'ai créé. C'est vraiment n'importe quoi.

La légère sonnerie du micro-ondes me sort de mes pensées et je remets le téléphone dans ma poche. Quelques secondes plus tard, elle revient avec deux bouteilles d'eau et un grand bol de pop-corn à partager.

La tension sexuelle qui couvait dans l'atmosphère il y a quelques minutes à peine a disparu depuis longtemps, remplacée par la même nervosité que lorsque je l'ai surprise dans le parking. Pendant quelques instants, j'envisage d'évoquer le sujet sensible avant d'écarter immédiatement l'idée. Je n'ai pas du tout envie de mettre Brooke encore plus mal à l'aise. Avec un peu de chance, elle se détendra à nouveau et je pourrai avancer un peu avant qu'elle ne me renvoie chez moi. Le message qu'elle vient d'envoyer me revient à l'esprit avant que je ne le balaie rapidement.

Ça risque de prendre quelque temps pour que je la fasse changer d'avis.

Sans un mot, je saisis la télécommande pour redémarrer la vidéo pendant que nous dévorons le pop-corn. Même si nous ne faisons rien d'autre que de passer un moment ensemble, je n'aurais souhaité me retrouver nulle part ailleurs.

Le film en est presque à la moitié lorsqu'un rebondissement se produit, et je ne peux m'empêcher de lever les yeux au ciel et de lui dire que c'était vraiment nul. Elle sourit et me lance un pop-corn. Je ne m'y attendais pas du tout alors que ce dernier me frappe en pleine poitrine avant de tomber sur mes genoux. Elle s'esclaffe quand je le ramasse et le lui lance à mon tour. Mais elle a une longueur d'avance sur moi et le repousse avant de s'effondrer, hilare. Le film suit son cours sur l'écran tandis que son regard se pose sur mes lèvres. Inconsciemment, ma langue s'échappe pour jouer avec le petit anneau d'argent.

Son rire s'éteint lorsqu'elle penche la tête et l'observe.

— Qu'est-ce que ça fait d'embrasser quelqu'un avec ça ?

— Ça t'intéresse de le savoir ?

La question jaillit de ma bouche avant que je ne puisse y réfléchir.

Constatant qu'elle ne rejette pas immédiatement l'idée, tous mes muscles se tendent, se mettent en état d'alerte, et ma voix devient rauque.

— Tu aimerais le faire ?

— Sûrement.

Son honnêteté me fait l'effet d'une décharge électrique m'atteignant de plein fouet à l'entrejambe. Sans penser aux conséquences de mes actes, je réduis la distance entre nous avant de poser ma main sur sa nuque et de la tirer lentement vers moi.

Je suis presque surpris de voir qu'elle ne me frappe pas la poitrine pour arrêter mes mouvements. Une fois que la chaleur de son souffle se répand sur ma chair, j'effleure ses lèvres jusqu'à ce qu'elle puisse sentir le métal. Un frisson délicat parcourt son corps.

Cette réaction n'est pas étonnante. Les filles adorent les piercings à la lèvre. Aussi fou que cela puisse paraître, il me fait passer pour un mauvais garçon. J'ignorais qu'il deviendrait un vrai aimant à filles lorsque je me le suis fait percer en dernière année de lycée. Ce que je cherchais, c'était un moyen d'énerver mon père. Les filles qui se pliaient en quatre pour m'embrasser n'étaient qu'un bonus.

Avec Brooke, ça a beaucoup plus d'importance.

Elle retient son souffle lorsque je penche la tête et que je glisse ma bouche sur sa lèvre supérieure avant de faire de même sur sa lèvre inférieure. Pas besoin de la pousser à s'ouvrir pour moi. Elle le fait sans hésiter. Au moment où ses lèvres s'écartent, ma langue se faufile avec facilité à l'intérieur de sa bouche pour se mêler à la sienne. Le désir explose au fond de mes tripes et je dois m'efforcer de rester concentré pour le garder emprisonné en moi alors que je n'ai qu'une seule envie, grimper sur elle et dévorer chaque centimètre de sa peau.

C'est peut-être un peu sournois d'utiliser les informations que j'ai acquises au cours des deux dernières semaines, mais je m'en fiche. Je sais exactement comment Brooke désire secrètement qu'on l'embrasse et la touche.

Ce n'est que lorsqu'elle enroule ses bras autour de mon cou et plaque son corps contre le mien que je réalise qu'elle est aussi intéressée que moi. C'est tout ce que je devais savoir pour approfondir le baiser et la dévorer davantage.

Incapable de résister, je l'entraîne sur mes genoux jusqu'à ce qu'elle chevauche mes jambes. Lorsque la jupe courte qu'elle porte remonte sur ses cuisses, un gémissement m'échappe. Il est si tentant de repousser le tissu pour apercevoir son intimité couverte d'une culotte.

Depuis combien de temps en ai-je rêvé ?

Au lieu de céder au désir, je la rapproche contre moi jusqu'à ce que mon érection se retrouve nichée entre ses cuisses. Elle gémit alors que je me frotte contre elle.

Punaise.

Avec toutes ses courbes douces, elle est encore plus incroyable que je ne l'imaginais. L'idée de m'enfouir dans la chaleur de son intimité m'excite au plus haut point.

— Ta peau est si veloutée, murmuré-je entre deux baisés affamés alors que j'insinue mes mains le long de sa cage thoracique, laissant mes doigts effleurer les côtés de ses seins arrondis.

Je fais en sorte que mes caresses restent légères et subtiles, sans jamais aller trop loin. Je veux prendre le temps de l'exciter et de la rendre aussi folle qu'elle me rend fou.

Est-ce possible ?

Je n'en ai aucune idée, mais je compte bien le découvrir.

J'ai beau vouloir glisser mes mains sous sa jupe ou son pull, je n'en fais rien. Cette retenue me tue à petit feu. Lorsqu'elle ondule des hanches contre moi, je sais qu'il est essentiel d'adopter une approche plus douce avec elle. Est-ce que quelqu'un a déjà pris le temps de la toucher ?

Au moment où j'envisage d'aller un peu plus loin, son téléphone sonne, brisant le silence de l'appartement. Ses paupières s'ouvrent alors qu'elle rompt le baiser et me fixe d'un air hébété.

L'envie de la prendre par la nuque et de la tirer en arrière pour en savoir plus me taraude. Lorsque je me penche en avant pour capturer ses lèvres une seconde fois, elle appuie sur mon torse pour me tenir à distance. Chaque seconde qui passe voit la réalité de cette situation s'afficher sur ses traits. Si je n'avais pas été là, j'aurais pu croire qu'elle venait de vivre une expérience extracorporelle.

Avant qu'elle ne puisse me dire que c'était une erreur, je grogne :

— Est-ce que tu sais depuis combien de temps j'ai envie de faire ça ?

Ses yeux s'écarquillent et elle secoue lentement la tête.

Devant son silence, je poursuis :

— Bien trop longtemps.

La confusion se lit dans ses prunelles et ses dents s'enfoncent dans sa lèvre inférieure. Elle détourne les yeux puis s'éclaircit la gorge.

— Tu devrais y aller.

Eh merde.

Je suis allé trop loin et trop tôt.

— C'est vraiment ce que tu veux ?

L'envie de rendre cette fille mienne pour que tout le monde sache à qui elle appartient – elle y compris – me taraude jusqu'à ce que je ne puisse plus me concentrer que sur elle.

Lorsque son regard se pose sur mes lèvres, je fais appel à tout mon sang-froid pour ne pas laisser échapper ce gémissement emprisonné dans ma poitrine alors que j'aspire le petit anneau métallique dans ma bouche.

Ses pupilles se dilatent tandis qu'elle s'extirpe de la stupeur mentale dans laquelle elle est tombée.

— Je pense que ça serait mieux.

Voyant qu'elle ne se précipite pas pour descendre de mes genoux, mes mains s'installent autour de sa taille avant de la soulever avec précaution.

Doucement, me dis-je.

Il faut que j'y aille doucement.

Après que je l'ai posée sur le coussin à côté de moi, elle se lève et se dirige vers la cuisine en titubant comme une ivrogne. Je suis tenté de lui tendre la main pour la retenir, mais je sais qu'elle se dérobera à mon contact. Les récriminations s'installent déjà. J'arrive à lire le jeu des émotions sur son visage. Je fais mentalement descendre l'érection dans mon short de sport et glisse une main dans mes cheveux avant de la suivre hors du salon et de pénétrer dans l'entrée où elle m'attend.

La porte est restée ouverte.

Sans m'en rendre compte, elle pourrait me mettre dehors avant même que je puisse lui dire bonne nuit.

Au moment où je passe devant elle, je m'arrête.

— Alors, qu'est-ce que tu en as pensé ?

Elle cligne des yeux, confuse.

— De quoi ?

— Du piercing.

Quand ses joues rougissent, je murmure :

— Maintenant, imagine-le contre ton clitoris.

Bouche bée, elle écarquille les yeux. Un sourire en coin se dessine sur mes lèvres, je ferme la porte et me dirige vers la cage d'escalier.

Et ça, mes amis, c'est ce qu'on appelle une belle sortie.

CHAPITRE 21

BROOKE

Les secondes défilent tandis que je fixe la porte fermée, en état de choc. Mes doigts tremblent lorsqu'ils s'élèvent jusqu'à mes lèvres avant de caresser délicatement la chair pulpeuse. Sans me regarder dans le miroir biseauté accroché à la crédence, je sais déjà qu'elles sont gonflées. Je ne sais pas combien de temps nous nous sommes embrassés. Cela a pu durer quelques minutes ou quelques heures. C'est un peu flou. Ce que je sais, c'est que lorsque j'ai fini par me détacher, le film était terminé.

Crosby Rhodes.

Je viens d'embrasser Crosby Rhodes.

Le mauvais garçon de l'équipe de football américain des Western Wildcats.

J'ai beau répéter silencieusement son nom dans ma tête, il me semble toujours aussi farfelu. A-t-il réellement admis qu'il voulait m'embrasser depuis un moment, ou étais-je dans un état de fugue ?

Ce n'est pas vrai. Impossible. Il a toujours été un véritable salaud. J'ai même voulu le frapper au visage plus d'une fois. Et qu'on soit clairs, je ne suis pas le genre de fille à perdre mon sang-froid et devenir violente. Je n'ai jamais été comme ça. Mais depuis un an et demi, Crosby trouve le moyen de déclencher chaque alarme.

Presque comme si c'était intentionnel.

Je secoue la tête pour me débarrasser de toutes les pensées contradictoires qui se bousculent dans mon cerveau. Je ne sais pas si cela va changer quelque chose entre nous. Ce n'est pas comme si nous étions déjà amis.

Alors… que sommes-nous l'un pour l'autre maintenant ?

Alors que j'entre dans le salon, un autre garçon me vient à l'esprit et je m'arrête en trébuchant.

Oh, mon Dieu… comment pourrais-je sortir avec Crosby alors que je suis intéressée par quelqu'un d'autre ?

Un mélange de dégoût et d'incrédulité bouillonne dans ma gorge. La seule explication rationnelle est que je n'étais pas dans mon état normal après mon dîner avec Elaine. Je ne vois pas dans quel autre genre de situation ça pourrait arriver.

Du moins, pas à ma connaissance.

En franchissant le seuil de ma chambre, mon regard se porte sur le tee-shirt de Crosby soigneusement plié sur mon bureau. Si j'avais eu les idées claires, je le lui aurais rendu. Mais je pense que nous sommes tous d'accord pour dire que si mon cerveau avait fonctionné correctement, je ne l'aurais pas embrassé dès le départ.

J'enlève ma jupe et mon pull avant de dégrafer mon soutien-gorge. Un gémissement de soulagement s'échappe de mes lèvres lorsque le tissu serré tombe de mes épaules. Je n'ai pas de jolis et petits soutiens-gorge délicats et fantaisie. Non, ceux que j'achète sont purement utilitaires. Et quand j'en trouve un qui minimise le bonnet d'une taille ou deux, je suis preneuse.

D'habitude, j'opte pour un débardeur dans le tiroir de ma commode et je l'enfile. Mais ce soir, je me tourne vers le tee-shirt bleu marine. J'avais l'intention de le laver et de le lui rendre, mais je n'ai pas eu le temps. Je fixe un instant du regard le bout de tissu avant de le soulever.

Ne fais pas ça.

Ignorant la voix dans ma tête, je porte le tissu doux et cotonneux à mon nez et inspire profondément. Le parfum de l'eau de Cologne boisée de Crosby envahit mes sens, tout comme lorsque j'étais installée sur ses genoux à peine quelques minutes plus tôt.

Punaise.

Pourquoi sent-il si délicieusement bon ?

Mes paupières se ferment tandis que mon ventre s'agite d'un sentiment nouveau. Il me suffit d'être enveloppée par son odeur pour me rappeler ce que j'ai ressenti lorsque sa bouche s'est posée sur la mienne et que son piercing a glissé sur ma chair. L'excitation prend vie au plus profond de mon ventre et mon intimité s'enflamme. Pour être tout à fait honnête, la sensation du métal était aussi sexy que je l'imaginais.

Maintenant, imagine-le contre ton clitoris.

Je serre les cuisses pour tenter d'étouffer la décharge d'excitation qui me traverse. Le problème, c'est que je l'imagine très bien. J'imagine exactement ce que je ressentirais.

Avant de m'en rendre compte, j'enfile le vêtement par-dessus ma tête et le lisse le long de mon corps. Du coin de l'œil, je m'aperçois dans le miroir en pied. Une nouvelle spirale d'électricité grésille dans mes veines avant de laisser place à une bouffée de culpabilité.

J'ai fait une erreur en le laissant m'embrasser.

Une erreur que je ne dois jamais reproduire.

Lorsque mon téléphone sonne et brise le silence de la pièce, je sursaute avant de chasser le beau brun de mon esprit et de saisir le portable posé sur la commode. J'ai attendu toute la journée pour parler à Chris.

Dès que j'appuie sur le bouton vert, sa voix flotte sur la ligne.

— Salut, ma belle.

— Salut.

Je m'installe sur le lit et roule sur le ventre pour pouvoir balancer mes jambes d'avant en arrière. Chris est précisément le genre d'homme qu'il me faut dans ma vie.

Pas Crosby.

Ma respiration s'essouffle et mes yeux s'écarquillent.

Eh merde.

Pourquoi cette idée me vient-elle à l'esprit ?

Il est hors de question que je sorte avec Crosby Rhodes. Ce n'est qu'un coureur de jupons comme mon ex. Je serais vraiment bête de faire confiance à quelqu'un comme lui. Quelqu'un qui enchaîne les filles comme des Kleenex ?

Non merci.

On s'est embrassés. Ce n'était pas grand-chose, et ça ne veut rien dire du tout.

— Désolé de ne pas être venu aujourd'hui, dit-il, suspendant le tourbillon de mes réflexions.

— Ce n'est pas grave. Pas de souci.

— Merci d'être si compréhensive, dit-il avant de s'interrompre. J'ai pensé à toi tout l'après-midi. Comment s'est passé le dîner ?

La façon dont il parvient si facilement à me dire qu'il pense à moi fait monter une bouffée de chaleur dans les veines. Cette sensation se retrouve immédiatement chassée par l'évocation de ma mère. Je gémis et essaie d'orienter la conversation dans une autre direction. Elle a déjà assez gâché ma journée. Je ne veux pas qu'elle ternisse aussi ce moment.

— Je ne pense vraiment pas que tu aies envie d'en parler.

— Je sais que tu le redoutais et je veux m'assurer que tu vas bien. Tu peux me parler de tout. Je suis là pour toi.

Mon cœur se serre dans ma poitrine. Est-il possible d'apprécier encore plus ce garçon ?

Il semble presque trop beau pour être vrai.

Dès que cette pensée s'immisce dans mon esprit, je la repousse. Je n'ai aucune raison de ne pas faire confiance à Chris. Il a toujours été franc et honnête. De combien d'hommes peut-on en dire autant ?

— Allez, ma belle. Dis-moi ce qui s'est passé.

Cette phrase me suffit à lui raconter le dîner.

Quand je m'essouffle enfin, il me dit :

— Je suis désolé. Ça craint vraiment. Tu vas bien ?

— Oui, ça va. En toute bonne foi, je me sens mieux après en avoir parlé avec toi.

Ce qui est étrange, mais vrai. D'une certaine manière, je me sens plus légère. Énergique. Plus proche de moi-même.

— C'est bien. J'en suis content, dit-il avant d'adoucir le ton de sa voix. Je ne pouvais pas aller me coucher sans prendre de tes nouvelles.

Son inquiétude sincère me fait encore plus craquer pour lui. Suis-je déjà sortie avec un homme qui prenait le temps de s'assurer que j'allais bien ?

Pas besoin d'y réfléchir longuement pour découvrir la réponse.

Un gémissement s'échappe de ma gorge lorsque je me rappelle cette fête à laquelle on me traîne contre ma volonté.

— Quoi ? Il s'est passé autre chose ?

— Ce n'est pas grand-chose, murmuré-je. C'est juste qu'il y a une collecte de fonds ce week-end sur leur propriété. Le seul point positif, c'est que ma mère sera occupée à jouer son rôle de la gracieuse hôtesse, donc on ne se verra pas trop.

Et c'est toujours mieux ainsi.

— Ah. Ça a l'air pénible.

Il ne l'imagine pas.

— Oh, que oui !

— Désolé, bébé. J'aimerais pouvoir être là pour te soutenir moralement, mais j'ai un truc avec ma famille ce week-end.

Mon cœur se serre à l'idée qu'il ait pu faire cette proposition. Après l'échec de notre tentative de rencontre autour d'un café aujourd'hui, j'avais peur d'évoquer un nouveau rendez-vous.

— Merci d'y avoir pensé.

— Je sais que ce n'est pas grand-chose, mais souviens-toi que je ne suis qu'à un coup de fil. Je te soutiendrai autant que possible, d'accord ?

Comment ce type peut-il être aussi gentil ?

Et comment se fait-il qu'on ne lui ait pas déjà mis le grappin dessus ?

— Ça me touche beaucoup, merci.

Nous parlons encore quelques minutes avant qu'il ne me demande quel film j'ai regardé avec mon ami. Je grimace en voyant Crosby resurgir dans mon esprit pour la énième fois. Des souvenirs indésirables défilent dans ma tête comme un film au ralenti, me montrant à califourchon sur ses cuisses musclées et ce que j'ai ressenti en l'embrassant. Ou en train de me frotter à son épaisse érection. Et au cas où vous vous poseriez la question, elle était imposante. Il faut croire que les rumeurs que j'ai entendues sur le campus pendant toutes ces années sont vraies.

Une vague de chaleur s'empare de mon visage. Le seul point positif, c'est que Chris n'est pas là pour le voir.

— Oh, juste un truc avec Ryan Reynolds, marmonné-je en espérant qu'il ne me demande rien d'autre. C'était assez drôle.

Du peu dont je me souviens. Puisque personne ne sait comment ça s'est terminé.

— Ça avait l'air cool. C'est exactement ce qu'il te fallait après ce dîner.

Je grimace.

— Oui, c'est vrai.

Jusqu'à ce que ça se gâte…

— J'aurais aimé être là avec toi.

— Moi aussi.

Je presse mes lèvres l'une contre l'autre alors que les remords me rongent de l'intérieur. Je ne suis pas une menteuse. Je n'ai jamais été particulièrement douée pour ça. J'ai beau vouloir tout garder en moi, je n'y arrive pas.

— Tu connais Crosby Rhodes ?

Le téléphone devient muet, l'atmosphère entre nous change, se tend. Est-ce juste moi, ou est-ce qu'il le sent aussi ?

Alors que j'ouvre la bouche pour demander s'il est toujours là, il répond :

— Oui, je l'ai déjà croisé.

J'expire calmement et me reproche silencieusement d'avoir parlé de lui. J'aurais dû fermer ma grande bouche.

— C'est le colocataire de mon ex, donc je le connais depuis un moment. Pendant toute la période où j'étais avec Andrew, c'était un vrai trou du cul. Les commentaires qu'il faisait étaient tout simplement méchants et blessants. J'en suis arrivée au point où j'exécrais être dans la même pièce que lui et j'essayais de l'éviter autant que possible.

Le plus fou, c'est que je ne sais pas du tout ce que j'ai fait pour qu'il me déteste à ce point.

Un autre silence suit avant qu'il n'ajoute :

— Ce type a l'air d'un vrai salaud.

— Oui, acquiescé-je en me mordillant la lèvre inférieure avant d'admettre : je l'ai croisé sur le campus la semaine dernière. Il s'est excusé d'avoir été aussi con envers moi et m'a demandé si on pouvait tout effacer et reprendre à zéro.

— Intéressant.

— Oui. Ça m'a complètement chamboulée.

— Tu le crois ? s'enquit-il prudemment. Tu penses qu'il était sincère ?

Je retourne ces questions dans ma tête. J'y ai beaucoup réfléchi.

— Je pense que oui, dis-je avant d'articuler péniblement le reste : je l'ai croisé après le dîner et nous avons commencé à discuter. De fil en aiguille, je l'ai invité à regarder un film.

Même si je n'ai pas dit tout ce qui s'est déroulé ce soir-là, cela suffit à apaiser un peu la culpabilité qui me ronge.

— Ça s'est bien passé ? Il ne t'a pas contrariée ?

Je cligne des yeux, surprise qu'il ne soit pas fâché que j'aie passé une partie de la nuit seule avec un autre homme.

— Oui, ça s'est bien passé.

— C'est bien. Je suis sûr que ça t'a aidé à te détendre et à te changer les idées.

Encore une fois, je suis agréablement surprise par son attitude nonchalante. Toute l'anxiété qui m'envahit se dissipe.

— Oui, c'est vrai.

— Je suis content qu'il ait pu faire ça pour toi.

J'ai envie de retirer le téléphone de mon oreille et de le regarder avec stupéfaction. Comment ce type peut-il être aussi compréhensif et mature sur le plan émotionnel ?

Si je pensais l'apprécier avant cette discussion, ce n'est rien comparé à ce que je ressens maintenant. Je considère ce qui s'est passé avec Crosby comme une erreur de jugement. On s'est embrassés. Ce n'était pas grand-chose. Pour lui, c'était sûrement un mercredi soir comme les autres.

Sauf qu'il ne s'est pas envoyé en l'air.

— Tu as cours tôt demain, pas vrai ? demande-t-il, attirant à nouveau mon attention sur la conversation.

— Oui, à 8 heures.

Je jette un coup d'œil au réveil sur ma table de nuit et réalise qu'il est très tard.

— Alors je devrais peut-être te laisser pour que tu puisses aller te coucher.

— D'accord. Bonne nuit, Chris.

— Bonne nuit, ma belle. À demain.

Après avoir raccroché, je pose mon téléphone sur le chevet avant de me glisser sous les draps. Même si je n'ai pas envie de repenser au dîner avec ma mère, c'est précisément ce qui me vient en tête. Vingt minutes d'agitation s'écoulent avant que je trouve le sommeil. Quand j'y parviens, mes rêves se révèlent être un étrange enchevêtrement de deux garçons. L'un est brun et l'autre est flou. Au cours de la nuit, ils finissent par se fondre en une seule et même personne.

CHAPITRE 22

CROSBY

Deux tasses de café chaud à la main, je remonte la passerelle jusqu'à l'immeuble de Brooke. Juste au moment où j'arrive à la porte, deux joueurs de football juniors sortent.

— Salut, Rhodes. Qu'est-ce que tu fais ici ? demande l'un d'eux.

Je hausse les épaules.

— Je viens voir une amie.

Celui qui a la langue bien pendue donne un coup de poing dans le bras de son acolyte.

— Ce n'est pas comme ça que ça marche d'habitude. Tu ne devrais pas t'enfuir plutôt que de te ramener ?

Je lève un sourcil et lance un regard noir.

Je ne sais pas pour qui ces deux rigolos se prennent, mais ils feraient mieux de se rappeler à qui ils parlent. C'est-à-dire un senior de l'équipe. Je vais leur botter le cul sur le terrain sans le regretter.

Quand ils réalisent enfin que ça ne m'amuse pas, leurs sourires s'effacent et ils marmonnent un rapide au revoir avant de partir en courant. C'est la décision la plus intelligente qu'ils aient pu prendre. En réalité, la décision la plus intelligente aurait été de garder leurs clapets fermés.

Je secoue la tête avant d'entrer dans le hall et de presser le bouton

169

de l'ascenseur avec mon coude. Une fois à l'intérieur, j'attends que les portes s'ouvrent avant de m'engager dans le couloir. Je réarrange les gobelets et en tiens un contre ma poitrine avec mon avant-bras avant d'appuyer sur la touche en bois épais avec mes phalanges.

Vous trouvez ça ridicule que les battements de mon cœur s'accélèrent à l'idée de la revoir ?

Je me creuse la tête, incapable de me souvenir d'une fois où j'ai été aussi stressé pour une fille. Je n'ai jamais aimé quelqu'un suffisamment pour que cela arrive. Et pourtant c'est le cas avec Brooke. Le fait que je ne sois peut-être pas en mesure d'inverser la tendance et de changer ce qu'elle ressent pour moi pèse comme une ancre autour de mon cou, me tirant vers le bas.

La porte s'ouvre et Sasha remplit l'espace. La formule de politesse qu'elle avait sur le bout de la langue meurt rapidement tandis que ses yeux s'écarquillent avant de se rétrécir en fentes.

— Crosby ?

La façon dont elle prononce mon nom ressemble plus à une question qu'à autre chose.

— Qu'est-ce que tu fais ici ?

Je m'éclaircis la gorge et brandis les cafés.

— Je suis venu voir Brooke.

— Brooke ? répète-t-elle en fronçant les sourcils alors que son visage se crispe. Pourquoi ?

Avant que je n'aie le temps de répondre, elle se redresse et croise les bras sur sa poitrine.

— Si tu es ici pour causer des ennuis, tu vas en baver.

Elle décroise les bras et fait un pas vers moi avant de planter un doigt au milieu de mon torse.

— Je sais que toi et Easton êtes amis, mais il aime Brooke comme une sœur, et il te bottera le cul si tu as l'intention de la baiser.

Elle enfonce à nouveau son doigt, sans ménagement, dans ma poitrine.

— C'est suffisamment clair ?

— Comme de l'eau de roche.

Ma réponse solennelle semble la déstabiliser. Elle me dévisage en silence avant de secouer la tête et de marmonner quelque chose dans sa barbe. Il est certainement préférable que je ne puisse pas déchiffrer les mots qu'elle marmotte.

— Attends ici.

Au moment où j'allais parler, on me claque la porte au nez. Deux secondes plus tard, elle l'ouvre à nouveau, et désigne les tasses que je tiens toujours.

— L'une d'elles est pour moi ?

Même si ce n'était pas ma volonté première, un café me semble un petit prix à payer pour adoucir cette interaction désastreuse.

— Évidemment.

Elle pousse un grognement avant de m'arracher des mains l'un des gobelets brûlants.

— Merci.

Puis elle me claque la porte au nez pour la deuxième fois. Je me dandine d'un pied sur l'autre, me demandant si elle a l'intention de revenir ou si elle m'a commodément oublié.

J'aurais dû me douter qu'il ne serait pas facile de faire croire à la colocataire de Brooke qu'une amitié existe entre nous. Je n'ai alors qu'une envie : remonter le temps et changer le cours de notre relation. Ou, plus exactement, ne pas me comporter en un tel trou du cul, comme Brooke l'a si bien dit au téléphone hier soir.

Au moment où j'envisage de frapper à nouveau, la porte s'ouvre et Brooke se tient de l'autre côté du seuil. Elle a l'air aussi surprise que sa colocataire de me trouver ici.

— Euh, salut.

Des questions silencieuses traversent ses iris verts.

— Salut.

L'atmosphère devient tendue lorsqu'elle s'agite avant de replacer une mèche de cheveux rebelle derrière son oreille. Une légère rougeur fleurit sur ses joues, et je ne peux m'empêcher de me demander si elle pense à mon coup d'éclat d'hier soir. Croyez-moi, je serais ravi de lui refaire une démonstration. Cette simple idée suffit à faire gonfler mon sexe avide.

Elle tire la langue pour humecter ses lèvres.

— Qu'est-ce que tu fais ici ?

Ayant presque oublié la boisson, je tends le grand gobelet de café vers elle.

— Je me suis dit que tu aimerais boire quelque chose pour bien commencer ta journée.

Son regard se pose sur le récipient. Elle cligne des yeux, adorablement troublée par ce geste. En fait, cela ne fait que confirmer que j'ai été un imbécile.

— Tu m'as apporté un café ?

Sa voix trahit sa surprise.

— Oui.

Alors qu'elle reste immobile devant ma main tendue, je la remue un peu.

— Tiens, prends-le.

Cet ordre la sort de son étrange paralysie et elle tend timidement la main avant de serrer ses doigts autour du récipient. Nos mains se frôlent et ses yeux s'écarquillent avant de se tourner vers les miens. Elle recule d'un pas rapide, comme pour mettre une bonne distance entre nous, avant de porter la tasse à son nez et d'en respirer l'arôme piquant.

Un soupir s'échappe de ses lèvres et elle ferme les paupières.

— J'adore l'odeur du café.

Oui, je suis au courant.

Lorsqu'elle passait la nuit avec Andrew, elle préparait toujours du café le matin. Quand il était prêt, elle se servait une tasse chaude et la portait à son nez pour en apprécier l'odeur avant de souffler dessus et de boire la première gorgée.

Est-ce qu'il m'est arrivé de m'exciter en écoutant le son de plaisir qu'elle émettait en plissant les lèvres ?

À coup sûr.

Est-ce que je la rembarrais avant de m'éclipser ?

Presque aussi souvent.

Mais quand même... même si ça m'énervait d'être excité, je m'assurais toujours d'être dans la cuisine, en attendant qu'elle fasse son apparition. C'était tordu. J'aimerais pouvoir revenir en arrière.

Comme c'est impossible, je ne peux qu'essayer de faire profil bas et espérer qu'elle finira par me pardonner.

Ses sourcils se froncent tandis qu'elle renifle à nouveau.

— C'est de l'arabica fraîchement moulu ?

— Oui.

Lorsque ses yeux débordent de questions, je me force à admettre :

— Je me suis souvenu que tu avais l'habitude d'en boire.

Comme je n'ai pas forcément envie de mêler Andrew à la conversation, je termine maladroitement par :

— Avant.

— C'est mon café préféré, reconnaît-elle en hochant la tête. Merci.

— De rien.

Un autre silence s'installe alors que nous restons debout, la porte de l'appartement ouverte, à nous regarder fixement. Comme le moment devient gênant, je dis :

— J'ai pris la voiture. Tu veux que je te dépose en cours ?

— Oh.

Mon attention se porte sur sa bouche alors qu'elle se mordille la lèvre inférieure avec indécision. Je réunis tout mon sang-froid pour me retenir de réduire la distance entre nous, de l'attirer dans mes bras et de l'embrasser comme je l'ai fait hier soir. Je n'ai pas cessé d'y penser après avoir raccroché le téléphone. J'ai eu tellement de fois envie de lui dire la vérité. En fin de compte, je me suis défilé. J'ai peur de la repousser alors que tout ce que je veux, c'est la serrer contre moi.

Alors qu'elle ne fait aucun geste indiquant qu'elle accepte l'offre, j'ajoute d'un ton mielleux :

— Allez. Tu pourras boire ton café sur le trajet au lieu de traverser six pâtés de maisons à pied jusqu'au campus.

Une autre poignée de secondes s'écoule lentement avant qu'elle ne cède finalement en hochant la tête à contrecœur.

— D'accord. Je prends mon sac et on y va.

Au lieu de me claquer la porte au nez, elle la laisse ouverte avant de se retourner et de filer vers sa chambre. Alors que je jette un coup d'œil à l'intérieur, Sasha sort de la cuisine avec le café qui m'était destiné. Elle plisse les yeux et pointe deux doigts vers son visage avant d'en braquer un vers moi telle une arme. Elle répète le geste plusieurs fois, juste pour s'assurer que j'ai bien compris qu'elle sera constamment là, à me surveiller comme un faucon.

Je n'en attendais pas moins d'elle. Les deux filles sont amies depuis la première année de fac et se sont toujours soutenues l'une et l'autre.

Je suis presque soulagé de voir Brooke revenir avec son sac.

— Prêt ?

— Oui, plus que prêt, marmonné-je en jetant un dernier coup d'œil au visage souriant de Sasha avant de m'éloigner.

Brooke referme la porte derrière nous avant de s'aligner à mes côtés. Au lieu d'attendre l'ascenseur, nous empruntons la cage d'escalier qui mène au hall d'entrée avant de nous frayer un chemin vers l'extérieur où il fait à la fois beau et frais. Elle resserre autour d'elle la veste en cuir noir qu'elle porte par-dessus un petit pull blanc.

— Il fait froid ce matin.

— Alors c'est une bonne chose que tu aies un chauffeur, répliqué-je facilement.

Ses lèvres se soulèvent en un léger sourire.

— Je te dirai si c'est le cas une fois qu'on aura atteint le campus.

Je grogne.

— Touché.

Une fois devant ma Mustang, je déverrouille les portières et ouvre celle du côté passager. Elle hésite et penche la tête pour me lancer un regard interrogateur. Ce qui prouve que mon comportement précédent l'a vraiment blessée.

— Merci, murmure-t-elle avant de se glisser à l'intérieur du véhicule.

Le moteur ronronne avant que je ne change de vitesse et ne sorte en marche arrière de la place de parking, m'engageant sur la chaussée bordée d'arbres qui mène au campus. Nous n'avons que quelques minutes à nous, et je refuse de les gâcher.

Entre deux gorgées de café, son attention se porte sur moi. Même si je reste concentré sur la route défilant au-delà du pare-brise, je sens son regard brûlant posé sur moi. Ainsi que les questions et la confusion qui continuent de mijoter dans sa tête à la suite de mon soudain changement d'attitude. Je fouille dans mon esprit à la recherche de quelque chose qui pourrait détendre l'atmosphère, mais il demeure frustré. J'ai toujours été à l'aise avec les femmes.

Brooke est l'exception à cette règle.

Je suis presque soulagé de l'entendre s'éclaircir la gorge.

— À propos d'hier soir...

Même si la circulation s'est intensifiée, devenant de plus en plus dense au fur et à mesure que nous nous rapprochons de l'université, je ne peux m'empêcher de lui jeter un coup d'œil.

— J'ai beaucoup aimé.

Lorsqu'elle me laisse sans réponse, je jette un autre coup d'œil dans sa direction et constate qu'elle fixe du regard la tasse qu'elle tient entre ses mains, tandis qu'une vague de couleur rosit ses joues.

— Et j'ai envie de recommencer, ajouté-je, pour que les choses soient claires et qu'il n'y ait pas de malentendu sur la situation.

Même si je ferais mieux de ralentir ma course, j'en suis incapable. Après le baiser d'hier soir, tout ce à quoi je pense, c'est combien j'ai aimé l'avoir entre mes bras et sur mes genoux alors qu'elle se frottait contre mon érection.

Lorsque j'entre dans le parking près du centre sportif, l'intensité de la tension qui règne dans le petit espace est presque suffocante. Je coupe le moteur et me tourne vers elle pour que nous soyons face à face. Je glisse une main dans ses cheveux avant de la poser autour de sa nuque.

— Toi aussi ?

Lorsque ses dents raclent sa lèvre inférieure, un gémissement m'échappe et je me rapproche d'elle jusqu'à appuyer ma bouche sur la sienne. Il suffit que je passe ma langue sur la commissure de ses lèvres pour qu'elle s'ouvre. Le baiser est fugace. Il disparaît avant que je puisse m'y plonger complètement.

Je lutte pour ne pas en prendre plus et consommer chaque goutte d'elle.

De tout exiger.

— Je ne sais pas, dit-elle alors que ses yeux s'embrouillent et qu'elle cherche mon regard. Il n'y a pas si longtemps, tu pouvais à peine tolérer ma présence. Tout à coup, tout a changé, et je ne comprends toujours pas pourquoi.

J'ai tellement envie de lui apprendre la vérité, mais je sais qu'elle me détesterait encore plus pour avoir prétendu être quelqu'un que je ne suis pas. Elle se rendrait compte que je l'ai encouragée à dévoiler des éléments intimes qu'elle n'aurait jamais révélés autrement.

— Brooke…

Elle me coupe la parole.

— Hier soir, tu as dit que tu voulais m'embrasser depuis longtemps. C'est vrai ?

Une fois de plus, son regard cherche le mien.

— Ou est-ce que c'était juste pour essayer de me sauter ?

Je grimace lorsque son ton se durcit, mais je ne peux pas lui reprocher de douter de mes motivations.

— Ce n'était pas un mensonge. J'en pensais chaque mot.

Lorsque je retombe dans le silence, elle hausse les sourcils, m'incitant à continuer.

Même si c'est un risque, je lui avoue une petite partie de la vérité.

— J'avais envie de t'embrasser tout le long de ta relation avec Andrew.

Elle s'immobilise avant de secouer lentement la tête.

— Tu mens.

— Non, je ne mens pas. C'est la vérité.

— Mais tu as toujours été un vrai trou du cul, dit-elle avant de déglutir bruyamment et de contracter les muscles délicats de sa gorge. Dès le début, avant même d'apprendre à me connaître. Je n'ai jamais compris ce que j'avais fait pour justifier une pareille haine.

— Tu n'as rien fait du tout, dis-je d'un ton bourru.

Révéler la vérité s'avère tellement plus difficile que je ne le pensais. La douleur qui se lit sur son visage me fait l'effet d'un poignard planté dans le cœur. Je ne mérite peut-être pas son pardon.

— C'était plus facile de garder mes distances si tu me détestais.

L'air siffle de ses poumons.

— Tu es sérieux ?

Malheureusement, oui.

CHAPITRE 23

BROOKE

Non… ce n'est pas possible.

Je n'ai pas dû bien entendre.

Je secoue la tête pour faire disparaître le bourdonnement croissant avant de fermer les paupières pour retrouver mes repères.

Je mets quelques instants avant de pouvoir enfin formuler des mots.

— Alors, si je comprends bien, tu m'as traitée comme de la merde parce que tu m'aimais bien ?

L'incrédulité se fraye un chemin dans ma voix.

Constatant qu'il ne répond pas immédiatement à ma question forcée, j'ouvre les yeux et le vois en train de me dévisager d'un air effaré. Le métal argenté de son piercing labial brille dans la lumière du soleil matinal, me détournant momentanément de notre conversation.

— Oui, murmure-t-il finalement, en gros.

Une vague de chaleur brûle l'arrière de mes paupières tandis que mon esprit repense aux dix-huit derniers mois et à tous les coups bas qu'il a portés. Le nombre de fois où il m'a touchée, où je me suis sentie comme une merde, où il m'humiliait devant nos amis et ses coéquipiers.

Je me suis creusé la tête pour savoir ce que j'avais fait pour mériter ce traitement. Et maintenant, je découvre que c'est parce qu'il avait *des sentiments* ?

Jamais je n'aurais soupçonné une telle raison.

Je me détache de ces réflexions lorsqu'il passe doucement son pouce sur la peau fine de mon œil. Je ne réalise pas que des larmes coulent avant qu'il retire son doigt humide.

— Je sais que je ne pourrais rien dire ou faire pour effacer la douleur que j'ai causée, murmure-t-il avant de se rapprocher de moi et d'embrasser le liquide qui continue de ruisseler le long de mes joues. J'ai été con, et mon comportement était immature. J'ai essayé de me protéger à tes dépens, et ce n'était pas bien.

— C'est juste…

Je secoue la tête sans trop savoir quoi répondre.

Ses yeux s'emplissent de tristesse et il acquiesce.

— Je comprends et je ne t'en veux pas de vouloir être prudente. Je ne t'ai donné aucune raison de me faire confiance, dit-il alors que son regard s'enflamme en plongeant dans le mien. Mais je le ferai.

Ce que je déteste par-dessus tout, c'est ce petit noyau au fond de moi qui s'obstine désespérément à croire que ses motivations sont sincères.

Je le hais. J'aimerais pouvoir l'étouffer.

La vie serait tellement plus facile si ses excuses n'avaient aucun effet sur moi. Si je pouvais lui dire de prendre ses stupides explications et de se les mettre dans le cul avant de sortir de la voiture et de m'éloigner à grands pas. Mais les mots ne viennent pas. Mon corps reste figé sur place. J'arrive simplement à le dévisager, à la recherche de la vérité dans ses yeux sombres, alors que nous baignons dans la lumière du soleil matinal.

Mon esprit passe en revue toutes nos interactions précédentes. Même lorsque Crosby se comportait comme un connard, quelque chose couvait toujours sous la surface. Une énergie combustible qui menaçait d'exploser.

Un regard.

Un toucher.

J'avais toujours l'impression d'être sur le point d'éclater et de me décomposer. J'imaginais que c'était à sens unique.

Il s'avère que j'avais tort.

Lui aussi l'a ressenti.

Je secoue la tête pour chasser mes pensées.

— Pourquoi maintenant ? Pourquoi se donner la peine de dire quoi que ce soit alors qu'on est à deux doigts d'obtenir notre diplôme et de faire nos vies chacun de notre côté ?

Le silence qui s'étire entre nous devient presque insupportable. Ma peau se hérisse alors que l'air du véhicule devient oppressant.

— Parce que c'est épuisant de tout garder enfoui au fond de soi et de continuer à faire comme si je ne t'appréciais pas alors que c'est loin d'être la vérité. Non seulement je n'y arrivais plus, mais je n'en avais plus envie. Je ne sais pas si c'est trop tard, mais il fallait que tu saches que mon comportement n'avait rien à voir avec toi.

Je m'efforce de faire disparaître l'humidité qui remplit mes yeux.

— Tu m'as vraiment fait du mal, Crosby, dis-je alors qu'un nombre incalculable d'émotions se débattent en moi pour se libérer. Tous ces commentaires désagréables et ces regards...

— Je sais, répond-il alors que sa voix devient rauque. Je m'en veux de t'avoir fait subir ça. Si je pouvais revenir en arrière et agir différemment, je le ferais.

Il rapproche mon visage vers le sien jusqu'à ce que son haleine mentholée vienne effleurer mes lèvres entrouvertes. Après tout ce qu'il a fait, il n'est pas logique que j'aie envie de fermer les yeux et d'inhaler une énorme bouffée de lui.

Un léger tremblement agite mon corps. Sa proximité a toujours eu le pouvoir de me faire sentir faible. Après tout ce qu'il vient de révéler, rien n'a changé. En cet instant, alors que nos souffles continuent de se mêler, ne faisant plus qu'un, je ne songe qu'à sa bouche qui se pose sur la mienne, me forçant à oublier la laideur de notre passé.

— Je sais que je t'en demande beaucoup, mais donne-moi une chance de prouver que je ne suis pas le mec que tu penses. Une chance, c'est tout ce que je te demande.

Incapable de soutenir son regard plus longtemps, je ferme les paupières tandis que ses mots tournent vicieusement dans ma tête.

— Je ne sais pas. J'ai besoin de temps.

Du temps loin de lui pour me changer les idées. Ce qui est impossible quand il envahit mon espace.

— Tout ce que tu veux.

Une autre idée me vient à l'esprit.

— Et Andrew ? Qu'est-ce qu'il dirait s'il savait ?

Même si je lui pardonnais, il y a son meilleur ami à prendre en compte

— On sait tous les deux qu'il serait furieux, admet-il à contrecœur.

C'est un euphémisme.

— Oui, c'est sûr. Tu devrais peut-être y réfléchir avant que ça n'aille plus loin.

La culpabilité se glisse sur son visage et il secoue la tête.

— Tu ne te rends pas compte que je n'arrête pas d'y penser ? J'ai fait tout ce que je pouvais pour rester loin de toi, et maintenant je n'y arrive plus.

Lorsqu'il m'attire à lui pour la deuxième fois, j'aplatis mes paumes contre son torse pour le maintenir à bonne distance. J'ai du mal à m'éloigner, mais j'ai peur de ce qui se passerait si je ne le faisais pas. Je suis à deux doigts de me briser en mille morceaux.

Sans un mot, mes doigts cherchent la poignée de la portière avant de l'ouvrir. L'air frais emplit la voiture et j'aspire une bouffée d'air pur, espérant que cela calmera tout ce qui se déchaîne dangereusement à l'intérieur de moi. En sortant du véhicule et en m'avançant sur le trottoir, je claque la portière et découvre Crosby qui m'attend près du capot de sa Mustang. Je relâche le souffle retenu dans mes poumons.

Je ne sais pas du tout si l'on peut aller de l'avant. Ce que je réalise au fur et à mesure que nos regards s'accrochent, c'est qu'il ne veut pas seulement effacer l'ardoise et être mon ami.

Il veut aller plus loin.

CHAPITRE 24

BROOKE

Après quarante-cinq minutes de route, je m'engage dans l'allée sinueuse et bordée d'arbres du manoir en pierre dans lequel Garret nous a fait emménager après son mariage avec ma mère. L'endroit s'étend sur plus de dix mille mètres carrés d'espaces tentaculaires.

Les premières fois que j'ai exploré ce domaine palatial, je me suis perdue dans le dédale de couloirs décorés et de pièces gigantesques. Elles se ressemblent toutes de manière frappante, la collection d'art très convoitée de mon beau-père étant exposée dans la plupart d'entre elles. Des sculptures et des bustes trônent en évidence sur des piédestaux. Cet endroit se rapproche plus d'un musée que d'une maison, et on est bien loin de la petite boîte à chaussures d'où nous venons. Une piscine olympique se trouve dans l'arrière-cour, à côté d'un jardin anglais parfaitement taillé et agrémenté d'une fontaine spectaculaire. Tout cela est un peu surréaliste. Même avec l'immense salle de sport au sous-sol et les installations de type spa, je préfère encore la maison dans laquelle j'ai passé la plus grande partie de mon enfance.

Une fois la Volkswagen garée, je me donne un moment pour me préparer à la poignée d'heures que je vais devoir employer à socialiser avant de retourner sur le campus. Mon discours d'encouragement silencieux se retrouve interrompu lorsque la portière du côté conducteur s'ouvre d'un coup sec et qu'un valet vêtu d'un smoking attend impatiemment que je quitte le véhicule.

Avec un léger sourire, je prends mon sac à main sur le siège passager et me dirige vers les larges escaliers de pierre qui mènent au porche d'entrée. Je ne peux m'empêcher d'hésiter sous le portique voûté avant de pousser la porte massive en acajou et de jeter un coup d'œil prudent à l'intérieur. Même si c'est ma maison depuis six ans et demi, je me sens la plupart du temps comme une invitée.

Ma mère a refusé d'emporter nos vieux meubles quand nous avons déménagé. Tout a été emballé et envoyé à l'Armée du salut. Lorsqu'elle a tenté de faire don de mon ancienne chambre, je me suis interposée. Je n'acceptais pas de me séparer de la dernière pièce de mon enfance. Non parce que les meubles étaient chers ou qu'ils étaient antiques comme tout ce que l'on a soigneusement choisi pour garnir cette maison, mais simplement parce que c'étaient les miens. C'est la seule chose qui m'a donné l'impression d'être, moi aussi, chez moi. Maintenant, l'ensemble de la chambre est dans mon appartement et ma chambre d'ici est remplie de meubles d'invités.

— Bonsoir, mademoiselle Brooke, salue une femme d'un certain âge qui se précipite dans le grand hall d'entrée à deux étages.

Sa voix se répercute sur les murs imposants et les sols en marbre étincelants.

— Votre mère se demandait quand vous arriveriez.

Je colle un sourire sur mon visage.

Mme Folly est l'intendante de la demeure, autrement dit, la femme de ménage. Son talent consiste à s'assurer que tout fonctionne comme sur des roulettes dans ce vaste domaine. Il ne lui a pas fallu longtemps pour devenir le bras droit de ma mère. Je ne sais pas comment elle fait, mais elle est le mélange parfait entre une grand-mère joyeuse et un général gradé. Heureusement, elle s'est tout de suite prise d'affection pour moi et a rendu supportable la vie dans ce mausolée, ce qui peut paraître fou.

Qui n'aimerait pas vivre dans un manoir avec tout le luxe imaginable à portée de main ?

Moi, il faut croire.

— Désolée, je suis un peu en retard.

J'espérais plutôt me glisser dans la maison sans me faire remarquer, juste avant le début de la fête, sans avoir à m'occuper d'Elaine. Elle doit être en train de s'agiter comme un papillon maniaque, s'assurant que tout est soigneusement arrangé selon ses indications méticuleuses.

— Votre robe est repassée et vous attend à l'étage dans la chambre.

— Merci, madame Folly. J'apprécie.

Elle acquiesce avant de s'élancer dans le long couloir de marbre où se trouve le bar. Quelques hommes vêtus de costumes noirs et blancs sont occupés à vérifier les alcools et à essuyer les verres.

Je me dépêche de monter le grand escalier qui mène au premier étage et tourne à gauche sur le palier avant d'arriver dans ma chambre. Une fois à l'intérieur, je repère la robe dont parlait Mme Folly, suspendue à la porte du placard dans une housse en plastique transparent. Je dépose mon sac à main sur le lit avant de m'approcher du vêtement.

J'ai presque peur de découvrir ce que ma mère a choisi. Si je la connaissais bien – ce qui est le cas – il s'agirait de quelque chose d'étroit et de moulant. Exactement ce qu'elle aime porter. Le seul problème, c'est que nous n'avons pas la même morphologie. Elaine est petite, elle mesure à peine un mètre soixante. Elle ressemble plus à une poupée de porcelaine avec de grands yeux bleus et d'épais cheveux blond cendré. Elle a toujours fait du 36. Même si je ne mesure que quelques centimètres de plus, nos corps n'ont rien à voir l'un avec l'autre. Je suis plus ronde, j'ai de gros seins et des fesses.

Je suis aussi quelqu'un qui aime avaler de la nourriture.

Quand je ne suis pas en sa présence.

Je retire l'emballage en plastique pour inspecter la tenue. C'est une magnifique robe en V de couleur champagne qui brille sous les lumières. Il y a une longue fente sur le côté gauche. Des talons allant avec l'accompagnent, ainsi que des bijoux. Il va sans dire que cette robe sera pour moi un véritable étau. Je ne suis pas certaine de pouvoir respirer d'ici les prochaines heures.

Je soupire, tout en enlevant tout sauf mon string. Le soutien-gorge que je portais ne passera jamais sous cette robe. En y regardant de plus près, je me rends compte que le corsage est doté d'armatures. On va dire que c'est mieux que rien.

Mais ce n'est pas grand-chose.

Il faut plusieurs tentatives avant de pouvoir fermer la fermeture Éclair dans le dos. Pour ça, je dois rentrer le ventre et retenir ma respiration. Puis je glisse mes pieds dans les talons, j'ajoute le collier en diamants étincelants et les boucles d'oreilles assorties, et je me dirige vers la salle de bains pour retoucher mon maquillage et former quelques ondulations supplémentaires dans mes cheveux. Après avoir ajusté une dernière fois mes seins, je quitte l'ambiance rassurante de ma chambre.

Une fois dans le couloir ouvert du premier étage qui donne sur l'entrée, je m'arrête pour observer la foule déjà dense. Un brouhaha de voix accueille mes oreilles lorsque la porte d'entrée s'ouvre et qu'une poignée de couples pénètrent à l'intérieur. Ils sont immédiatement reçus par un serveur qui leur présente un plateau d'argent contenant des flûtes à champagne en cristal. Les femmes se servent, tandis que les hommes se dirigent vers le bar où l'on propose les alcools les plus forts.

La main agrippée à la rampe en fer, je descends prudemment au rez-de-chaussée. Elaine et Garret se tiennent en sentinelle dans l'entrée, accueillant leurs invités avec des sourires de bienvenue. J'entends parler de la vente aux enchères silencieuse qui se déroule dans l'une des autres pièces.

J'observe ma mère un instant. Il est évident qu'elle est dans son élément. La courbe de ses lèvres et l'excitation qui danse dans ses yeux sont sincères. Je ne doute pas qu'elle aime Garret, mais serait-elle aussi satisfaite de lui s'il n'avait pas un portefeuille bien garni ou un magnifique manoir qu'elle appelle sa maison ?

Je pense que nous connaissons tous la réponse à cette question.

Son regard se pose sur le mien lorsque j'arrive sur la dernière marche. D'une manière plutôt gracieuse, elle lève un bras fin pour me faire signe. L'air s'engouffre dans ma gorge alors que je réduis à contrecœur la distance qui nous sépare. Je sens presque la chaleur de son regard qui me parcourt en long et en large, évaluant ce qu'elle voit tout en cataloguant dans son esprit les défauts affichés. Pas une seule fois, son expression ne faiblit. C'est une pro pour masquer ses pensées derrière une jolie façade.

Elle fait les présentations et me pose une poignée de questions superficielles sur l'université et les carrières potentielles. Au bout d'une dizaine de minutes, le couple avec lequel je discutais s'en va, impatient d'aller découvrir les objets de la vente aux enchères silencieuse. Garret m'embrasse sur la joue avant d'aller se resservir un scotch. Dès que j'aurai terminé cette petite conversation avec ma mère, j'ai également l'intention d'atténuer la douleur avec une boisson alcoolisée. Je prendrai un Uber pour rentrer s'il le faut.

— Bonjour, ma chérie, dit-elle en faisant mine de m'embrasser sur les joues tout en faisant attention à ne pas entrer en contact avec elles.

Il ne faudrait surtout pas qu'elle abîme son rouge à lèvres.

— Bonjour, maman.

Elle recule juste assez pour me jeter un autre coup d'œil.

— J'ai vu cette robe en faisant du shopping et je savais qu'elle serait parfaite pour ton teint.

Son regard se pose sur le mien avant de retomber sur mes seins, qui sont bien visibles.

— Même si elle semble un peu serrée.

Je résiste de toutes mes forces à l'envie de tirer sur le corsage.

— L'oxygène, c'est surfait, non ?

Elle me tapote la joue.

— Tu es si drôle. Je vais peut-être nous réserver une semaine dans ce spa extraordinaire en Arizona pendant les vacances de Noël. Je pense qu'on aurait toutes les deux besoin d'une petite cure pour nous débarrasser de toutes nos toxines et impuretés emprisonnées, dit-elle en me regardant d'un air entendu, comme si nous étions toutes les deux impliquées dans un complot. Ça t'aidera aussi à te défaire de ces kilos en trop.

— Ahhh…

L'idée de passer une semaine entière enfermée avec ma mère pour seule compagnie est un destin pire que la mort. Je secoue violemment la tête.

— Je ne suis pas sûre que ça marchera, mais merci de me l'avoir proposé.

Elle agite en l'air une main manucurée entre nous.

— C'est ridicule. Ça va faire des merveilles pour ton teint.

En réalité, le seul effet sera de provoquer un énorme cas de dégoût envers moi-même.

C'est bon, j'ai déjà donné.

— Aussi incroyable que ça puisse paraître, je vais sûrement devoir travailler. Je n'en suis pas certaine…

Elle hausse un sourcil parfaitement dessiné. Je suis surprise que ses muscles fonctionnent encore même avec tout le Botox et ses injections.

— Pendant les vacances de Noël ?

— Peut-être, marmonné-je alors que l'inspiration me vient. Pour augmenter ma moyenne.

— D'accord. On pourra peut-être en discuter une autre fois.

J'espère vraiment que non.

Alors que je suis sur le point de trouver une excuse pour m'enfuir, la porte du hall s'ouvre et un autre couple entre. Un sourire apparaît comme par magie sur le visage de ma mère qui leur fait signe d'avancer.

J'affiche un faux air enjoué sur mes traits alors qu'ils s'arrêtent pour nous saluer.

— Bonjour, c'est un plaisir de vous revoir ! Jeremy et Anne, c'est bien ça ?

L'homme le plus âgé acquiesce avant de passer son bras autour de la femme qui est à ses côtés. Je pense qu'elle a au moins vingt ans de moins. J'ai découvert que l'écart d'âge n'est pas rare dans ces milieux. Les hommes continuent de vieillir et les femmes sont de plus en plus jeunes. Et de plus en plus superficielles. Même si celle-ci a l'air beaucoup moins refaite que ma mère.

— Et voici mon fils…

Mon regard se heurte à des iris sombres et familiers.

— Crosby, dis-je alors que son nom m'échappe dans un souffle de surprise.

L'attention de ma mère passe de l'un à l'autre.

— J'en déduis que vous vous connaissez tous les deux ?

Je m'efforce de détourner mes yeux de lui. C'est bien la dernière personne que je m'attendais à voir ce soir. À part une poignée d'invités que j'avais rencontrés à leur mariage, je n'avais pas prévu de connaître qui que ce soit.

— Oui, dis-je. On étudie tous les deux à Western University.

Ma mère hoche la tête avant de tendre la main à Crosby pour qu'il la serre.

— Ravie de faire votre connaissance.

Lorsqu'il sourit, son piercing brille sous le lustre de cristal. C'est un peu hypnotique. Je me retrouve instantanément submergée par les souvenirs de ce que j'ai ressenti quand il m'a embrassée.

— Pareil. On comprend mieux de qui Brooke tient sa beauté.

Je manque d'étouffer un rire lorsqu'il porte sa main à ses lèvres et effleure ses jointures d'un baiser. Ce qui est encore plus surprenant, c'est la légère rougeur qui s'épanouit sur les joues de ma mère. Crosby l'éblouit avec l'un de ses fameux sourires avant de la libérer.

Je me retiens de lever les yeux au ciel.

Qui aurait cru que Crosby Rhodes pouvait être aussi charmant ?

Certainement pas moi.

Jusqu'à très récemment, je n'avais eu droit qu'à son côté hargneux et lunatique et trou du cul. Là, c'est un tout autre animal.

Un animal bien plus dangereux.

Son attention se porte à nouveau sur moi avant de me détailler de haut en bas tandis que nos parents discutent de leurs parties de golf et de leurs futurs voyages aux Bahamas. Je ne savais même pas qu'ils se connaissaient.

Mais comment aurais-je pu ?

Ce n'est pas comme si j'avais déjà parlé de Crosby. La plupart du temps, je m'efforçais de prétendre qu'il n'existait pas.

Ce qui est maintenant impossible.

Ses doigts se referment sur mon coude avant qu'il ne m'entraîne prudemment à l'écart du groupe. Garret est de retour juste au moment où nous disparaissons à travers la foule élégamment vêtue vers une salle où il y a moins de monde.

— Tu es magnifique. Cette robe, murmure-t-il contre mon oreille, est vraiment spectaculaire.

Mes joues s'échauffent. Je suis sur le point de lui confier qu'elle me coupe la circulation du sang. Mais à la place, je lui dis :

— Merci.

— De rien.

Je lui lance un regard en coin.

— Toi non plus tu n'es pas mal.

Rien de mieux qu'un bel homme en smoking.

Rajoutez à ça son piercing, et vous obtenez un Crosby ridiculement sexy. Je ne dois pas être la seule à l'avoir remarqué. Nous ne sommes là que depuis quelques minutes, et je sens déjà les coups d'œil affamés qui suivent sa progression dans la pièce. C'est comme si ces femmes étaient des tigresses à l'affût d'une proie.

Mon attention se porte sur l'anneau d'argent. J'aimerais pouvoir arrêter de penser à ce que j'ai éprouvé lorsque nous nous sommes embrassés. Ou combien j'aimerais le ressentir à nouveau. Je me force à lever la tête et découvre un sourire en coin sur ses lèvres et une intensité sombre dans ses iris.

La combinaison suffit pour que mon ventre se creuse.

Avant même que je puisse cligner des yeux, il réduit la distance entre nous jusqu'à ce que son souffle chaud vienne effleurer l'extérieur de mon oreille.

— Je t'ai laissé quelques jours, mais je ne pouvais pas rester à l'écart plus longtemps. Tu as réfléchi à notre conversation ?

Malheureusement, je n'ai pas réussi à penser à grand-chose d'autre depuis notre discussion sur le parking de la fac. Et avec l'examen que je devais réviser hier, c'était assez problématique.

Alors que j'ouvre la bouche pour lui dire que ce n'est pas une bonne idée de sortir ensemble, deux couples nous interrompent. Les hommes tapent dans le dos de Crosby et s'enquièrent des perspectives des Western Wildcats dans les *playoff*, tandis que leurs femmes le dévorent des yeux.

Au bout d'une dizaine de minutes, je décide qu'il est temps de m'en aller et de m'extraire du groupe. En jetant un dernier coup d'œil par-dessus mon épaule, je laisse le beau joueur de football derrière moi. Après une heure et demie de conversation, j'ai mal aux joues à force de sourire et j'ai désespérément besoin d'une pause.

En adressant quelques signes de la main, je me fraye un chemin à travers l'épaisse foule avant de me glisser dans la cuisine où les traiteurs opèrent leur magie, et j'emprunte l'escalier de service pour me rendre au premier étage. Une fois dans le calme de ma chambre, je m'effondre contre la porte. Je suis soulagée d'être enfin seule. Ne serait-ce que pour quelques minutes, le temps de faire le vide dans ma tête et de me ressaisir.

Je suis ici depuis moins de deux heures et je suis déjà épuisée. J'offrirais n'importe quoi pour pouvoir me changer et m'éclipser. Mais si je le fais, Elaine remarquera mon absence et en fera le reproche. Je m'accorde encore une heure avant de partir.

Qu'elle soit d'accord ou non.

En ce qui me concerne, j'ai fait ce qu'il fallait.

Un soupir s'échappe de mes lèvres tandis que je me dirige vers les portes-fenêtres qui donnent sur un balcon privé et que je pose mon front contre la vitre froide. Maintenant que c'est presque l'hiver, les arbres du vaste jardin sont enveloppés de toile de jute. La piscine chauffée est fermée pour la saison et les meubles de la terrasse sont rangés.

Encore un semestre, me dis-je. Ensuite, je serai libre de prendre mes propres décisions. Ma mère ne pourra plus me contrôler aussi facilement si je peux gagner ma vie. Je sais à peu près ce que je toucherai une fois que j'aurai obtenu mon diplôme et que je commencerai à travailler. Ce n'est pas mirobolant, mais ce sera plus qu'assez pour vivre.

Frugalement.

Dans un petit appartement.

Je me retrouve tirée de ces pensées lorsque l'on ouvre la porte de ma chambre en un grincement et que Crosby se glisse silencieusement à l'intérieur. Il a le même regard qu'en bas.

Ce même regard qui me creuse le ventre.

CHAPITRE 25

CROSBY

Il m'a peut-être fallu un certain temps pour me dégager du groupe croissant de personnes avant de balayer le rez-de-chaussée du regard et de fouiller l'étage supérieur, mais je l'ai finalement trouvée.

Seule.

Je mourais d'envie de mettre la main sur Brooke depuis que je l'avais aperçue en entrant. Je ne mentais pas quand j'ai dit qu'elle était magnifique. Cette robe est renversante et sublime son corps. Depuis un an et demi que je la connais, c'est la première fois que je vois Brooke vêtue d'un vêtement révélant autant ses courbes. Je n'aime pas trop l'idée qu'elle la porte devant tous ces vieillards lubriques.

Lorsque nous étions ensemble tout à l'heure, j'ai aperçu plusieurs d'entre eux la regarder comme si elle pouvait devenir leur prochaine *sugar baby*. En retour, je les ai fixés avec insistance. Si j'avais pu montrer les dents et grogner, je l'aurais fait. La plupart se sont rapidement détournés. Quelques-uns ont souri avec suffisance en signe de défi.

Moi vivant, ça n'arrivera pas.

Ses yeux s'écarquillent lorsqu'elle se retourne.

— Comment tu m'as trouvée ?

Je hausse les épaules avant de m'éloigner de la porte et de combler la distance qui nous sépare.

— Je me suis dit que tu avais sûrement besoin d'un moment, seule.

Je glisse deux doigts sous le col de ma chemise et l'écarte de mon cou. J'ai l'impression qu'on m'étrangle.

— Et moi aussi.

Les commissures de ses lèvres se contractent et son expression s'adoucit.

— Il y avait une sacrée foule autour de toi quand je suis partie.

Je hausse un sourcil.

— Tu veux dire quand tu m'as abandonné ?

Elle sourit de plus belle.

— Arrête un peu. Je suis sûre que tu as l'habitude maintenant. Tu avais l'air très bien parmi tes fans en délire.

Je manque de grogner.

La plupart des hommes avaient voulu parler de football et de mes perspectives pour la NFL, tandis que quelques femmes plus entreprenantes avaient palpé mon biceps et s'étaient extasiées devant mes muscles avant de me demander si ça me plairait de gagner un peu d'argent à côté en tant qu'entraîneur personnel.

Je suis prêt à parier que ce n'était pas mon entraînement qui les intéressait.

— Quelques-unes de ces *fans en délire* ont eu l'audace de glisser leur numéro dans ma poche.

Je secoue la tête avant de plonger la main dans mon pantalon et d'en sortir trois bouts de papier différents. Les ignorant, je froisse les petites feuilles dans mon poing avant de me diriger vers la corbeille à papier près du bureau et de les y jeter.

— Oh, pauvre petit, se moque-t-elle en faisant la moue. C'est tellement dur d'être une célébrité.

— Oui, dis-je en souriant, car je sais très bien que je n'ai pas de raison de me plaindre.

Être submergé par les fans fait partie du jeu.

Maintenant que nous sommes seuls, je laisse mon regard s'attarder sur elle et l'imprégner comme je n'ai pas pu le faire en bas.

— Je t'ai déjà dit tout à l'heure que tu étais magnifique, pas vrai ?

— Oui.

La façon dont ses dents pointues s'enfoncent dans sa lèvre inférieure pulpeuse fait vibrer mon sexe. Toute la soirée, j'ai eu du mal à me contrôler, mais quel autre choix y avait-il ? Se promener avec la trique ne faisait vraiment pas partie des options. À plusieurs reprises, j'ai dû parcourir mentalement le manuel de football pour tenter de me concentrer sur autre chose.

Elle pose ses doigts sur son corsage avant de le tirer légèrement. Une seconde d'inattention et ses seins risquent de sortir de leur enveloppe. Non que ça me dérange, mais quand même…

— C'est Elaine qui l'a choisie.

Je devrais la remercier d'avoir si bon goût.

— Elle a fait un très bon choix.

— C'est un peu serré, dit-elle en tirant à nouveau sur le haut.

— Non, c'est parfait.

Elle est parfaite. J'aimerais seulement qu'elle le reconnaisse.

— Je suis presque sûre que ma mère l'a fait exprès pour que je ne puisse pas manger.

UN MÉLANGE de tristesse et d'embarras brille dans ses yeux avant de disparaître rapidement. Si je ne l'avais pas observée avec autant d'attention, j'aurais manqué ces émotions. Brooke ne s'en rend peut-être pas compte, mais j'ai toujours été là, à l'affût. Même quand elle appartenait à quelqu'un d'autre.

Avant de trop réfléchir, je réduis la distance qui nous sépare jusqu'à ce que je puisse poser mes mains sur ses joues et incliner sa tête pour qu'elle n'ait pas d'autre choix que de croiser mon regard.

— Tu es parfaite comme tu es. Rien chez toi n'a besoin d'être modifié. Quels que soient les problèmes de ta mère, ce sont les siens, pas les tiens. Compris ?

Elle me contemple attentivement, comme si elle essayait de

discerner si je lui dis la vérité ou si je lui raconte des bobards. Avec un peu de temps, j'espère pouvoir prouver que je suis digne de confiance.

— Tu as le corps d'une déesse, ajouté-je alors qu'elle reste silencieuse, et si tu veux que je m'agenouille et que je me prosterne à tes pieds, je le ferai.

Quand ses yeux s'écarquillent, je relâche ses joues avant de m'exécuter.

— Crosby, dit-elle dans un murmure étouffé. Qu'est-ce que tu fais ? Lève-toi !

Son visage devient rouge comme une betterave alors qu'elle tire sur mon bras.

— Je veux que tu comprennes que je suis très sérieux. Tu n'as pas idée combien j'aime tes courbes. Je ne pense qu'à ça.

Je pose mes mains sur ses hanches avant de les faire glisser jusqu'à ce que mes pouces effleurent le bord extérieur de ses seins.

— Tu ne te rends pas compte que tu es très sexy, n'est-ce pas ?

Je les laisse redescendre sur le tissu étincelant jusqu'à ce que ma main gauche atteigne la fente de la robe. Lorsque je me faufile en dessous pour caresser sa cuisse, un gémissement de désir s'échappe d'elle.

Punaise, elle est aussi douce que de la soie. Mes doigts dérivent jusqu'à l'élastique de sa culotte avant de descendre vers son mollet et de glisser une seconde fois vers le haut. Sa culotte n'est guère plus qu'un bout de tissu qui barre la partie la plus intime de son corps. Je meurs d'envie de l'arracher et de la mettre à nu sous mes yeux. Les yeux plongés dans les siens, j'insinue deux doigts à l'intérieur de la fine bande et caresse la peau veloutée qui s'y trouve.

Son souffle se bloque dans sa gorge et elle se plaque contre la porte-fenêtre qu'elle regardait lorsque je suis entré dans la pièce. Ses paumes sont collées contre la vitre. Je préférerais qu'elles creusent un tunnel dans mes cheveux ou qu'elles m'attirent plus près d'elle.

— Tu n'as pas répondu à ma question.

Je ne cesse d'explorer sa chair. Mes doigts vont et viennent tandis que ses pupilles se dilatent, le noir engloutissant presque le vert forêt.

— Quelle question ? demande-t-elle en déglutissant.

Un sourire se dessine au coin de mes lèvres.

— Si oui ou non tu me pardonnes pour que nous puissions aller de l'avant.

— Oh, s'exclame-t-elle en aspirant une bouffée d'air dans son corps avant de la rejeter. C'est vrai.

Lorsqu'elle retombe dans le silence, je m'impatiente.

— Il y a quelque chose entre nous, Brooke. Tu ne le ressens pas quand on est ensemble ?

Le bout de mes doigts s'enfonce dans la souplesse de ses hanches pour insister sur la question.

— Si.

C'est bien.

Je ne sais pas ce que j'aurais fait si elle avait dit qu'elle n'éprouvait rien. Je n'aurais pas eu d'autre choix que de prouver que c'est une menteuse.

— Laisse-moi une chance de te montrer que je ne suis pas ce mec-là. Que je ne l'ai jamais été.

C'est peut-être injuste de la caresser tout en exigeant des réponses, mais je m'en fiche. Je n'aurai pas de limite et ferai ce qu'il faut pour la faire mienne.

Elle presse les lèvres l'une contre l'autre tandis que je desserre mon étreinte, continuant à faire glisser mes mains sur elle. Je frôle l'intérieur de sa cuisse, m'approchant à nouveau dangereusement de son intimité. Ses paupières s'alourdissent et sa respiration devient saccadée alors que je la torture.

Ou peut-être est-ce moi qui suis torturé ?

C'est difficile à dire.

Cette fille m'a toujours rendu fou. Plus je la touche, plus le désir s'enflamme en moi. Il ne me semble plus possible de repousser ce désespoir à un endroit où je pourrais ignorer son existence et prétendre qu'il ne consume pas chaque partie de moi.

Elle tire la langue pour humecter ses lèvres, tandis que la peur traverse son regard.

— Crosby...

— Quoi, bébé ?

— Je ne supporterais pas que tu me fasses encore du mal.

Même si ses mots ne sont guère plus qu'un murmure forcé, ils suffisent à faire déferler sur moi un raz-de-marée de honte.

— Je te jure que non.

Je ne peux qu'espérer pouvoir tenir cette promesse.

Incapable de résister plus longtemps à la tentation, j'insinue mes doigts sous le tissu pour effleurer son intimité. Un léger tremblement agite son corps et je me retiens de soulever sa jambe et de la faire passer par-dessus mon épaule.

Au lieu d'y plonger comme je le souhaiterais, je fais glisser mes doigts avant de placer mes mains autour de ses hanches et de la tirer vers l'avant jusqu'à ce que je puisse enfouir mon visage contre sa chaleur. L'espace d'un moment de bonheur, je respire son doux parfum puis pose mes lèvres sur la peau soyeuse qui recouvre son intimité.

Refusant d'aller plus loin, je me lève jusqu'à ce qu'elle soit obligée de pencher la tête en arrière pour soutenir mon regard. Ce que j'aime le plus, c'est que c'est moi qui suis la cause de cette expression hébétée sur son visage.

— Je veux passer du temps avec toi après, dis-je en embrassant un coin de sa bouche avant de faire de même sur l'autre côté. Ça te dirait ?

Comme elle se contente de me fixer, je mordille sa lèvre inférieure, en aspire la chair pulpeuse dans ma bouche avant de la relâcher avec un léger bruit sec.

— Hein ?

— Oui.

Tout ce qui se déchaîne en moi se calme, conscient que cette soirée ne se terminera pas une fois cette collecte de fonds finie.

— C'est bien. Tu devrais peut-être redescendre avant qu'Elaine ne s'aperçoive que tu as disparu.

J'embrasse rapidement ses lèvres et la pousse délicatement en direction de la porte de la chambre.

Elle avance en trébuchant sur ses talons avant de jeter un regard lourd par-dessus son épaule nue. Je fais appel à tout mon sang-froid pour ne pas la retenir.

Ce n'est que lorsqu'elle franchit la porte que je relâche le souffle refoulé dans mes poumons et que je déclenche le compte à rebours silencieux qui me sépare du moment où je pourrai à nouveau poser mes mains sur elle.

CHAPITRE 26

BROOKE

Je jette un coup d'œil nerveux dans le rétroviseur et constate que la Mustang de Crosby se trouve à quelques voitures d'écart de ma Volkswagen. Mes doigts se crispent sur le volant dans un mélange étrange d'impatience et de stress.

Qu'est-ce qui me séduit chez lui ?

Il me procure une sensation qui se cache sous ma peau, comme une démangeaison que je n'arrive pas à faire disparaître en grattant. L'attirance que je ressens pour lui a toujours été là, à mijoter sous la surface. C'était tellement plus facile de le tenir à distance quand je pensais qu'il n'était qu'un tombeur arrogant, sans compter un vrai trou du cul.

Crosby Rhodes s'avère différent de ce que j'imaginais. Et je n'arrive pas à savoir si c'est une bonne chose ou non. Ce que je sais, c'est que je suis très excitée. Le baiser que nous avons échangé l'autre soir et ce qui s'est passé dans ma chambre ont mis mes hormones en ébullition. Rien qu'en pensant à ce que j'ai ressenti lorsque j'étais appuyée contre les portes-fenêtres pendant qu'il était à genoux, faisant lentement courir ses mains le long de mon corps, une vague de chaleur se propage dans ma culotte et mon entrejambe se crispe de désir.

Est-ce que quelqu'un a déjà pris le temps d'attiser soigneusement les flammes de mon désir ?

La plupart des hommes avec qui j'ai couché n'avaient qu'un seul but, et c'était une véritable course à la ligne d'arrivée.

Pour eux.

Pour moi, cela se terminait par une inévitable déception.

J'ai l'impression que coucher avec Crosby n'aura rien à voir avec ce que j'ai connu auparavant.

Lorsque je parviens devant l'immeuble, je suis tout agitée. Une fois le moteur coupé, je ramasse mes vêtements et mon sac à main sur le siège passager. À peine le temps de me retourner, Crosby est déjà là et il ouvre d'un coup sec la portière du côté conducteur avant de s'emparer de ma main.

Il garde sa prise fermement serrée alors que nous nous dirigeons vers l'entrée. Lorsque je glisse la clé dans la serrure, il tire la poignée et tient la porte. Un groupe de filles qui gloussent nous suit tandis que nous attendons l'ascenseur.

Du coin de l'œil, je les observe regarder Crosby. Je ne peux pas leur en vouloir. Il est beau à tomber dans son smoking. Grand. Musclé. Large au niveau des épaules, avec une taille fine. De nombreux chuchotements filent entre elles lorsque les portes de l'ascenseur se referment sur nous tous.

La plus audacieuse lui adresse un sourire. En réponse, il passe son bras autour de ma taille avant de m'attirer contre lui et de faire glisser son autre main le long de ma colonne vertébrale. Il n'en faut pas plus pour que leur bavardage silencieux s'estompe. Lorsque nous atteignons mon étage, les portes s'ouvrent et il me traîne pratiquement dans le couloir.

— Enfin seuls, murmure-t-il dans son souffle.

Je ne peux m'empêcher de sourire.

— Oh ! Allez, je suis sûre que tu dois être habituée à toute cette attention.

Tandis qu'il me jette un regard moqueur, j'ajoute :

— Des femmes plus âgées qui glissent leur numéro dans ta poche, des étudiantes qui essaient désespérément d'attirer ton attention…

C'est juste une soirée lambda dans la vie de Crosby Rhodes, pas vrai ?

Avant que je ne puisse faire d'autres commentaires aguicheurs, il se retourne et me soulève. Un petit cri de protestation s'échappe de ma gorge alors que mes bras entourent son cou.

— Crosby ! Qu'est-ce que tu fais ?

— À ton avis ? dit-il avant de marquer une minuscule pause et de poursuivre : je te porte jusqu'à ton appartement.

Il ne lui faut que quelques pas pour arriver à ma porte. Lorsqu'il tend la main pour la clé, je la lui donne sans m'y opposer. Après qu'il ait enfoncé le métal fin dans la serrure et tourné la poignée, il m'emmène à l'intérieur. L'obscurité nous engloutit au moment où il referme la porte. Les doigts argentés de la lune glissent à travers les fenêtres du salon, mais n'atteignent pas l'entrée.

Même si j'apprécie cette proximité, je dis à contrecœur :

— Tu peux me poser maintenant.

— Et si je n'en ai pas envie ? me répond-il. Et si je veux te garder bien au chaud dans mes bras.

Ses mots doux brisent ma dernière barrière et je cède à l'envie de passer mes doigts dans ses mèches sombres, de les écarter de son front et de contempler ce qui m'appartient

Il va sans dire que Crosby a un visage magnifique. Il est vraiment fascinant, avec ses yeux presque noirs. Si je ne fais pas attention, je finirai par me noyer dans leur profondeur d'encre. Des sourcils épais et des pommettes anguleuses qui mènent à une mâchoire forte et proéminente complètent le tableau.

Mon regard se pose inconsciemment sur son piercing.

Mon obsession pour ce dernier est ridicule, mais elle n'en est pas moins réelle. Lorsqu'il sort sa langue pour jouer avec le fin anneau de métal, une chaleur liquide se déverse entre mes jambes.

— Tu l'aimes bien, pas vrai ?

Inutile de demander de quoi il parle.

— Oui.

Chaque fois que je suis près de lui, mon attention est attirée par le petit cercle d'argent. L'envie de passer mes doigts sur l'anneau ou de l'embrasser pour sentir la bague glisser sur ma peau m'envahit. Rien que d'y penser, j'en ai la chair de poule.

Il doit sentir ma réaction, car ses bras se resserrent et il me plaque contre lui alors que je perçois sa force d'acier. L'excitation ricoche dans tout mon corps, illuminant chaque terminaison nerveuse.

Je crois que je n'ai jamais eu autant envie d'un autre homme. Même si je ne suis pas sûre de lui faire confiance, je sais ce qui va se passer ce soir. J'ai l'impression qu'il existe une énergie combustible entre nous depuis que nous nous connaissons et que c'est seulement maintenant qu'elle est devenue explosive.

Au lieu de lutter contre l'inévitable, mes doigts glissent vers sa nuque, l'attirant plus près jusqu'à ce que je sente la chaleur de son souffle dériver sur mes lèvres. C'est tout ce qu'il lui faut pour poser sa bouche sur la mienne.

Au moment où nous nous rencontrons, je m'ouvre, cherchant à sentir la douceur veloutée de sa langue qui se mêle et danse avec la mienne. Nos bouches restent fusionnées pendant un temps infini. Personne ne m'a jamais embrassée aussi profondément. La façon dont il me consomme, dont il boit chaque goutte, me fait l'effet d'une révélation.

Je réalise alors que j'ai vraiment été insatisfaite pendant toutes ces années et que j'ai terriblement envie de ses longs baisers et de ses douces caresses sur ma chair nue. Je suis affamée de lui.

Il s'éloigne suffisamment pour me demander :

— Laquelle est ta chambre ?

Lorsque je lui indique celle de gauche, Crosby se dirige vers la porte ouverte en me tenant fermement dans ses bras. Une fois que nous nous retrouvons dans l'espace sombre, un autre baiser s'enchaîne. Il me dévore d'un soupir à l'autre jusqu'à ce que je me trémousse contre lui, avide d'en découvrir plus.

Avide de découvrir tout ce qu'il est prêt à m'offrir.

Il ne rompt le contact que le temps de me faire descendre sur le sol jusqu'à ce que mes talons soient solidement plantés dans la moquette. Mon cœur bat en un staccato douloureux contre ma cage thoracique et je recule d'un pas tremblant.

— Où tu vas comme ça ?

Au lieu de répondre, il glisse une main derrière moi avant de rencontrer la fermeture Éclair qui se trouve contre la courbe de ma colonne vertébrale. Son regard reste rivé au mien tandis que je la fais descendre progressivement le long de mon dos. À part nos respirations, le grincement des petites dents de métal est le seul bruit qui emplit la pièce. Le tissu scintillant se détache de mon corps.

Une fois que j'ai atteint le bas de mon dos, la robe tombe, révélant mes seins alors qu'elle s'enroule autour de ma taille avant de s'étaler à mes pieds. Même s'il est tentant de détourner les yeux et de cacher ma poitrine dénudée, je garde mes bras fermement le long du corps et laisse Crosby observer silencieusement ce qui l'attend. Je peux presque sentir la chaleur de son regard qui lèche chaque creux et chaque courbe de ma chair nue. Le seul vêtement qui me protège de sa vue est un string qui ne couvre presque rien.

J'inspire laborieusement une bouffée. Sûrement la première depuis que j'ai enfilé cette robe.

— Tu es tellement parfaite que j'ai du mal à l'accepter, grogne-t-il.

Le plaisir m'envahit. À aucun moment de ma vie, je ne me suis sentie parfaite. J'ai toujours été à l'opposé. La voix de ma mère résonne tel un gazouillis constant dans mon oreille depuis mes 12 ans quand je suis entrée de plein fouet dans la puberté. J'ai beau essayer, il m'est presque impossible d'éradiquer de mon cerveau une décennie de commentaires passifs et agressifs.

Étrangement, je crois Crosby quand il dit que je suis belle. Un homme a une lueur spéciale dans les yeux lorsqu'il admire une femme séduisante, et c'est précisément ce que je lis dans les siens.

— Je rêve de ce moment depuis des années, dit-il en s'avançant.

Une fois suffisamment près de moi, il lève les mains pour toucher mes seins. Un infime soupir de plaisir s'échappe de moi lorsqu'il palpe ma chair et caresse le doux poids comme s'il essayait d'en apprendre la forme et la sensation. En peu de temps, mes mamelons se raidissent en petites pointes dures. Chaque pincement fait jaillir une flèche d'excitation pure en direction de mon intimité avant d'exploser comme un feu d'artifice.

Au moment où j'ai l'impression que mes genoux vont se transformer en gelée, il me force à me diriger vers le grand lit au milieu de la pièce. L'arrière de mes genoux touche le matelas avant que je ne tombe sur le tissu moelleux.

Se redressant de toute sa hauteur, il m'observe un instant. Il lève une main pour gratter la barbe qui couvre son menton et ses joues.

— Tu sais que tu es très sexy avec tes cheveux étalés autour de toi comme une putain d'auréole ? Tu es comme un ange. Un ange que j'ai hâte de pervertir.

Ses mots déclenchent une nouvelle série d'explosions au plus profond de moi, tandis que je m'agite sous son regard pénétrant. Je n'ai jamais eu autant envie de faire l'amour avec quelqu'un qu'avec lui. J'ai l'impression que des années de préparation ont culminé en ce moment unique et cristallin.

Plus il me fixe, plus j'ai envie de son contact.

Je pose un regard complice sur lui tandis qu'il desserre la cravate autour de son cou.

— Tu en meurs d'envie, pas vrai ?

Y a-t-il un intérêt à nier l'affirmation ?

— Oui.

Incapable de m'en empêcher, je me trémousse sur la couette alors que le désir se répand dans toutes les fibres de mon être. Son regard rend ma peau fébrile et tendue. C'est comme si quelque chose grattait sous la surface, essayant de se frayer un chemin vers l'extérieur. J'ai presque peur du plaisir qu'il s'apprête à libérer en moi.

—C'est bien. Je veux que tu aies envie de moi comme je l'ai toujours fait. Tu dois comprendre qu'il n'y a jamais eu un seul moment où je n'ai pas ressenti ça.

Il pose ses mains imposantes sur mes cuisses avant de masser la chair sous ses paumes. Le bout de ses doigts s'enfonce en moi lorsque sa poigne se relâche et qu'il les fait glisser vers le haut, frôlant l'os de mes hanches avant de danser sur ma cage thoracique jusqu'à ce qu'il puisse à nouveau toucher mes seins. Il en tapote la peau brûlante avant de caresser et de malaxer mes mamelons. Quelques instants plus tard, une délicieuse douleur se répand.

Nous venons à peine de commencer, et ce contact semble déjà différent. Il prend le temps d'attiser soigneusement les flammes de mon désir et d'insuffler la vie à ce qu'il est le seul à avoir allumé en moi. Les mains posées sur les côtés de mes seins, il les rapproche puis se penche et aspire une des pointes tendues entre ses lèvres. Il m'attire profondément dans les chauds confins de sa bouche avant de me laisser me dégager pour accorder la même attention ardente à l'autre côté. Mes paupières se ferment tandis que j'apprécie la sensation lorsqu'il tire sur la chair ferme. Le métal de son anneau effleure ma peau et mille frissons se répercutent dans tout mon être. C'est une sensation si étrangère et je l'adore. Je ne sais pas comment je vais pouvoir m'en passer.

Il semble se rendre compte des pensées qui me traversent l'esprit.

Ses lèvres se recourbent contre ma chair tandis que mes doigts s'enfoncent dans ses cheveux, parcourant son cuir chevelu pour tenter de le rapprocher. Tant de désir incontrôlé coule en moi. Pendant qu'il lèche et suce un bourgeon, ses doigts jouent avec l'autre. Je me tords sans défense sous sa bouche, perdue dans une mer de sensations, alors que mon string est inondé d'excitation.

Au moment où je ne pense plus pouvoir supporter une seconde de plus de cette douce torture, il dérive le long de mon corps, embrassant et mordillant le milieu de ma cage thoracique jusqu'à ce qu'il atteigne mon nombril. Sa progression est lente et régulière, spécialement conçue pour me pousser au bord du gouffre.

Lorsque ses doigts effleurent l'élastique de ma culotte, il lève les yeux pour que nos regards se croisent. Mon corps tremble de toute l'excitation que j'ai passé des années à essayer d'étouffer. Je crois que je n'ai jamais senti une telle énergie combustible s'engouffrer dans mes veines, m'enflammer de l'intérieur.

J'ai déjà ressenti de l'excitation, mais jamais à ce point. J'ai l'impression qu'il s'agit d'une entité vivante qui respire et qui me consumera d'un seul coup si je le lui permets.

— Dis-moi à quel point tu en as envie.

Le son profond de sa voix me creuse le ventre.

— Énormément.

Son regard ne faiblit pas tandis qu'il dépose un baiser sur mon bas-ventre. Il est si proche de la partie de moi qui pleure pour lui…

— Ce n'est pas suffisant. Je veux t'entendre prononcer la phrase complète.

— Crosby, gémis-je, en remuant avec impatience sous sa bouche, avide qu'il me touche.

Je sais déjà qu'il sera autoritaire. Conquérant. Et c'est exactement ce que je veux.

Ce dont j'ai besoin.

— Réponds-moi.

Je geins et j'attrape la couette avant d'entortiller mes doigts dans le tissu doux.

— J'ai envie de toi, plus que je n'ai jamais eu envie de quoi que ce soit d'autre. J'ai l'impression que je vais mourir si tu ne me touches pas.

La satisfaction brille dans ses yeux sombres. Ce n'est pas de la suffisance, comme s'il venait de gagner un prix. Mais plutôt un soulagement de voir que nous sommes sur la même longueur d'onde.

— Je suis ravi de l'entendre, car je refuse de te prendre si tu n'es pas à mes côtés jusqu'au bout.

Ses mots envoient une flèche brûlante de désir directement entre mes jambes, où elle éclate en un million de petites étincelles de feu.

— J'ai envie de toi, Crosby, dis-je alors que je tire la langue pour humecter mes lèvres et m'efforce de prononcer le reste. Je veux que tu me baises.

Un puissant mélange de chaleur et de désir s'enflamme dans ses yeux, éclipsant toute autre émotion.

Il fait descendre le tissu de quelques centimètres jusqu'à ce que le haut de mon intimité se retrouve exposé. L'air frais s'engouffre dans ma chair délicate tandis qu'il m'embrasse.

Oh, mon Dieu.

La douce pression de sa bouche est un véritable paradis. La pression du métal contre mon sexe est si peu perceptible qu'elle disparaît.

— C'est bon, maintenant je l'enlève.

J'acquiesce, impatiente qu'il me déshabille. Dans le passé, se mettre nue devant un homme pour la première fois était toujours entouré d'incertitude et d'embarras. Se mettre nue devant une nouvelle personne exige une certaine dose d'assurance et de vulnérabilité. J'avais beau essayer de chasser les réflexions négatives de ma tête, je retenais toujours mon souffle en me demandant ce qu'ils pensaient.

Ont-ils aimé ce qu'ils ont vu ?

Je ne ressens pas la même chose avec Crosby. Les questions et le malaise qui encombrent habituellement mon esprit sont absents. Je remarque dans les flammes qui crépitent dans ses yeux qu'il est excité.

Ses doigts s'insinuent sous le tissu avant de l'abaisser minutieusement, centimètre par centimètre. Un cri monte dans mes poumons alors que j'attends qu'il s'en débarrasse enfin. Son attention reste fixée sur mon entrejambe jusqu'à ce que je sente la brûlure de son regard sur ma peau nue.

C'est comme s'il déballait tranquillement un cadeau de Noël et qu'il voulait savourer chaque seconde de l'expérience, prolongeant l'excitation jusqu'à ce qu'elle devienne atroce. Il fait glisser le tissu le long de mes hanches et sur mes cuisses avant de retirer le string et de le jeter par-dessus son épaule, où il tombe négligemment sur la moquette.

Maintenant que je suis complètement nue, je tremble sous l'intensité de son regard qui se pose sur chaque centimètre. Il y a quelque chose d'étrangement érotique dans le fait d'être déshabillée alors qu'il me domine, vêtu d'un smoking irréprochable.

— Je sais que je l'ai déjà dit, murmure-t-il plus à lui-même qu'à moi, mais tu es la plus belle femme que j'ai jamais vue.

Son regard plonge dans le mien avant de se poser sur mon sexe.

Il me caresse l'intérieur des cuisses de ses mains puissantes. D'avant en arrière, ses paumes calleuses m'effleurent.

L'air s'engouffre dans ma gorge tandis qu'il s'abaisse sur le sol jusqu'à ce que son souffle chaud vienne frôler mon intimité. Mes dents s'enfoncent dans ma lèvre inférieure pour garder l'impatience emprisonnée dedans. Quelques secondes s'écoulent avant que la douceur veloutée de sa langue n'entre en contact avec moi, parcourant le fond de mes replis intimes jusqu'au sommet où il fait le tour de mon clitoris avec la pointe. Un gémissement s'échappe de mes lèvres alors que je ferme les yeux. Une série de feux d'artifice colorés explosent dans son sillage. Ses mouvements n'ont rien de précipité. C'est comme s'il avait tout son temps pour me découvrir. Et c'est exactement ce que je ressens. Il m'explore pendant que sa langue danse sur chaque centimètre délicat.

Incapable de s'en empêcher, mon corps se tord. Ses mains se referment sur l'intérieur de mes cuisses tout en enfonçant le bout de ses doigts dans mes muscles, en me clouant sur place tandis qu'il s'occupe de ma chair fragile, me poussant vers le bord du précipice.

Un gémissement m'échappe alors que je me cambre contre lui. Sa langue plonge en moi avant de parcourir longuement et tranquillement mon sexe. Mes muscles se contractent sous l'effet de l'excitation qui monte en intensité. Il suffit d'un nouveau coup de langue sur mon clitoris pour que je m'effondre sous son emprise. Le cri sort de mes lèvres tandis qu'il continue à se régaler de ma chair, me léchant et suçant jusqu'à me retrouver étourdie par la sensation et que j'ai l'impression d'être à deux doigts d'exploser hors de mon corps. Il ne s'arrête pas tant qu'il n'a pas tiré chaque goutte de mon corps plus que sensible. Jusqu'à ce que je ne puisse rien faire d'autre que de rester allongée là, molle, la respiration difficile, le regard aveuglé posé sur le plafond. Rien de ce que j'ai vécu jusqu'à présent n'a jamais été aussi cataclysmique. Comme s'il s'agissait d'un éveil spirituel plutôt que sexuel.

Cette pensée suffit à me faire sourire. Bien sûr, j'ai entendu les rumeurs sur le campus concernant les prouesses de Crosby.

Qui ne les a pas entendues ?

C'est une légende pour les femmes de Western University.

Ce que je peux maintenant vous dire par expérience personnelle, c'est que tout cela est vrai. Cet homme n'est pas seulement talentueux sur le terrain, il l'est aussi dans ce domaine.

Et le piercing sur sa lèvre...

Un nouveau frisson me parcourt.

Je sors de ces pensées brumeuses lorsqu'il remonte le long de mon corps et s'attarde au-dessus de moi jusqu'à ce que nos regards se croisent. L'excitation illumine ses yeux sombres alors qu'il pose sa bouche sur la mienne. Je l'ouvre et nos langues glissent l'une contre l'autre.

— Tu sens ton goût sucré sur moi ?

Mon souffle se coupe et je hoche la tête.

— Putain, c'est délicieux, grogne-t-il.

Sa langue s'élance à nouveau, se déplaçant en tandem avec la mienne.

— Je ne vois pas comment je pourrai me passer de toi.

Mon ventre se creuse tandis qu'une nouvelle détonation de désir explose en moi.

— Tu es prête pour la suite ?

L'idée d'une suite me donne le vertige. Avant que je puisse répondre, son poids lourd disparaît et il se lève. Un frisson me parcourt lorsque ses doigts se posent sur la cravate desserrée autour de son cou avant de la retirer du col. Une fois la cravate dénouée, il s'attaque aux boutons, les libérant l'un après l'autre. Lentement, le tissu d'un blanc impeccable se détache, révélant un tee-shirt couleur ivoire. Il jette sa chemise amidonnée avant de glisser son maillot de corps par-dessus la tête et de se retrouver devant moi, torse nu, avec un simple pantalon noir.

Chaque ligne du corps de Crosby est ferme et sculptée. Je n'imagine pas les heures qu'il doit passer dans une salle de sport pour ressembler à ça.

Il sort quelque chose de sa poche avant de détacher la ceinture en cuir noir et de dégrafer le bouton. Mon rythme cardiaque s'accélère lorsque la fermeture Éclair s'abaisse lentement. Le grincement des dents métalliques retentit avant que le pantalon ne tombe sur ses hanches et descende le long de ses cuisses musclées. Il enlève ses chaussures ainsi que ses chaussettes pour finalement se retrouver en caleçon noir.

L'excitation s'empare de moi puis s'installe entre mes jambes alors que je contemple sa forme masculine. Il est impressionnant, debout, les jambes écartées. Les yeux rivés sur les miens, il déchire l'emballage carré avec ses dents avant d'en ôter le préservatif et d'envelopper sa longueur solide comme le roc d'une fine couche de latex. Un genou posé sur le lit, il glisse le long de mon corps et aligne le bout de son sexe à l'entrée de mon intimité.

Je me prépare à ce qu'il me pénètre en un coup de bassin. Après tout, il a pris son temps et s'est assuré que je jouisse. Maintenant, c'est à lui de prendre son pied.

Une fois son gland à l'entrée de mon corps, il s'immobilise.

— Tu es sûre de toi ?

Le temps s'arrête pendant qu'il m'étudie. Après quelques secondes d'examen intense, je me trémousse sous son corps tandis qu'il demeure statique.

Avec ses yeux couleur d'obsidienne plongés dans les miens, je réalise que j'en meurs d'envie.

— Oui.

Il hoche la tête une fois.

— D'accord.

Lorsqu'il bouge enfin, ses mouvements sont légers et mesurés. Même si je viens de connaître l'orgasme le plus violent de ma vie, le désir s'éveille déjà au plus profond de moi et je soulève mes hanches pour tenter de répondre à ses coups de bassin retenus. Au lieu de glisser plus profondément en moi comme je le souhaite, il se retient, ce qui me donne encore plus envie. J'ai l'impression d'être soigneusement caressée de l'intérieur, et je n'ai jamais rien connu d'aussi bon.

Son visage s'élève à quelques centimètres au-dessus de moi tandis que ses biceps saillants m'emprisonnent et m'entourent de sa force jusqu'à ce que j'aie l'impression que plus personne n'existe à l'extérieur de cette chambre. Chacun de ses muscles est tendu. Chacune de ses flexions de hanches est volontaire. Puissante. Il serre les dents, les muscles de sa mâchoire se contractent alors qu'il accentue ses coups de bassin. Le plaisir ondule en moi, se propageant vers l'extérieur. Même si nous venons juste de commencer, je réalise qu'il ne faudra pas grand-chose pour me faire basculer à nouveau.

— Je veux que tu jouisses avec moi, grogne-t-il.

Je le veux aussi. Je n'ai jamais vécu ça avec un autre partenaire. Au moment où nous faisons l'amour, ils sont généralement tellement excités qu'ils s'enflamment comme des fous. Cela n'a jamais eu d'importance si je n'étais pas tout à fait à la hauteur.

Son souffle chaud se mêle au mien jusqu'à ce que nous nous respirions l'un et l'autre. Je crois que je ne me suis jamais sentie aussi connectée pendant l'amour. Et ça n'a jamais été aussi intime. J'ai l'impression qu'une corde invisible nous relie et que nos corps sont en parfaite harmonie. En cet instant, je suis le yin de son yang et vice versa.

En équilibre sur un bras, il glisse une main entre nos deux corps jusqu'à ce que la chair émoussée de ses doigts trouve mon clitoris et le caresse doucement. Mes yeux s'écarquillent et ma bouche s'ouvre lorsqu'il me pince un peu.

Cette petite manœuvre suffit à me déstabiliser, et mes muscles intérieurs se contractent autour de lui.

— Putain.

Il retire sa main et s'appuie sur ses deux coudes tandis que ses coups de hanches s'intensifient.

Mes yeux restent fixés sur lui alors qu'il rejette la tête en arrière. N'ai-je jamais vu quelque chose d'aussi beau que Crosby dans les affres de l'orgasme ?

Il ressemble vraiment au dieu décrit par les gens.

Les muscles puissants de sa gorge se contractent tandis qu'un gémissement bas et guttural s'échappe de ses lèvres. Ses hanches s'agitent, se balancent contre moi alors que son sexe gonfle. Le moment semble durer une éternité pendant que son bassin caresse mon clitoris, me procurant des étincelles de plaisir. Pour la première fois, j'aimerais qu'il n'y ait rien entre nous et que je puisse sentir son sperme peindre mon utérus.

Je garderai ce souvenir au fond de ma tête pour ne le ressortir que quand je serai seule.

Avec un grognement sourd, il s'effondre sur moi avant d'enfouir son visage dans le creux de mon cou jusqu'à ce que son souffle chaud vienne effleurer ma chair. Mon cœur bat à un rythme régulier et résonne dans mes oreilles tandis que le silence de la pièce s'installe autour de nous. Et pourtant, je sens son sexe palpiter en moi alors qu'il s'assouplit peu à peu.

Après un long moment, il relève la tête jusqu'à ce que nos regards se croisent. L'air se bloque dans ma gorge, je me demande ce que je vais découvrir. Il est tout à fait possible qu'il s'agisse d'une histoire d'un soir. D'accord, il m'a flattée avec un tas de jolis mots, mais qui sait ?

De toute évidence, je ne suis pas la meilleure juge en matière de caractère.

Si c'est le cas, je m'en contenterai. L'orgasme – les deux orgasmes – était bien trop délicieux pour le regretter, ne serait-ce qu'une seconde.

— Tu réalises que tu m'appartiens maintenant, pas vrai ?

Mon ventre se creuse alors que j'ouvre la bouche. Avant que je puisse répondre, il s'approche pour m'embrasser.

Il n'en faut pas plus pour que toute protestation meure rapidement sur ma langue.

CHAPITRE 27

CROSBY

Je jette un coup d'œil à la fille qui dort profondément à côté de moi. Sa respiration lourde et régulière calme tout ce qui fait normalement rage en moi. Ses cheveux couleur caramel sont étalés sur la taie d'oreiller d'un blanc neigeux. Elle ressemble vraiment à un ange. Il m'est impossible d'en détacher les yeux.

Après avoir fait l'amour – pour la deuxième fois – elle s'est endormie dans mes bras presque immédiatement. Même si j'ai envie de me féliciter de l'avoir épuisée, je n'y pense pas. Je ne peux pas m'empêcher de songer au bazar que je viens de produire. Je ne sais pas du tout comment le résoudre.

Quelle ironie de voir que j'ai enfin la fille de mes rêves, et qu'il y a maintenant un énorme secret entre nous ? Un secret qui m'interdit d'être honnête avec elle. Il faut que je réfléchisse avant de prononcer la moindre phrase.

Je suis resté éveillé pendant des heures, à me remémorer toute la situation. Bien sûr, je suis un joueur de football, mais je suis aussi un étudiant en ingénierie mécanique. J'ai l'habitude de résoudre des problèmes. Ça fait partie de mon quotidien.

Mais ce problème-là ?

Il n'existe aucune solution simple. Je dois soit révéler la vérité, soit…

L'ignorer du jour au lendemain en tant que mon alter ego. Mais je n'aime pas cette idée. Je ne veux surtout pas causer encore plus de dégâts.

Admettons qu'un miracle se produise et qu'elle ne me largue pas… il reste la question d'Andrew. Il ne va pas être content de savoir que je sors avec son ex. Il va péter les plombs, ce qui détruira sûrement notre amitié.

Donc… voilà.

C'est un vrai casse-tête.

Je fixe le plafond du regard sans rien voir pendant que tout cela tourbillonne dans ma tête. La seule façon d'éviter que ça m'explose à la figure, c'est de m'éloigner. Mais comment ?

Soyons honnête, ce n'est pas possible. J'ai attendu trop longtemps pour l'avoir, et maintenant que j'y ai goûté, je ne peux plus m'en passer. Je ne plaisantais pas quand je lui ai dit qu'elle m'appartenait. Brooke McAdams m'appartient. Il faut juste que je trouve un moyen de faire en sorte que ça reste ainsi.

Elle bouge et ouvre les paupières. Même si le sommeil obscurcit encore ses yeux verts, ils demeurent fixés sur les miens.

— Il est quelle heure ? demande-t-elle en se tournant sur le côté pour me faire face avant de faire glisser la couette sur ses épaules et de s'y blottir.

Cette fille ne pourrait pas être encore plus adorable.

Je reste immobile alors que la question silencieuse tournoie dans ma tête avant de la repousser.

— Très tôt.

— Quelque chose ne va pas ? s'enquiert-elle en quittant un peu son état de somnolence alors que son expression devient méfiante. Pourquoi tu ne dors pas ?

Même si j'ai envie d'admettre la vérité, je retiens les mots et les garde enfermés à l'intérieur où ils ne peuvent rien gâcher. Je n'ai pas du tout envie de détruire l'intimité que nous venons de trouver dans les bras l'un de l'autre.

— Pour rien.

Alors que sa prudence s'estompe, elle tend la main et passe le bout de ses doigts sur les muscles saillants de mon torse nu, effleure mes abdominaux contractés, avant de plonger au-delà de la frontière.

— Pour rien, vraiment ? demande-t-elle en baissant la voix tout en haussant un sourcil.

Eh bien…

J'émets un sifflement au moment où elle pose sa main sur mon sexe. Jusqu'à présent, elle était allongée bien sagement. Voilà ce que ça donne lorsqu'un homme ressasse tous les mensonges dans lesquels il s'est empêtré. Dès qu'elle me touche, ces pensées s'évanouissent et le mât se dresse pour l'occasion.

— Pas que je sache, dis-je en gémissant.

— Ah oui ? C'est dommage.

Ses doigts s'enroulent autour de ma longueur avant de glisser lentement le long de celle-ci. Lorsqu'elle atteint la base, sa prise s'intensifie avant de reprendre son chemin dans la direction opposée. Une fois qu'elle a atteint mon gland, ses doigts en entourent le bout. Elle tourne autour jusqu'à m'en faire perdre la tête.

Lorsque l'humidité perle sur la minuscule fente, ses doigts glissent sur le liquide, le faisant pénétrer dans ma peau. Son emprise croît tandis qu'elle caresse mon érection. Je ne peux m'empêcher de me cambrer dans sa paume alors que mes bourses frémissent, au début d'un orgasme. J'ai eu droit à d'innombrables branlettes, mais aucune ne m'a jamais affecté comme ça.

Personne ne m'a jamais affecté comme ça.

Au moment où je m'enfonce dans sa main, celle-ci se détache avant de disparaître. Mes sourcils se rencontrent alors qu'elle roule sur le côté et se met dos à moi.

— Fais de beaux rêves.

C'est quoi ce…

Je cligne des yeux avant de réaliser qu'elle se moque de moi et je l'attrape par-derrière.

— Petite allumeuse.

Ses épaules remuent sous l'effet d'un rire silencieux tandis que je la tourne vers moi. Un rictus se dessine au coin de sa bouche.

Les yeux écarquillés, elle demande :

— Oui ? Il y a un problème ?

Un grognement monte dans ma poitrine et je bondis et me glisse sur elle avant de la clouer au matelas. Mon sexe effleure l'entrée de son intimité déjà humide de désir. Lorsqu'elle écarte les jambes, je plonge dans sa chaleur. Pas très loin. Simplement un ou deux centimètres.

Bordeeeeel.

Je n'ai jamais pénétré une fille sans préservatif, et même si ce n'est que le bout, c'est déjà le nirvana à l'état pur. Je n'aurais aucun mal à m'enfoncer profondément, à m'enfouir jusqu'à la base. Ne serait-ce que pour sentir sa douceur veloutée m'entourer le temps d'un court instant de bonheur. Mais si je le fais, il me serait impossible de me retirer sans jouir.

Conscient de la marche à suivre, je donne un seul coup de hanches, et plonge un peu plus dans sa chaleur, avant de me libérer. Même si nous venons à peine de commencer, ma respiration est saccadée alors que j'enfouis mon visage dans le creux de son cou et que je mordille sa chair délicate. Elle gémit, penche la tête en arrière et plante ses ongles dans mon dos avant de marquer la peau.

— Il me faut un préservatif, dis-je, alors que le brouillard mental se dissipe légèrement. Je ne peux pas te pénétrer sans préservatif. Et je n'en ai plus.

— Qui a dit que tu avais besoin d'être en moi ?

Pardon ?

Je me recule suffisamment pour croiser ses yeux avant de les chercher attentivement dans l'obscurité de la pièce. Ses mains effleurent mon dos, dérivent sur mes fesses puis ses doigts s'enfoncent dans le muscle.

— Remonte.

Remonte...

Je marque une pause alors qu'un nouveau coup de poing d'excitation me frappe de plein fouet.

Elle resserre ses doigts autour de mes fesses, me poussant à bouger. Je me hausse le long de son corps avant d'enjamber sa cage thoracique. Prenant soin de ne pas peser de tout mon poids sur elle, je me tiens en équilibre sur mes genoux tandis que mon sexe s'installe dans le creux entre ses seins.

La voir étendue avec mon gland à quelques centimètres de ses lèvres est terriblement sexy.

Elle est si belle avec ses cheveux ébouriffés qui s'étalent autour d'elle alors qu'elle presse ses seins l'un contre l'autre jusqu'à ce que mon érection se retrouve nichée dans sa peau douce. Je me rends compte que c'est précisément ce que je lui ai chuchoté au téléphone lorsque nous avons tous les deux pris notre pied.

Sait-elle qu'elle a l'intention de réaliser ce fantasme ?

Incapable de m'attarder trop longtemps sur cette question, je fléchis les hanches, faisant glisser mon corps dur contre elle. Le regard plongé dans le mien, elle ramène son menton sur sa poitrine. Une fois le bout de mon sexe à portée de ses lèvres, elle sort sa langue pour le lécher.

Bordel de merde.

Incapable de m'en empêcher, je répète la manœuvre. À chaque coup de reins, mon corps se tend vers l'avant, tentant de réduire la distance entre nous jusqu'à ce qu'elle puisse insérer mon gland entre ses lèvres. Chaque muscle se raidit et je fléchis les hanches avant de me retirer.

Même si rien n'est comparable à la chaleur de son entrejambe, c'est vraiment incroyable. Cette position a quelque chose d'érotique. La façon dont ses seins sont pressés contre mon sexe alors que l'arrière de mes cuisses frôle sa peau tendre. La tiédeur de sa bouche enveloppant mon extrémité, l'attirant à l'intérieur avant que sa langue ne tourbillonne autour d'elle.

Peu de temps plus tard, nous tombons dans un rythme naturel qui ne fait qu'intensifier l'excitation qui monte en moi. Mes bourses se contractent alors que l'orgasme se réveille en faisant gonfler mon sexe et en tendant mes muscles comme les lanières d'un fouet.

Au moment où je suis sur le point de jouir, je me glisse entre ses seins avant de me redresser d'un coup sec. Mes doigts se resserrent presque douloureusement autour de mon membre et je le caresse en effectuant des va-et-vient rapides. Mon gland prend une teinte violacée alors que les bras de Brooke retombent sur le matelas. Ses seins rebondissent plusieurs fois tandis que son regard reste cloué sur mon érection palpitante.

Même si j'ai envie de fermer les paupières et de laisser ma tête tomber en arrière pour profiter du moment, je ne peux pas m'empêcher de fixer le magnifique tableau qu'elle représente, allongée sous mon corps. Impossible de détourner les yeux alors que les premiers jets de sperme jaillissent et s'étalent sur sa poitrine. Je resserre ma prise jusqu'à avoir l'impression d'être sur le point d'étrangler mon membre alors que l'orgasme me traverse comme un train à grande vitesse.

Je gémis lorsqu'elle se cambre, faisant ressortir ses seins. Des rubans nacrés décorent ses mamelons. L'idée de marquer sa peau d'une manière aussi primitive ne fait que faire enfler mon sexe.

Comment peut-elle être aussi parfaite ?

Ce n'est que lorsque je m'adoucis que mes doigts se relâchent et qu'un souffle m'échappe. Planant au-dessus d'elle, je réduis la distance qui nous sépare avant d'effleurer ses lèvres. Elle s'ouvre immédiatement pour que nos langues s'entremêlent. Avant de pouvoir me perdre dans son goût, je me retire et attrape quelques mouchoirs sur la table de nuit pour la nettoyer. Une fois sa poitrine essuyée, je l'attire dans mes bras avant de me mettre sur le dos pour qu'elle puisse s'allonger sur moi.

Peu de temps plus tard, nous nous endormons tous les deux.

Et cette fois, aucun sentiment contradictoire ne vient troubler mon esprit.

Je suis étrangement satisfait.

Sûrement pour la première fois de toute ma vie.

CHAPITRE 28

BROOKE

Je me réveille en m'étirant, incapable de me souvenir de la dernière fois où j'ai dormi aussi profondément. Quelques secondes s'écoulent avant que les événements de la veille me reviennent en mémoire tel un éclair.

La collecte de fonds.

La surprise d'y découvrir Crosby avec ses parents.

Puis rentrer avec lui.

Mes yeux s'animent en même temps que ma mémoire avant de trouver le lit vide et les draps déjà froids. J'en viens presque à me demander si tout cela n'était pas un rêve. Un mouvement contre les draps en coton suffit à raviver cette braise de désir entre mes cuisses.

Et puis...

Un coup d'œil prudent sous les couvertures confirme ma nudité. D'habitude, je dors en culotte et en débardeur, pas complètement nue.

Alors oui... c'est bien arrivé.

J'ai couché avec Crosby Rhodes.

De tous les garçons du campus de Western University avec qui j'aurais pu sortir, je ne m'attendais pas à ce que ce soit lui. Même s'il s'est excusé et a expliqué les raisons de son comportement...

Je suis toujours sidérée.

En ai-je rêvé ?

Oui.

Comme toutes les filles en ébullition sur ce campus.

Même quand je détestais ce mec, je n'arrêtais pas de penser à lui.

Tout est arrivé si vite. Je ne sais pas si le fait que nous avons couché ensemble signifie quelque chose. Je sais ce qu'il m'a dit, mais les hommes disent beaucoup de choses lorsqu'ils essaient de convaincre une fille de coucher avec eux.

Je relâche une respiration régulière tandis que les souvenirs de la sensation de son piercing à la lèvre contre mon clitoris se bousculent dans ma tête. Il n'en faut pas plus pour qu'un frisson de désir parcoure ma colonne vertébrale et qu'une vague de chaleur descende jusqu'entre mes jambes. Si je portais une culotte, elle serait déjà trempée.

Bon, ça suffit. Il faut que je me remette les idées en place avec Crosby. C'est peut-être mieux qu'il soit parti. Sa proximité obscurcit mon jugement.

Chassant toute pensée pour le footballeur sexy, j'attrape mon téléphone sur la table de nuit avant de faire défiler quelques textos et d'envoyer quelques réponses rapides. Mon regard tombe sur le SMS de Chris et je grimace alors qu'une vague de culpabilité m'envahit, menaçant de m'aspirer. Mes doigts survolent le clavier miniature et tapent un message.

Salut. Désolée de ne pas t'avoir rappelé hier soir.

Je fixe le portable des yeux dans l'attente d'une réponse. Je ne vois même pas ces trois petits points indiquant qu'il est en train d'écrire une réponse. Hier soir, c'était la première fois qu'on ne se parlait pas et qu'on ne s'envoyait pas de SMS. Cela ne fait que quelques semaines, mais j'attends toujours avec impatience nos conversations nocturnes. Chris n'est pas comme les autres garçons que j'ai rencontrés à la fac, et nous nous sommes rapidement rapprochés. Ce que j'aime le plus, c'est que je peux être moi-même et tout lui dire.

Enfin… à peu près tout.

Même si je suis troublée par le garçon avec qui je viens de coucher, je ne veux pas perdre mon amitié avec Chris. En fin de compte, je ne sais pas du tout à quoi m'attendre de la part de Crosby.

Il couche à droite et à gauche et ne sort avec personne.

Comme beaucoup d'athlètes sur ce campus, il semble profiter des avantages d'être un joueur de football américain très en vue à Western. Les gens le traitent comme un dieu.

Suis-je vraiment prête à tenter ma chance avec un autre sportif à la réputation de coucher avec des groupies ?

La question tourne vicieusement dans ma tête jusqu'à ce que mes tempes commencent à palpiter.

Incapable de rester tranquille un instant de plus, je rabats les couvertures, disposée à me rendre dans la salle de bains pour une longue douche chaude. La nuit dernière a été agréable et je refuse de la regretter, mais son odeur est partout autour de moi et imprègne l'air. Elle s'accroche à ma peau et à mes draps, m'empêchant de me concentrer sur quoi que ce soit d'autre. Même si je déteste l'admettre, même en privé, cette odeur affecte étrangement le plus profond de mon être. Il faut que je me lave pour la faire disparaître et prendre un peu de recul.

Alors que je me lève, un message s'affiche sur mon téléphone. Je me laisse tomber sur le matelas et fais glisser les couvertures sur mes seins nus avant de m'installer contre les oreillers.

Pas de souci. Tu as passé un bon moment ?

Mes dents grignotent ma lèvre inférieure tandis que la culpabilité et la honte m'échaudent les joues.

Comment suis-je censée répondre à cette question ?

C'était une collecte de fonds chez mes parents. Alors à ton avis ?

J'ajoute un emoji rieur et prie pour qu'il ne creuse pas davantage. Je n'ai vraiment pas envie d'entamer notre relation par une tromperie. Même si, techniquement, omettre la vérité est aussi considéré comme mentir. Inutile de regarder des rediffusions de *New York, Police judiciaire* pour le comprendre.

Sa question suivante me sort de mes pensées.

Ça avait l'air ennuyeux. Tu as rencontré quelqu'un d'intéressant ?

Mes doigts hésitent, planent sur l'écran tandis qu'une nouvelle vague de remords m'envahit. Sans Crosby, la fête aurait été atroce. Et si cette pensée n'est pas l'une des plus bizarres qui me soient venues à l'esprit, alors je ne sais laquelle pourrait l'être. Si vous m'aviez demandé un mois plus tôt si j'étais heureuse qu'il soit là, j'aurais répondu non sans même réfléchir.

Il s'avère que ce n'est plus le cas.

Les mots qu'il m'a grognés s'écrasent involontairement dans ma tête.

« *Tu réalises que tu m'appartiens maintenant, pas vrai ?* »

Mon ventre tressaille en me les remémorant.

Le pensait-il vraiment ?

Est-ce que je veux qu'il le pense ?

Je n'en ai aucune idée.

Cette pensée me fait réaliser que, même si cette conversation est inconfortable, je ne peux pas cacher la vérité à Chris.

Je dois être honnête avec toi.

D'accord, ça semble sérieux.

Il me faut un moment pour rassembler mon courage et appuyer soigneusement sur chaque lettre. Avant de presser sur le bouton d'envoi, j'aspire une bouffée d'air et je relis le message.

J'ai couché avec quelqu'un la nuit dernière.

Ma nervosité atteint un niveau sans précédent, je serre le téléphone dans ma main et attends une réaction à la bombe que je viens de lâcher.

Ah.

La voilà. Voilà sa réponse. Une nouvelle poussée d'appréhension explose en moi.

Je suis vraiment désolée. C'était après la collecte de fonds et c'est arrivé comme ça.

Je grimace. Cette excuse est tellement nulle.

En l'absence de réponse immédiate, je tape un autre message.

Tu es en colère ?

Mes dents s'enfoncent dans ma lèvre inférieure. Il a tout à fait le droit d'être contrarié. Aussi bête que cela puisse paraître, j'ai l'impression de l'avoir trompé.

Non.

Je cligne des yeux devant l'écran, surprise.

C'est vrai ?

On est amis. On ne s'est jamais rien promis.

Le soulagement s'échappe de mes poumons sous la forme d'une bouffée d'air.

Je n'ai jamais eu l'intention de te blesser.

Ce n'est pas le cas. Tout va bien.

Mes épaules se relâchent. Avant que je ne puisse dire quoi que ce soit de plus, un autre message s'affiche sur l'écran.

Tu aimes bien ce mec ?

Pendant un long moment, je fixe des yeux la question qui me trotte dans la tête, incapable de faire quoi que ce soit d'autre.

Est-ce le cas ?

Est-ce que j'aime bien Crosby ?

Il me faut quelques secondes avant de trouver une réponse.

C'est compliqué.

Pourquoi ?

Incertaine de la réponse à donner, je regarde fixement à travers la pièce et me force à être complètement honnête.

C'est le meilleur ami de mon ex. Même si ce mec a toujours été un abruti avec moi, tout semble différent maintenant. Je n'arrive pas à l'expliquer.

Même à moi-même.

Tu as l'air perdue. Tu es sûre que c'est une bonne idée de te lancer dans une relation avec lui ?

Un rire sans éclat s'échappe de mes lèvres. Évidemment que je n'en suis pas sûre. Une partie de moi a l'impression que c'est l'une des décisions les plus bêtes que je puisse prendre. Mais…

Je ne sais pas. Il n'est pas celui que je pensais. Ou peut-être qu'il est différent maintenant. La seule chose dont je suis certaine, c'est que je n'arrive pas à me le sortir de la tête. Je ne sais pas s'il se passera quelque chose de plus, mais je me sens mal à l'idée de te faire espérer alors que j'ai couché avec un autre homme. J'ai besoin de comprendre cette situation avant de faire quoi que ce soit d'autre. Je suis désolée.

Une fois de plus, un long silence s'installe.

Ne t'inquiète pas. Tout va bien, d'accord ?

Des larmes perlent au fond de mes yeux. Je déteste avoir l'impression que c'est un adieu. J'aime beaucoup Chris et j'ai apprécié nos conversations. Peut-être que si les circonstances avaient été différentes, notre relation aurait pu s'approfondir et évoluer vers quelque chose de plus. Je suppose que nous ne le saurons jamais.

Tu es un mec bien.

Merci. Mais ce n'est pas à moi que tu penses, pas vrai ?

Si je dois bien quelque chose à Chris, c'est mon honnêteté.

Non.

C'est bien ce que je me disais. Ton bonheur est tout ce qui compte pour moi. Si ce type te rend heureuse, tu devrais lui laisser une chance.

Sa maturité et le fait qu'il accepte facilement la situation me donnent l'impression de faire une terrible erreur. Une erreur qui me hantera pour le reste de ma vie.

Et c'est ça le problème. Je ne sais pas s'il est capable de m'apporter ce qu'il me faut.

La vérité crue me fait tout remettre en question.

Tu ne sauras jamais si tu n'essaies pas.

Mon cœur se serre lorsque la finalité de cette conversation me frappe.

Au revoir, Chris.

Au revoir, ma belle. Prends soin de toi.

Mes doigts survolent le clavier avant de décider de ne plus y toucher. J'ai l'impression que nous avons dit tout ce que nous avions à dire.

La confusion m'envahit, je pose le téléphone sur ma table de nuit et j'enfouis mon visage entre mes mains. Chris est un homme extraordinaire. Si j'étais intelligente, j'oublierais Crosby et le tiendrais à distance.

Mais j'en suis incapable.

Même si cela signifie que je viens de laisser l'homme parfait me glisser entre les doigts.

CHAPITRE 29

BROOKE

— Mais qu'est-ce qui t'arrive ?

Je lève mon regard vers mon cousin assis en face de moi, de l'autre côté de la table. J'ai quelques devoirs à terminer et Ryder étudie pour un examen. Comme la résidence des joueurs de hockey est constamment pleine de coéquipiers turbulents qui aiment faire la fête jusqu'au petit matin, il m'a traînée à la bibliothèque pour y trouver un peu de calme et de tranquillité. Ryder n'a pas toujours pris ses notes au sérieux, mais cela semble avoir changé cette année.

Et je trouve ça… curieux.

— Qu'est-ce que tu veux dire ?

Il plisse les yeux.

— Tu n'arrêtes pas de regarder le livre devant toi. On est ici depuis au moins trente minutes et tu n'as pas tourné la page une seule fois. Tu n'aurais pas quelque chose à me dire ? dit-il en se redressant sur sa chaise. Je dois botter le cul de quelqu'un ?

Malheureusement, il ne s'agit pas d'une plaisanterie désinvolte. Ce type est tout à fait sérieux.

Il est hors de question que je lui parle de Crosby. Ryder était aux premières loges pour assister à ma relation avec Andrew et à son arrêt soudain. Ce qui a amplifié sa haine pour les footballeurs américains. Je ne le lui ferais jamais remarquer, mais ses coéquipiers sont pareils quand il s'agit des groupies, et il ne devrait pas essayer de prétendre le contraire.

— C'est à propos du garçon avec qui tu échanges des SMS ? Celui dont Sasha craint qu'il ne t'embarque dans le commerce du sexe ?

Je lève les yeux au ciel.

C'est méchant.

Je m'efforce de garder un ton léger.

— Je pense que tu seras content d'apprendre que c'est fini.

Son expression s'adoucit.

— C'est sûrement une bonne nouvelle. Qu'est-ce que tu savais de lui ?

Seulement que c'était un type très bien. Peut-être le plus recommandable que je n'ai jamais rencontré. Mais inutile de prononcer ces mots. Cette relation naissante est terminée.

Ce que je répugne à admettre, c'est que quelques heures plus tard, je ne cesse de me demander si j'ai pris la bonne décision. Je ne compte plus les fois où j'ai attrapé mon téléphone et fait défiler nos messages alors qu'une douleur grandissait dans mon cœur.

Ai-je vraiment choisi Crosby plutôt que Chris ?

Suis-je folle ?

Incapable de rester assise un instant de plus, alors que toute cette histoire me trotte dans la tête, je me lève. Peut-être que me dégourdir les jambes m'aidera à me recentrer.

— Je vais chercher un verre d'eau.

Il secoue les épaules avant de grommeler :

— Et moi, je vais me replonger dans ce truc chiant à mourir.

— Si tu veux, je t'interrogerai dessus en revenant.

— Génial, dit-il en levant la main avant de faire un cercle avec son doigt. Super. J'ai hâte.

Le coin de mes lèvres s'agite alors que je m'éloigne. J'adore mon cousin, mais il n'a jamais été du genre à se donner à fond dans les études. Je suis curieuse de savoir ce qui a changé. D'autant plus que c'est notre dernière année avant la remise des diplômes.

Alors que je me faufile entre les rayons, les deux garçons réapparaissent dans mes pensées. Quoi que je fasse, rien ne les bannit pour longtemps.

Arrivée à la fontaine, je bois un grand verre avant de revenir sur mes pas.

Au moment où j'approche de la table où je me suis installée avec Ryder, des doigts puissants se referment sur mon poignet. Un souffle s'échappe de mes lèvres et je me retourne avant de me retrouver face à des yeux presque noirs, bordés d'épais cils de suie.

Ma respiration se bloque au fond de ma gorge.

Crosby.

Je cligne des yeux. C'est presque comme si mes pensées l'avaient fait apparaître.

Il défait sa prise de mon poignet avant de me saisir les bras, me forçant à reculer jusqu'à ce que ma colonne vertébrale heurte l'étagère. Avant que je puisse dire quoi que ce soit, il écrase sa bouche sur la mienne et le métal glisse sur mes lèvres tandis qu'il me mordille. Il n'en faut pas plus pour que mon cerveau s'éteigne et que je cède, me laissant emporter par un raz-de-marée de sensations. Sa langue plonge à l'intérieur de ma bouche pour se mêler à la mienne. Il y a quelque chose de dominant et d'impérieux dans la façon dont il prend le contrôle sur la situation.

Sur moi.

Je mentirais en disant ne pas aimer ça.

Cet unique baiser fait disparaître tous les doutes qui avaient surgi dans ma tête. Je ne sais pas ce qui va se passer entre nous, mais à cet instant, je réalise qu'il faut que j'aille jusqu'au bout. Peut-être que cette histoire se terminera par un désastre et que je finirai pleine de regrets, mais je n'ai plus envie de m'éloigner.

Il se retire juste assez pour grogner :

— Tu m'as manqué aujourd'hui.

Je m'efforce de ravaler le plaisir qui prend vie en moi. J'ai beau vouloir garder les mots emprisonnés au fond de moi et jouer la carte du calme, ils se déversent en torrent.

— Tu m'as manqué aussi.

— J'espère que tu sais que je ne me suis pas barré en douce ce matin ?

Mes lèvres se retroussent aux coins avant que je ne hausse légèrement les épaules. Je refuse d'admettre la vérité.

— Je ne savais pas trop.

Il penche la tête, capturant à nouveau mes lèvres avant d'en mordiller la plus basse.

— Je me suis dit que tu ne voudrais pas que Sasha sache que j'ai passé la nuit dans ton lit. Je pensais chaque mot que je t'ai dit, poursuit-il alors qu'il plonge son regard dans le mien. Tu le sais, n'est-ce pas ?

Un frisson de désir me parcourt l'échine alors que j'admets en silence qu'il ne me faudrait pas grand-chose pour me retrouver dans... *quelque chose* avec lui. Et c'est une perspective effrayante. Même si j'essaie mentalement de freiner et de ralentir les choses, ça ne marche pas. J'ai l'impression d'être en train de perdre le contrôle. S'il y a un type dont je devrais me méfier, c'est bien Crosby Rhodes.

— Hé, dit-il en fronçant les sourcils et en me ramenant à l'instant présent. À quoi tu penses ?

Je pose mes paumes sur son torse et caresse les muscles durs qui se cachent sous son tee-shirt.

— Je me dis que la situation est compliquée.

Il incline la tête en signe d'approbation.

— Tu as raison, mais ça ne change rien au fait que j'ai envie de toi, dit-il avant de s'interrompre, ou de ça.

Je relâche une respiration instable. Comment fait-il pour savoir exactement ce que j'ai besoin d'entendre pour étouffer toutes les questions qui se bousculent en moi ?

Devant mon silence, il demande :

— Tu ressens la même chose ?

J'aspire ma lèvre inférieure dans ma bouche avant de lâcher :

— Oui.

Même si j'aimerais que ce ne soit pas le cas, je ne peux pas nier la vérité. Je me hisse sur la pointe des pieds et aligne ma bouche sur la sienne.

Ses muscles rigides se relâchent.

— Merci putain.

La caresse délicate du métal contre mes lèvres envoie une décharge de désir entre mes jambes. Je sors ma langue pour le lécher alors que mes yeux restent plongés dans les siens.

— J'aime savoir que mon piercing t'excite.

La chaleur envahit mes joues.

— Ça se voit tant que ça ?

Il sourit avant de plaquer son corps contre le mien au point de pouvoir sentir chaque ligne solide

— Oui.

Un frisson épais semblable à du miel chaud me traverse alors que j'essaie de retrouver mes repères. Je n'ai jamais rencontré quelqu'un qui ait le pouvoir de me déstabiliser complètement.

— Tu veux venir chez moi ce soir ? lui proposé-je.

— Tu n'arriveras pas à me tenir à distance, grogne-t-il en déposant un baiser rapide sur mes lèvres.

Sa voix grave fait vibrer quelque chose en moi et me fait fléchir les genoux. Les émotions étranges qu'il suscite sont tout simplement addictives. Il suffit d'un regard brûlant dans ma direction pour que je m'enflamme.

— À quelle heure ? demande-t-il.

Alors que je me mordille la lèvre inférieure, son goût mentholé explose sur ma langue. Mon ventre se creuse. Je n'ai qu'une envie, aller plus loin.

— Donne-moi ton numéro et je t'enverrai un SMS quand Sasha sera couchée.

Je glisse une main dans sa poche arrière avant qu'il ne l'intercepte.

— Ça ne marchera pas. J'ai un problème avec mon téléphone, dit-il en rompant le contact visuel et en se raclant la gorge. Je l'ai fait tomber l'autre jour, et il bug depuis. Je vais devoir le faire réparer. Ou en acheter un nouveau.

— Oh.

— Dès que j'aurai trouvé une solution, je te donnerai mon numéro. D'accord ?

J'acquiesce. C'est un peu étrange, mais peu importe.

Avant que je puisse retourner la situation dans mon cerveau et vraiment y réfléchir, il baisse la tête et pose sa bouche sur la mienne.

— J'ai des devoirs à faire. Et si je passais après 11 heures ?

— Ça devrait le faire.

— Parfait, dit-il avec un sourire avant de pencher la tête vers mon cousin. Tu devrais y aller.

Incapable de résister, je lui vole un dernier baiser pour la route avant de me défaire de ses bras et de m'éloigner.

— On se voit plus tard, dis-je en faisant un petit signe de la main.

Ses yeux s'assombrissent avec le même désir qui me traverse.

— Oh que oui !

CHAPITRE 30

CROSBY

*A*lors que je pousse la porte de l'appartement, un grognement guttural me parvient aux oreilles.

C'est quoi ce bordel ?

Je fais deux pas sur le seuil avant de poser les yeux sur mon colocataire, étalé sur le canapé. Ses jambes sont écartées et ses doigts sont enfoncés dans de longues mèches blondes alors qu'il tient la tête de la fille contre son aine. Le bruit de succion ne fait que renforcer ce que je viens de découvrir.

Une fois de plus.

Andrew s'envoie en l'air comme si c'était son activité principale. Je suppose qu'il s'est tapé la moitié des filles de cette université. Je me fous du nombre de filles avec qui il a couché, qu'il fasse ça dans sa chambre. Je ne vois pas pourquoi il le fait au milieu du salon.

J'essaie de ne pas penser aux fluides corporels dont le canapé est sûrement imprégné.

Les lèvres serrées, je détourne les yeux et me dirige vers ma chambre avant de claquer la porte. Je leur laisse cinq minutes pour finir leur petite histoire puis j'irai chercher quelque chose à manger. J'ai l'impression que mon estomac est en train de se consumer.

J'ouvre mon sac à dos et en sors quelques livres avant de jeter un coup d'œil à mon téléphone. J'avais prévu d'étudier ici pendant quelques heures, mais pour des raisons évidentes, ces plans ont changé.

Deux minutes s'écoulent.

Et puis mince.

S'il n'en a rien à faire, pourquoi je devrais m'en soucier ?

Je saisis la poignée de la porte et l'ouvre d'un coup sec avant de découvrir que la blonde est maintenant perchée sur les genoux d'Andrew. Ses bras sont enroulés autour de son cou alors qu'ils prennent leur pied, chauds comme la braise et investis. Au moins ils ont dépassé l'étape de la fellation.

Ils se détachent l'un de l'autre et me jettent un coup d'œil alors que je me dirige vers la cuisine.

— Salut, mec. Tu es rentré depuis longtemps ?

— Il y a quelques minutes.

— Ah, dit-il en se frottant la mâchoire. Je ne t'ai pas entendu entrer.

— Oui, dis-je en attrapant un Gatorade et en enlevant le bouchon, tu avais l'air occupé.

La fille sourit tandis qu'Andrew pelote son sein.

— Je n'ai pas pu m'en empêcher. Cassy est la meilleure, pas vrai, ma puce ?

— Kelsey, corrige-t-elle avec un grand sourire inébranlable.

Il la serre à nouveau avant de faire un signe de tête dans ma direction.

— Comment va ta mâchoire ? Tu penses pouvoir lui accorder cette même attention experte ?

Elle me lance un regard sous une frange de cils chargés de mascara avant de me scruter lentement de haut en bas. Elle tire légèrement la langue avant de se lécher les lèvres tout en agitant les doigts vers moi.

— Salut, Crosby.

L'autre main d'Andrew glisse le long de sa cuisse nue et soulève sa jupe courte jusqu'à ce qu'elle rejoigne la jonction de ses jambes.

— Tu as une si jolie petite chatte. Pourquoi ne pas lui montrer la marchandise, bébé ?

Nul besoin de l'encourager plus avant pour qu'elle écarte les jambes. Pour information, cette fille aime qu'on la partage.

Je détourne le regard alors qu'Andrew lui écarte les lèvres du bout des doigts.

— Mmm, tu n'as pas envie de la pilonner toute la nuit ?

Pas vraiment.

— Je laisse mon tour. Je dois y aller, mais toi tu peux t'amuser.

Je jette un coup d'œil à mon téléphone, il faut que je parte d'ici au plus vite. Je vais manger quelque chose au réfectoire avant de passer quelques heures chez les footballeurs.

Je m'en veux de ne pas m'être échappé de cette situation plus tôt. Au début, le voir passer son temps à coucher avec des filles ne me dérangeait pas. *Si tu veux t'envoyer en l'air, alors vas-y. Fais-le autant que tu veux.* Mais j'en ai marre de rentrer à la maison en me demandant sur quoi je vais tomber.

Au point où j'en suis, tout ce que je veux, c'est franchir le cap de la dernière année et me concentrer sur le football et mes cours.

Il glisse ses mains autour de sa taille et la soulève de ses genoux avant de lui donner une petite claque sur les fesses. La force de ce coup la fait trébucher sur ses talons.

— Attends-moi dans la chambre, chérie. Je serai là dans quelques minutes.

Ne remettant pas en cause la directive, elle se dirige vers le couloir.

— Et enlève ces foutus vêtements. Je veux que tu m'attendes nue et prête.

Elle ricane et jette un regard sulfureux par-dessus son épaule avant de fermer la porte de la chambre.

Andrew s'affale dans le canapé avant de se retourner vers moi.

— Tu t'en vas déjà ? Mais tu viens juste d'arriver. Je pensais jouer un peu à Call Of Duty plus tard.

— Je ne peux pas. J'ai un examen à réviser.

Et ce n'est pas ici que je risque de le faire, ça, c'est sûr.

Je lis la contrariété sur son visage.

— Tu n'es jamais là, mec. Je commence à le prendre personnellement. C'est la dernière année où on peut faire ce qu'on veut avant de rentrer dans la vraie vie. Tu n'en profites pas assez.

Je hausse les épaules, impatient de m'éloigner de lui.

— Je suis très occupé. Je galère avec les cours d'ingénierie.

— Tu aurais dû choisir une spécialité qui t'éclate.

Je grogne presque. Sauf que mes parents ne m'auraient jamais laissé faire. Sachant que le père d'Andrew finira par lui remettre les clés du royaume, peu importe le type de diplôme qu'il obtient. Tant qu'il en décroche un. Même s'il joue au football professionnel pendant quelques années, il en arrivera à travailler pour son père à un moment ou à un autre. C'est une évidence.

Profitant d'une pause dans leur marathon sexuel, je fouille dans le frigo, attrape des restes de quinoa et de blanc de poulet pour les faire cuire au micro-ondes. Certes, c'est fade, mais c'est un bon mélange de glucides et de protéines. Ajoutez-y un peu de sauce piquante et vous obtiendrez quelque chose d'à peu près comestible. Je mets au moins deux minutes pour l'engloutir et jeter le plat sale dans l'évier avant de m'emparer de mon sac et de le hisser sur mon épaule, prêt à fuir la situation.

— Tu n'as vraiment pas envie de te taper Candy ? dit-il en secouant la tête en direction de sa chambre. Même si tu as juste envie qu'elle te suce, elle se mettrait volontiers à genoux. Elle n'est pas prise de tête.

— Elle s'appelle Kelsey.

Il secoue les épaules avant de dire en riant :

— On s'en fout de son prénom, non ? Elle sera qui je veux qu'elle soit. Et tu n'as pas répondu à la question.

— Non, ça ne m'intéresse pas, marmonné-je, regrettant d'avoir pris la peine de rester dans les parages.

Je n'ai pas envie de me laisser entraîner dans cette discussion. Moins j'ai envie de me taper des filles au hasard, plus il a l'air de me le reprocher.

— Je t'ai entendu passer la porte vers 6 heures ce matin. Tu étais où ? questionne-t-il, le regard posé sur moi. Tu as sauté qui ?

Ma gorge s'assèche et je m'agite sur place alors que j'ignore comment répondre.

— Tu ne la connais pas.

Il se redresse un peu.

— Attends une minute, tu vois vraiment quelqu'un ?

Eh mince. J'aurais dû plaider le cinquième amendement.

— En quelque sorte. C'est assez récent. On garde ça secret pour le moment.

Il m'étudie comme si j'étais un animal exotique qu'il n'avait jamais vu auparavant, tout en posant ses pieds sur la table basse.

— Elle vient aux fêtes de footballeurs ?

— Pas vraiment.

Un sourire narquois se dessine sur son visage et il pointe un doigt dans ma direction.

— Ça, ça veut dire *oui*, dit-il en frottant ses mains charnues l'une contre l'autre. Décris-la. Je parie que je l'ai déjà vue.

Je jette un coup d'œil vers la porte. J'aimerais m'enfuir avant de laisser échapper quelque chose.

— Kelsey t'attend, non ? demandé-je en essayant de détourner la conversation.

Il lève les yeux au ciel.

— Elle est sûrement en train de se caresser, dit-il en haussant les sourcils. Tu veux qu'on aille voir ?

Oh que non !

En secouant la tête, je me dirige vers la porte.

— Désolé, il faut que j'y aille.

— Allez, réclame-t-il, dis-moi qui est cette fille. Je meurs d'envie de savoir. C'est une chasseuse de maillots, pas vrai ? Tu baises une groupie.

Avant même d'avoir le temps d'ouvrir la bouche pour démentir, il poursuit :

— Hé, ce n'est pas grave si c'est ça. Il n'y a rien de mal à sauter une fille qui connaît le métier. Et qui s'est peut-être déjà fait prendre par tous les trous, ajoute-t-il en posant la tête sur le coussin du canapé. Bordeeeeel, j'aime les filles qui savent se faire défoncer le cul.

— Ce n'est pas une groupie, rétorqué-je.

Je m'efforce de ne pas contracter ma mâchoire alors que je serre les dents.

Il hausse les épaules comme s'il n'en avait rien à faire.

— J'essaie juste de comprendre ce qui se passe, vu que tu me caches des choses. Je ne t'ai jamais connu sérieux. Même pas au lycée.

— Oui, eh bien, peut-être que les choses sont différentes maintenant.

Il rit.

— Oui, c'est vrai. Tu t'es toujours tapé tout ce qui bouge. Tu es vraiment en train de me dire qu'après toutes ces années à sauter des groupies, tu as soudain envie d'une relation sérieuse ?

— Oui, peut-être, murmuré-je.

Encore quelques pas et j'atteindrai la porte. Il faut que je sorte d'ici avant qu'il ne me pose d'autres questions.

— Je dois y aller, mais on se voit plus tard.

Il me fait signe de partir avant de se lever et de s'étirer.

— Peu importe, mec.

Au moment où je saisis la poignée, il dit :

— Candy va passer quelques heures ici si tu changes d'avis. Petite amie ou pas, un homme doit se taper autant de filles qu'il le peut.

Sans prendre la peine de répondre, je claque la porte et je descends la cage d'escalier jusqu'au rez-de-chaussée avant de m'engager dans le hall. D'habitude, je prends la Mustang quand je vais quelque part. Mais la résidence des footballeurs n'est qu'à quelques rues d'ici et j'ai besoin d'air frais pour m'aérer l'esprit.

Quelques coéquipiers me saluent du menton lorsque j'entre dans l'immeuble. Pas mal de gens sont là, installés dans le salon devant une émission. Asher entoure de ses bras les deux blondes blotties contre lui. Il affiche un sourire en m'apercevant.

Du Asher tout craché.

Je cherche Easton dans la pièce. Je pense qu'il est avec Sasha chez les filles, ce qui est exactement la raison pour laquelle je dois rester ici quelques heures. Je préférerais être là-bas, moi aussi. Tout va mieux quand je suis avec Brooke.

— Il y a des pizzas dans la salle à manger si tu as faim, dit Rowan Michaels en descendant l'escalier, un bras enlaçant sa moitié.

Demi Richards est la fille du coach. Je n'ai pas été surpris quand ils se sont mis ensemble. Il a toujours été évident que notre *quarterback* avait des sentiments pour elle. Je suis juste étonné qu'il ait mis autant de temps à passer à l'action.

— Merci, mais j'ai déjà mangé à l'appartement.

Je jette un coup d'œil à la fille brune.

— Salut, Demi. Tu veux bien me rendre un service ? Dis à ton père d'arrêter de nous faire autant bosser.

Elle sourit avant de hausser un sourcil.

— Tu veux vraiment que je lui dise ça ?

En y réfléchissant bien…

Je secoue la tête.

— Non, ça le pousserait à devenir encore plus sadique.

— On dirait que tu le connais bien.

— On va au cinéma. Ça t'intéresse ? s'enquiert Rowan.

Brayden émerge de la cuisine avec sa petite amie, Sydney Daniels. C'est la coéquipière de Sasha et Demi dans le programme de football féminin des Western Wildcats. Comme moi, elles sont toutes en dernière année.

Je *check* Brayden avant de saluer sa petite amie d'un signe de tête. C'est assez incroyable de voir ces garçons maintenant en couple. Il fut un temps où nous sortions tous le samedi pour nous saouler et nous envoyer en l'air. Au lieu de faire la fête, ils sortent entre couples.

— Tu vas aussi au cinéma ? lui demandé-je.

Sydney acquiesce.

— Oui, on les emmène voir la nouvelle comédie romantique qui vient de sortir.

Brayden lève les yeux au ciel et grogne :

— Il fallait vraiment que tu lui dises ça ? On a l'air de mauviettes.

Sydney lui donne un coup de coude dans les côtes.

— Parce que tu en es une.

— Peut-être.

Elle me sourit gentiment. C'est ce qu'il y a de bien avec Sydney.

Elle ne se laisse pas marcher sur les pieds, ce qui fait d'elle la partenaire idéale pour Bray.

Rowan consulte l'heure à sa montre de sport.

— On ferait mieux d'y aller. Le temps défile, Rhodes. Qu'est-ce que tu fais ?

Je hoche la tête négativement, je n'ai pas envie d'être la cinquième roue du carrosse.

— Ça te dérange si je reste un peu dans ta chambre pour étudier ?

— Non, dit-il, vas-y. Pourquoi, qu'est-ce qui se passe chez toi ?

Mon regard se porte sur les filles avant que je ne secoue les épaules.

— Andrew a de la compagnie.

Brayden souffle.

— Ça ne m'étonne pas de lui.

— N'hésite pas à t'installer ici si tu en as besoin, propose Rowan avant de se diriger vers la porte d'entrée. À plus tard.

— Oui, à plus tard.

Alors que je les observe tous les quatre partir, une douleur étrange apparaît au fond de mes tripes.

Je mets un moment à comprendre de quoi il s'agit.

De la jalousie.

Pour la première fois de ma vie, j'ai envie de vivre la même chose qu'eux.

CHAPITRE 31

CROSBY

Lorsque j'arrive chez Brooke, il est presque 11 heures pile. Même s'il est tard, les gens vont et viennent. Deux filles me sourient et me tiennent la porte alors qu'elles entrent dans le hall. Au lieu de me diriger vers l'ascenseur avec elles, je m'engouffre dans la cage d'escalier et monte les marches deux par deux. Je l'ai croisée à la bibliothèque il y a quelques heures et je suis déjà impatient de lui mettre la main dessus. Arrivé au troisième étage, je passe devant quelques portes avant de m'arrêter devant son appartement.

Au moment où je lève la main pour frapper, la porte épaisse en bois s'ouvre. Des doigts se tendent et agrippent mon poignet avant de me tirer dans l'entrée sombre. Les lèvres de Brooke se posent sur les miennes tandis que j'enroule mes bras autour de son corps et la serre contre moi. Je n'ai qu'une envie, dévorer cette fille tout entière.

Lorsque nous nous séparons enfin, nous respirons tous les deux à pleins poumons. Nos mains jointes, elle m'entraîne dans l'appartement. Les fenêtres du salon laissent entrer juste assez de lumière pour m'éviter de me cogner aux meubles.

Lorsque nous traversons le petit couloir, elle jette un coup d'œil par-dessus son épaule avant de porter un doigt à sa bouche et d'indiquer d'un signe de tête la chambre de Sasha. Une fois le seuil franchi, elle ferme soigneusement la porte et fait tourner le verrou.

— Easton passe la nuit ici, alors tu vas sûrement devoir partir plus tôt.

— Pas de problème

— Tu as pu réparer ton téléphone ? me demande-t-elle, me sortant de mes pensées.

C'est vrai.

Mon téléphone.

Ces mensonges vont sérieusement finir par me tuer.

J'aspire mon piercing dans ma bouche et le mordille alors que je tente de me décider sur ma façon de répondre.

Devant mon silence, elle s'éloigne de la porte et avale la distance qui nous sépare. Elle pose ses paumes sur mon torse puis les glisse vers mes épaules. Elle les serre avant d'atteindre mes joues. Puis elle se hisse sur la pointe des pieds et presse ses lèvres sur les miennes. Ce qui suffit à faire disparaître les pensées contradictoires qui tourbillonnent dans ma tête.

J'enlace son corps avant de l'attirer contre moi. Cette fille est tout ce que j'ai toujours voulu, et j'ai tellement peur de la perdre. Je ne sais pas quelle est la bonne chose à faire.

Enfin si... je le sais.

C'est juste que j'hésite à lui dire la vérité.

Après quelques minutes torrides, elle se détache. Ses mains quittent mon visage et l'une d'elles descend le long de ma poitrine jusqu'à la ceinture de mon jean avant d'en ouvrir le bouton.

J'arrête ses mouvements, conscient de ce que je dois faire.

— On devrait parler un peu.

Un sourire confus se dessine sur ses lèvres.

— Sérieusement ? C'est vraiment ce que tu as envie de faire tout de suite ?

Bien sûr que non.

— J'ai quelque chose à te...

Alors que j'essaie de prononcer le reste, elle repousse ma main et s'empare de la fermeture Éclair avant de l'abaisser. Un sifflement s'échappe de moi lorsque sa main se glisse dans mon caleçon et empoigne mon membre raide. Même dans l'obscurité de la pièce, une lueur de connivence apparaît dans ses yeux tandis qu'elle fait aller et venir ses doigts le long de mon érection.

— Pardon, tu allais dire quelque chose ?

— Ohhh.

Mon esprit s'embrume. Ce que je voulais lui dire vient de disparaître alors que je me retrouve incapable de me concentrer sur autre chose que son étreinte.

— Et si on parlait après ?

— Oui, acquiescé-je, je pense que c'est une bonne idée.

— Ce que je ressens là est plus important.

— C'est incroyable, bordel.

Je n'ai pas envie qu'elle s'arrête. Des dizaines de filles m'ont déjà masturbé, mais là, c'est différent. Je découvre que tout est différent avec Brooke.

Je gémis presque quand sa main s'échappe de mon caleçon. Avant que je ne puisse protester, elle tire sur le jean épais qui tombe autour de mes hanches avant de le faire descendre le long de mes cuisses afin de libérer mon sexe. Elle se met à genoux, le visage au niveau de mon aine. Elle sort sa langue pour humecter ses lèvres et penche la tête jusqu'à ce que son regard croise le mien.

— Ta queue est magnifique. Ça fait longtemps que je fantasme sur la possibilité de te faire une pipe.

Un autre gémissement monte du plus profond de ma poitrine. Si je n'étais pas déjà dur comme de l'acier, cet aveu aurait suffi. Je n'ai jamais autant voulu qu'une autre fille me prenne dans sa bouche.

Le regard plongé dans le mien, elle réduit la distance qui nous sépare avant que sa langue ne vienne lécher mon gland comme une sucette. Lentement, elle la fait tourner autour du bout de mon sexe. De l'humidité s'échappe de la minuscule fente alors qu'elle la caresse. Les petits bruits d'appréciation qui proviennent d'elle ne font que m'exciter davantage.

Elle m'attire encore plus profondément dans sa bouche alors que j'enfonce mes doigts dans ses épaisses mèches.

Bordel de merde.

Même si j'ai envie de fermer les yeux et de profiter de toute cette chaleur qui m'entoure, mon regard reste rivé sur le sien. À part lorsque j'étais enfoui dans son corps la nuit précédente, je ne me souviens pas de la dernière fois où j'ai ressenti une chose aussi incroyable.

Jamais je n'aurais imaginé Brooke à genoux devant moi. Bien sûr, j'en ai rêvé, je me suis même fait plaisir en y pensant, mais je ne m'attendais pas à ce que cela devienne une réalité.

Je resserre mes doigts dans ses longs cheveux alors que je penche légèrement sa tête en arrière pour qu'elle puisse m'accueillir plus en profondeur. Observer toute ma longueur rigide disparaître entre ses lèvres roses est la chose la plus érotique dont j'ai jamais été témoin.

Elle est si belle.

Et elle m'appartient.

Qu'elle le réalise ou non, cette fille est à moi maintenant. Nous réglerons nos problèmes et je lui ferai comprendre.

Un autre son torturé s'échappe alors qu'elle me prend si profondément qu'elle a l'impression que j'effleure le fond de sa gorge. Ses deux mains sont étendues sur l'arrière de mes cuisses, me poussant à aller plus loin. Après quelques instants, l'une d'elles glisse vers l'avant de ma jambe puis remonte vers mes bourses.

Oh punaise.

À chaque mouvement, elle m'absorbe de plus en plus dans sa bouche. Les muscles de sa gorge se tendent à chaque gorgée et se resserrent autour de ma longueur. Des pointes de plaisir explosent en moi, et je suis à deux doigts de loucher. Je n'arriverai pas à tenir encore longtemps.

— Brooke, gémis-je en cherchant à la repousser, je vais jouir.

Au lieu de me relâcher, ses mouvements deviennent plus voraces. Et c'est tellement bon, punaise. Mes bourses se contractent alors que mon sexe gonfle. Chaque muscle de mon corps se raidit avant que je ne perde le contrôle, mon sperme jaillissant en un torrent. Du moins, selon mon impression. Mes doigts se resserrent autour de son cuir chevelu, l'attirant plus près. Même si des larmes brillent dans ses yeux et glissent sur ses joues, elle n'essaie pas de se dégager. Au contraire, elle continue de masser mes bourses d'une main alors que l'autre exerce une pression à l'arrière de mes cuisses. Un poing serre mon cœur, le comprimant douloureusement, tandis que je la regarde s'emparer de mon membre et avaler chaque goutte de sperme.

Ce n'est que lorsque je ramollis dans sa bouche qu'elle me relâche avant de déposer un baiser sur mon gland. Avant qu'elle ne puisse se remettre debout, je la relève et la hisse contre moi. Peu importe le nombre d'années qui passeront, cette fellation restera dans les annales comme un moment de pur bonheur que je revivrai un million de fois.

— C'était vraiment génial.

Je dépose un baiser sur ses lèvres. Le goût salé de ma délivrance taquine mes sens et m'excite encore plus. Il y a quelque chose de primitif et d'érotique là-dedans. Comme si elle avait été marquée et qu'elle m'appartenait désormais.

— Tu as un goût délicieux.

— Le même goût que toi, dit-elle avec un rire guttural.

— C'est vrai. Je pourrais très vite m'y habituer.

Maintenant qu'elle m'a satisfait, je n'ai qu'une envie : lui rendre la pareille. Je veux enfouir mon visage entre ses cuisses et la dévorer jusqu'à ce qu'elle hurle mon nom. Je me fous de savoir que Sasha et Easton sont dans la chambre d'en face. Et je me fous complètement qu'ils nous entendent.

J'ai l'impression d'être un train fou fonçant à toute vitesse sur les rails, et je suis incapable de l'arrêter. Plus encore, je n'en ai pas envie.

J'essuie lentement les larmes de ses joues.

— Je ne t'ai pas fait de mal, si ?

— Non, j'ai apprécié. Et j'ai encore plus aimé quand tu as joui, dit-elle avant de baisser la voix et de prendre un ton rauque. J'ai adoré t'avaler.

Il n'en faut pas plus pour que mon membre se raidisse à nouveau.

— Tu es terriblement sexy, tu le sais ça ?

Elle immisce ses doigts entre nous pour caresser mon sexe.

— Déjà dure ?

Je pose mes lèvres contre les siennes.

— J'ai l'impression qu'elle le sera toute la nuit.

— C'est bien. Mon premier cours n'est qu'à 9 heures, alors je peux faire la grasse matinée.

— Défi accepté.

Puis je me retourne et la porte jusqu'au lit.

CHAPITRE 32

BROOKE

*L*a sonnerie incessante de mon téléphone me tire d'un profond sommeil. Avec un gémissement, je roule vers la table de nuit et attrape le petit appareil. Je tâtonne plusieurs fois avant de le trouver. Mes yeux sont à peine entrouverts lorsque j'appuie sur le bouton vert et salue mon interlocuteur à contrecœur.

— Brooke ? dit-on avant de marquer une pause. Tu es là ?

Je me réveille en sursaut au son du ton sec de ma mère. La lumière du soleil brille à travers les fenêtres sans rideaux, baignant toute la pièce d'une clarté éclatante. Je cligne des yeux, essayant de retrouver mes repères.

Je me racle la gorge, espérant ne pas paraître aussi groggy que je le suis.

— Euh, oui.

— Tu n'es pas encore au lit, n'est-ce pas ? demande-t-elle, sa voix résonnant de désapprobation. Il est presque 9 heures. Tu n'es pas censée être en cours ?

Surprise qu'elle connaisse mon emploi du temps, je jette un coup d'œil à l'horloge près du lit.

Eh mince. Elle a raison. Je ne me suis pas réveillée.

— Oui, je me suis couchée tard…

Ma voix s'éteint avant que je n'ajoute à la hâte :

— J'étudiais.

Ne me demandez pas sur quoi j'ai concentré mon attention, mais la séance a duré jusqu'au petit matin.

Et vous savez quoi ?

Je ne le regrette pas du tout. Même si je me retrouve à faire des pirouettes lors d'une conversation matinale avec Elaine avant même d'avoir ingéré la caféine nécessaire pour faciliter l'irrigation sanguine de mon cerveau.

— Je dois me dépêcher pour ne pas être en retard.

Même si, à moins de pouvoir me téléporter, il n'existe aucune manière d'arriver à l'heure en cours.

Au moment où je m'apprête à raccrocher, ma mère me dit :

— Je t'appelle pour une raison.

— Oui ?

Je jette un coup d'œil à Crosby qui se décale avant de se passer un bras sur le visage. Les muscles tendres qui composent son biceps et son torse se contractent et fléchissent sous l'effet du mouvement. Ma bouche s'assèche alors que mon attention est attirée par son corps magnifique.

— Brooke ? reprend ma mère d'un ton tranchant. Tu m'écoutes ?

Je détourne mon regard de l'homme sublime étalé à côté de moi. Je suis incapable d'accorder de l'intérêt à ma mère tout en le dévorant des yeux. Aucune femme vivante ne serait en mesure de réussir un tel exploit.

Crosby Rhodes est l'incarnation du mot torride.

— Oui, désolée, marmonné-je, pressée d'en finir.

— Bon, tu peux venir ce soir ?

— Pour quoi faire ?

— Dîner, s'emporte-t-elle en perdant patience. Je t'ai appelé pour t'inviter à dîner ce soir.

— Ah...

Ce n'est pas vrai. Je ne m'attendais pas à ce qu'elle me lance une autre invitation si rapidement. Je viens à peine de récupérer des deux dernières rencontres.

— Je ne sais pas, répliqué-je. J'ai beaucoup de devoirs à faire, sans parler de l'examen qui approche.

— Je suis sûre que tu peux modifier ton emploi du temps et consacrer une heure ou deux à ta famille. Garret se joindra à nous. J'espère vraiment que tu n'es pas trop occupée pour le voir après tout ce qu'il a fait pour toi. Je dois dire que ce n'est pas comme ça qu'on remercie quelqu'un d'avoir pris en charge toutes nos dépenses, réplique-t-elle.

Roh.

La culpabilité. Toujours la culpabilité. Cette femme est une manipulatrice hors pair.

— D'accord, grommelé-je. Je serai là.

— Excellent. Nous avons réservé pour 18 heures précises au *Nomades*. Et s'il te plaît, habille-toi correctement. Pas de jeans.

— D'accord.

Mon attention est à nouveau attirée par Crosby qui bat des paupières et penche la tête vers moi. S'il optait pour le look sexy au lit, il a réussi sans même essayer. Je n'ai qu'une envie : l'embrasser.

En fait, j'ai envie de faire bien plus que ça.

— Au revoir, Brooke.

— Au revoir.

Sans le quitter des yeux, je presse le bouton rouge et pose mon téléphone sur la table de nuit.

— C'était qui ? s'enquiert-il en s'étirant.

Le mouvement langoureux fait glisser le drap le long de son corps, révélant des abdominaux durs comme le roc et un V à pâlir d'envie qui disparaît sous les couvertures.

— Elaine.

— Ah oui ? Qu'est-ce qu'elle te voulait, si tôt ? demande-t-il en bâillant.

Ce mec est plus que délicieux. Mon corps s'humidifie alors qu'une nouvelle vague d'excitation déferle sur moi. Peu importe le nombre de fois où nous faisons l'amour, ce n'est pas suffisant pour assouvir le profond désir qu'il a réussi à provoquer. Je ne me suis jamais sentie aussi excitée de ma vie. C'est une véritable révélation. Maintenant que j'ai fait l'expérience de ce genre de passion dévorante, il est hors de question que je revienne à des rencontres sexuelles ternes et peu satisfaisantes.

Distraite par le jeu des muscles sur son corps, je murmure :

— Je dois la retrouver avec mon beau-père pour dîner ce soir.

Alors qu'il roule vers moi, sa main s'empare de ma nuque avant de me tirer vers lui pour que sa bouche effleure la mienne.

— Ça craint.

— C'est un euphémisme.

Son piercing glisse sur ma chair.

— Tu veux que je vienne avec toi ?

Je cille, m'éloignant de lui sous l'effet de la surprise pour pouvoir le regarder dans les yeux. Je n'arrive pas à savoir s'il se paie ma tête ou non. Notre relation n'en est encore qu'au stade embryonnaire. Pourquoi voudrait-il dîner avec mes parents ?

— Tu es sérieux ?

Son expression s'assombrit.

— Si tu veux que je vienne pour te soutenir moralement, je le ferai. Ce n'est pas grand-chose. Tu oublies que je les ai déjà rencontrés ?

C'est vrai.

Mais quand même…

Après un moment de réflexion, je secoue la tête.

— Non, je ne veux pas te mettre dans ce genre de situation.

Il tend la main et caresse lentement la courbe de ma mâchoire.

—Je ne te l'aurais pas proposé si je ne voulais pas y aller.

Lorsque je hausse un sourcil, il sourit et modifie sa déclaration.

— Ce que je voulais dire, c'est que j'ai envie d'être là pour toi.

Lorsque sa main glisse vers le haut, je ferme les yeux et appuie ma joue contre la chaleur de sa paume. Quoi qu'il y ait entre nous, j'ai l'impression que ça avance à la vitesse de la lumière.

— D'accord.

Il hoche la tête.

— Très bien. Alors c'est réglé.

Avant que je puisse dire quoi que ce soit d'autre, il enlace mon corps et me renverse de façon à ce que mon dos soit plaqué contre le matelas tandis qu'il me domine. Mon cœur s'accélère et passe à la vitesse supérieure pendant que je le regarde avec des yeux écarquillés.

— On peut s'occuper de choses plus urgentes.

Je déglutis bruyamment alors que ma bouche devient cotonneuse.

— Des choses plus urgentes ?

Un lent sourire se dessine sur son visage.

— Oui.

Le métal me frôle lorsqu'il dépose un baiser sur mes lèvres. Au moment où j'ouvre la bouche pour que nos langues s'emmêlent, il descend plus bas, parsemant des baisers brûlants le long de ma mâchoire avant de balayer le creux de mon cou. Mon pouls palpite tandis qu'il aspire la chair délicate dans sa bouche. Le plaisir se répercute dans tout mon corps et je gémis tout en me dévoilant davantage pour lui.

Au lieu de profiter de l'offrande, il continue à glisser plus bas, effleurant ma clavicule avant de mordiller et de lécher mes seins. Il attire une petite pointe raide dans sa bouche avant d'appliquer le même traitement à l'autre côté. Je frissonne de désir chaque fois que le piercing dérape sur ma chair.

— J'adore tes seins, murmure-t-il, comme s'il se parlait plus à lui-même qu'à moi.

Il mordille le dessous de mes seins avant de poursuivre son chemin le long de mon corps et de passer devant ma cage thoracique puis d'arriver à l'échancrure de mon nombril. Au moment où je me sens incapable de subir une minute de plus de cette douce torture, il se fraye un chemin entre mes jambes et les écarte avant de lever les yeux.

— Te dévorer fait justement partie de ces choses plus urgentes.

Même s'il m'a tenue éveillée presque toute la nuit en me provoquant plusieurs orgasmes, mon corps tremble déjà d'excitation.

Son regard se pose sur mon intimité.

Une lueur d'appréciation s'allume dans ses iris sombres tandis qu'un sourire en coin se dessine sur ses lèvres.

— Miam, elle est si crémeuse. J'adore ta gourmandise.

En temps normal, le fait qu'on me fasse remarquer une telle chose me mettrait dans l'embarras. Là, je me fiche complètement qu'il puisse voir l'humidité scintiller sur mes lèvres. Plus il parle, plus l'excitation envahit mon entrejambe.

Et comme hier soir, c'est une sorte de révélation.

Lorsque je m'agite sous son corps, avide de son contact, il pose ses deux mains sur l'intérieur de mes cuisses pour me maintenir en place. Ses pouces massent la chair délicate et écartent mes lèvres jusqu'à ce qu'il puisse en apercevoir chaque centimètre rose. Je suis bien trop excitée pour être gênée par cet examen minutieux. Tout ce que je veux, c'est qu'il me touche avec sa langue et ses lèvres. Je veux sentir le métal froid de son anneau effleurer ma peau.

— Je devrais m'assurer que tu es prête.

Il fait tourner un doigt épais autour de l'ouverture duveteuse. Au lieu de plonger à l'intérieur, il continue ses caresses paresseuses jusqu'à ce que mon corps ne soit plus qu'une boule d'agitation refoulée. J'écarte davantage les jambes, me cambrant sur le matelas, le suppliant silencieusement d'aller plus loin.

— Tu es tellement impatiente.

Il tapote mon clitoris du bout des doigts.

Ce qui suffit à attiser mon attention et à me faire écarquiller les yeux. Je halète alors qu'un étrange mélange de plaisir et de douleur explose en moi. Il n'en faut pas plus pour que mon sexe s'enflamme. À en juger par le léger rire qui s'échappe de ses lèvres, il comprend l'effet de la petite gifle.

— Tu aimes ça, pas vrai ?

Lorsqu'il me frappe une deuxième fois, je manque de tomber du lit. Je plaque une main sur ma bouche pour retenir le cri enfoui au plus profond de moi. Je ne sais pas si Sasha est à la maison, mais je n'ai pas envie de le découvrir en la voyant taper à ma porte pour savoir si je vais bien.

— Il ne s'est jamais rendu compte de ce qu'il possédait, pas vrai ? grogne Crosby.

Inutile de demander de qui il parle.

— Mais moi, j'en suis conscient, et je ne vais pas te laisser t'échapper, dit-il avant de lever les yeux vers moi. Tu comprends ?

Je mordille ma lèvre inférieure. Mon esprit est trop embrumé pour m'attarder sur ce qu'il dit. Le mieux que je puisse faire, c'est de ranger les mots dans un coin de ma tête pour les ressortir plus tard.

Lentement, il enfonce son doigt en moi jusqu'à ce qu'il soit enfoui jusqu'à la troisième articulation. Inconsciemment, mes muscles intérieurs se contractent autour de lui. Même si c'est bon, c'est loin d'être la taille de son sexe. J'en veux plus.

— Tu es tellement excitée que tu en ruisselles presque.

Il fait plusieurs va-et-vient avec son doigt avant de l'enlever de mon corps. Au moment où il se retire, je me sens dépourvue. Vide.

— Dis-moi combien tu en as envie, bébé ? Combien tu as besoin que je prenne cette douce petite chatte ?

Tout ce qui s'échappe de moi est un babil incohérent de consonnes et de voyelles mélangées.

Son sourire s'accentue.

— Tant que ça ?

Avant que je puisse ajouter quoi que ce soit, sa bouche descend et se referme sur moi. Mes paupières sont closes et un gémissement guttural se fait entendre. L'anneau glisse sur ma peau avant d'entourer mon clitoris.

Il ne m'en faut pas plus pour exploser tel un feu d'artifice.

CHAPITRE 33

CROSBY

*P*uisque j'ai refusé de donner mon numéro de téléphone à Brooke en prétextant que mon portable était cassé, je frappe à la porte de son appartement. Tôt ou tard, je vais devoir lui dire qu'elle a déjà mon numéro et lui expliquer la situation. La seule alternative que j'ai trouvée est de le changer, et je n'en ai pas vraiment envie. Même si, honnêtement, c'est peut-être la meilleure solution.

Combien de personnes ai-je vraiment envie d'avoir dans mes contacts ?

Peut-être un quart de ceux qui me dérangent.

Avant que je puisse frapper une deuxième fois, la porte s'ouvre et Brooke se tient face à moi, vêtue d'un pull noir tout doux qui épouse ses courbes, d'une mini-jupe en daim marron et de hautes bottes noires qui lui arrivent au-dessus des genoux. Seulement cinq centimètres de peau alléchante sont visibles.

Ai-je déjà dit que j'adore ses bottes ?

Avec un peu de chance, plus tard elle me laissera lui faire l'amour sans qu'elle les retire. Cette idée m'excite. Comme il est probable que la soirée se passe mal avec ses parents, je me retiens. Difficile quand elle a presque l'air comestible.

— Salut, ma belle.

— Salut.

Elle sourit avant de réduire la distance entre nous et de poser ses lèvres sur les miennes. Ce qui est loin de me suffire.

Lorsqu'elle tente de reculer, je l'attrape et la plaque contre moi.

— Où crois-tu aller ?

Elle pousse un cri lorsque j'enfouis mon visage dans son cou et que je lui mordille la gorge.

— Arrête ou on va être en retard.

— C'est vraiment grave si on fait attendre Elaine et Garret pendant dix ou quinze minutes ? demandé-je, me laissant séduire par l'idée d'un petit coup rapide pour me faire patienter.

Elle recule juste assez pour que je puisse la voir hausser un sourcil
— Seulement ?

Lorsque je dévoile mes dents et mords à nouveau son cou, elle se met à rire.

— Crosby !

Avant qu'elle ne puisse se dégager, je l'embrasse sur le front et la laisse s'échapper indemne. Alors qu'elle prend son sac à main sur la petite table de l'entrée, son expression s'assombrit. Je sais exactement ce qui va sortir de sa bouche avant qu'elle n'ait eu le temps de le dire.

— Tu es sûr de toi ? demande-t-elle avant de s'approcher et de mettre une main sur ma poitrine, et de baisser le ton. Je ne serai pas colère si tu as changé d'avis et que tu préfères te défiler. Promis.

Je saisis ses doigts avant de les porter à mes lèvres et de déposer un baiser sur ses jointures.

— Je t'ai déjà dit que ça ne me dérangeait pas de t'accompagner, et je le pensais vraiment. Inutile d'essayer de m'en dissuader.

Ses épaules se relâchent et un sourire de soulagement se dessine sur ses lèvres.

— D'accord.

Même si elle résistait à mon emprise il y a quelques instants, je la tire vers moi et l'entoure de mes bras. La façon dont elle s'adapte parfaitement à ma poitrine me donne l'impression qu'elle a été créée spécialement pour moi.

Si une autre fille m'avait inspiré ce genre d'émotions, j'aurais sûrement paniqué et je l'aurais larguée. Avec Brooke, ça ne fait que confirmer le fait d'avoir déjà passé trop de temps à lutter contre mes sentiments, et tout ça, c'est derrière moi.

Après quelques instants de silence, elle penche la tête pour croiser mon regard.

— Je ne veux pas que tu penses que je te force à participer à ce dîner, c'est tout.

— Tu n'as pas demandé, j'ai proposé, lui rappelé-je d'un ton léger. Fin de la discussion.

— D'accord.

— Tu es prête à bouger ton petit cul sexy ?

Brooke pousse un soupir exagéré avant de laisser échapper un léger rire.

— Pas vraiment. Je préfère rester ici avec toi, dit-elle alors que ses yeux s'enflamment. De préférence nue.

Je lui fais un clin d'œil.

— Si tu joues bien tes cartes, c'est exactement ce qui se passera après.

Mon regard se pose sur ses longues et fines jambes.

— Et si c'est moi qui joue bien mes cartes, tu garderas tes bottes.

Ses yeux s'écarquillent, pétillant de désir.

— Ohhh... c'est coquin. Ça me plaît.

— Crois-moi, je vais m'en assurer.

Puis je saisis ses doigts et la tire hors de l'appartement. Il est évident, à la façon dont elle traîne les pieds, qu'elle ne veut pas y aller. J'espère qu'elle se sentira un peu mieux avec moi à ses côtés. En parlant de ça...

— Tu as dit que tu emmenais un ami, n'est-ce pas ?

La culpabilité se peint sur son visage alors qu'elle ferme la porte de l'appartement à clé.

— Euhhh, je voulais...

— Donc non, dis-je à sa place.

— Ne t'inquiète pas. Ça ne posera pas problème, dit-elle avant de s'éclaircir la gorge et d'ajouter : dans le cas contraire, on s'en ira. C'est simple.

Je souffle et secoue la tête tandis que nous nous dirigeons vers l'ascenseur et descendons jusqu'au hall avant de sortir dans le froid. Je l'entoure de mon bras et l'entraîne vers ma Mustang, garée sur le parking près de l'entrée. Une fois à l'intérieur, je tourne la clé et le moteur démarre en trombe. J'entremêle ses doigts aux miens et les serre doucement avant de sortir du parking. Le restaurant où nous avons rendez-vous se trouve à environ vingt minutes en voiture de son immeuble.

Brooke me parle de sa journée et de l'enseignement qu'elle suit. Même si elle ne s'est pas présentée à son cours de 9 heures. Croyez-moi, je m'en suis assuré. Je l'aurais kidnappée au lit toute la journée si j'avais pu. Mais j'avais des cours et des entraînements que je ne pouvais pas manquer.

Il ne m'échappe pas qu'à une époque pas si lointaine, elle traînait dans mon appartement et faisait exactement la même chose avec Andrew. Parce que j'adorais la punir et que je ne pouvais pas m'en empêcher, je m'asseyais sur une chaise et faisais semblant de ne pas lui prêter la moindre attention, alors qu'en réalité je buvais chacun de ses mots. Parfois, je lançais un commentaire acerbe et je voyais la blessure s'épanouir sur son visage avant de se cacher derrière un masque d'indifférence stoïque.

Le seul moyen de la tenir à distance était de me comporter comme un connard avec elle, et je détestais ça. Je suis soulagé de constater que la façade n'est plus nécessaire. Maintenant, c'est moi qui suis assis à côté d'elle et qui lui raconte ma journée. Le son de sa voix est une douce musique à mes oreilles. Mes doigts se resserrent autour des siens, plus délicats. Si j'arrive à mes fins, je ne la lâcherai jamais.

Peut-être que certains hommes freineraient et voudraient ralentir leur course, mais cela ne m'intéresse pas. J'ai passé beaucoup trop de temps à fantasmer sur cette fille et à désirer chaque partie d'elle. Maintenant qu'elle est à moi, je veux m'y agripper à deux mains et profiter du voyage.

Malgré quelques points à régler, je suis sûr que nous y parviendrons. Il faut juste que je trouve le bon moment pour le lui dire.

J'actionne le clignotant et entre dans le parking bondé avant de me garer sur une place et de couper le moteur. Je me tourne vers elle alors qu'elle passe ses deux paumes sur le devant de sa jupe courte avant de la lisser, les doigts crispés. Je connais suffisamment Brooke pour me rendre compte qu'une tempête de nervosité vient de naître en elle.

— Tout ira bien, je te le promets.

Je glisse la main dans sa nuque et la tire vers moi, lui mordillant la lèvre inférieure avant que ma bouche ne s'appuie plus fermement sur la sienne. Elle s'ouvre presque immédiatement. Ma langue la frôle et ses muscles se relâchent tandis qu'elle s'abandonne à la caresse.

J'aimerais l'embrasser toute la nuit.

J'emmerde ses parents. Ils peuvent manger tout seuls.

Ce n'est que lorsque ses mains se posent sur mon torse que je m'écarte. Ses yeux s'emplissent d'une lumière trouble.

— Euhhh, est-ce qu'on doit vraiment y aller ?

Un rire douloureux s'échappe de moi.

— J'aimerais vraiment que ce ne soit pas le cas, mais oui.

Ses dents s'enfoncent dans sa lèvre inférieure avant qu'elle ne détache son regard et fixe des yeux le restaurant qui se profile devant nous. Le brouillard sexuel met quelque temps à se dissiper avant qu'elle ne hoche la tête à contrecœur.

— Alors, on ferait mieux d'y aller avant que je change d'avis.

— Tu ne vas peut-être pas le croire, mais en réalité, je suis doué avec les parents.

Elle pousse une expiration régulière, en émettant un son qui ressemble étrangement à un rire.

— C'est vrai ? Eh bien, j'ai hâte de voir combien tu peux être à l'aise.

— Oh, bébé, dis-je en souriant. Tu l'as déjà vu et tu n'as pas eu à te plaindre.

Elle grogne avant de m'adresser un vrai sourire. Mes commentaires ont précisément le but escompté, à savoir détendre l'atmosphère.

Nous sortons du véhicule puis passons devant le capot élégant. Les mains jointes, nous nous dirigeons vers l'entrée. Je lui ouvre la porte avant de la suivre à l'intérieur. Mon regard se pose inconsciemment sur son postérieur qui oscille de droite à gauche. Punaise, elle a vraiment le plus beau des culs. J'adore palper ses fesses rebondies quand je la dévore.

Lorsque nous arrivons au comptoir des hôtesses, Brooke donne à la femme plus âgée les noms de ses parents et nous sommes immédiatement conduits à une table dans la salle à manger principale.

— Voici votre table, dit la femme en désignant une table de quatre personnes. Prévenez-moi si vous avez besoin de quoi que ce soit.

Elaine lève les yeux du poudrier qu'elle scrutait avant de cligner des yeux lorsque son regard se pose d'abord sur sa fille, puis sur moi. Elle fronce légèrement les sourcils avant de refermer l'étui doré et de le glisser dans son sac à main.

Sans se laisser déconcerter par sa réaction, Brooke se penche vers sa mère et fait mine de l'embrasser sur les joues sans la toucher. L'attention de cette dernière reste rivée sur moi.

Le beau-père de Brooke se lève et dépose un vrai baiser sur sa joue avant de la serrer dans ses bras. C'est un homme grand et plus costaud. Grand et large d'épaules. Je pense qu'il serait à l'aise avec un chapeau de cow-boy hors de prix et des santiags à cinq mille dollars. Tout en m'adressant un sourire enjoué, il me tend la main pour que je la serre.

— Garret Bollinger et voici ma femme, Elaine.

Les lèvres de sa femme se soulèvent légèrement. Elle n'a pas l'air très contente de ma présence. Mais malheureusement pour elle, elle est loin de se douter que je ne suis pas près de m'en aller.

— Crosby Rhodes. Nous nous sommes rencontrés à la collecte de fonds ce week-end.

Il me fait un signe du doigt alors qu'il me reconnaît.

— C'est vrai. Je m'en souviens, dit-il en agitant ce même doigt épais entre nous. Vous étudiez tous les deux à Western University, c'est ça ?

Brooke s'éclaircit la gorge et saute sur l'occasion pour répondre à la question.

— Oui, c'est ça, dit-elle avant de me fixer un instant. On vient à peine de se mettre ensemble.

Il sourit comme si c'était une bonne nouvelle.

— Eh bien, c'est...

— Inconvenant, réplique Elaine en fronçant les sourcils.

Ou plus ou moins. Elle lance un regard noir à sa fille.

— J'aurais vraiment aimé que tu me dises que tu avais l'intention d'amener un... (Son regard se porte sur moi.) *ami.*

Brooke se redresse.

— C'est important ?

— En fait, oui. Nous avons invité une personne à se joindre à nous ce soir. Ce qui va rendre la situation délicate.

— Qui ?

Les yeux de Brooke deviennent glacés.

Elaine n'a même pas le temps de répondre que l'hôtesse arrive avec une autre personne. Lorsque mon regard se pose sur celui d'Andrew, son sourire s'efface complètement.

Il fronce les sourcils et s'arrête à un mètre de la table.

— Crosby ? Qu'est-ce que tu fais là ?

Lorsque je passe un bras autour de Brooke et la tire à mes côtés, il écarquille les yeux avant de les plisser. Même si ce n'est pas comme ça que je voulais qu'il l'apprenne, c'est le cas, et je ne peux rien y faire.

— Attends une minute, dit-il alors que son regard sévère rebondit entre nous, vous êtes ensemble ?

Un silence gênant s'installe autour de la table et je me racle la gorge.

— Oui, je suis désolé. J'aurais dû te le dire plus tôt.

Une autre onde de choc s'abat sur ses traits et sa bouche s'entrouvre. Il passe une main dans ses courts cheveux blonds avant de secouer la tête.

— Alors, quand je t'ai demandé l'autre jour si tu te tapais quelqu'un, tu parlais en fait de mon ex-copine ?

Une vive vague de chaleur me monte aux joues. Non que je sois gêné ou ressente de la honte, mais plutôt parce que je ne veux pas que ses parents connaissent les détails intimes de notre relation. Ce ne sont pas leurs affaires, tout comme ce ne sont pas les siennes.

— Oui.

Il serre les dents et ses mains se raidissent le long de son corps.

— Comment tu as pu toucher à ma copine ?

Brooke redresse les épaules.

— Je ne suis pas ta copine et ce n'est plus le cas depuis que j'ai rompu avec toi.

Un muscle crispe sa mâchoire tandis qu'Elaine se lève d'un bond et se glisse autour de la table avant de passer un bras autour de la taille d'Andrew.

— Je suis vraiment désolée, dit-elle en lui tapotant la poitrine. Apparemment, ma fille n'a pas encore appris que nous faisons tous des erreurs et qu'il faut savoir les pardonner.

— On en a déjà discuté maman. Il ne m'a pas trompée qu'une seule fois. Mais tout le temps où nous étions ensemble.

Un regard blessé traverse le visage d'Andrew qui se concentre sur Elaine.

— Je ne me rendais pas compte de la chance que j'avais de l'avoir avant qu'elle parte. Tout ce que je veux, c'est qu'elle m'accorde une nouvelle chance de lui prouver combien je l'aime.

— Je sais, mon chéri, dit-elle en roucoulant avant de lancer un regard à Brooke. J'ai invité Andrew ici ce soir pour vous aider tous les deux à régler vos problèmes et à vous remettre sur la bonne voie. Je ne savais pas que tu allais inviter quelqu'un d'autre, poursuit-elle en secouant la tête. Tu aurais vraiment dû m'en informer.

— Et tu aurais dû m'accorder la même courtoisie au lieu de me tendre une embuscade. Je t'ai dit à plusieurs reprises que je n'avais pas l'intention de me remettre avec Andrew, réplique-t-elle en portant un regard froid sur son ex. La confiance entre nous a été rompue, et c'est de ta faute. Que tu veuilles en prendre la responsabilité ou non ! Il est impossible de revenir en arrière et de réécrire le passé. La seule option est d'aller de l'avant. Et ce sera sans toi.

Les lèvres de sa mère s'aplatissent en une fine ligne à peine perceptible.

— Il est peut-être temps de dire au revoir à ton ami pour que nous puissions tous les quatre nous asseoir et prendre un bon repas. Je suis sûre que Crosby et toi pourrez vous revoir plus tard à la fac. Un peu de temps seul vous ferait du bien à tous les deux.

Garret se racle la gorge.

— Chérie, je ne pense pas que ce soit…

Elle lui lance un regard froid.

— C'est une excellente idée.

— Non, grogne Brooke, pas du tout.

Cette femme est complètement folle si elle imagine que je vais m'en aller et laisser sa fille seule avec eux. Garret a l'air d'un type bien, mais il ne m'échappe pas que jusqu'à présent, il est resté silencieux et a laissé Elaine mener la conversation.

Avant que la discussion n'ait le temps de s'envenimer, Brooke se tourne vers moi.

— On y va.

Nous n'avons même pas eu le temps de nous asseoir, que ce dîner a déjà implosé. Je l'entoure d'un bras protecteur et nous passons devant Andrew. Nos regards se croisent lorsqu'il heurte mon épaule.

— On n'en a pas fini, toi et moi, grogne-t-il de façon à ce que moi seul puisse l'entendre.

En effet.

CHAPITRE 34

BROOKE

Je suis tellement en colère. Je n'arrive pas à croire que ma mère ait eu l'audace d'inviter mon ex sans m'en parler.

Mais qu'est-ce que je raconte ?

Bien sûr que je le peux. Elle me harcèle depuis ma rupture pour que je donne une autre chance à Andrew. Honnêtement, j'aurais dû m'attendre à ce qu'elle essaie de nous réunir à un moment ou à un autre.

— Hé, m'interpelle Crosby en me serrant les doigts et en jetant un regard inquiet dans ma direction. Ça va ?

Mon autre main se porte à mes lèvres et je secoue la tête.

— Je ne crois pas.

— C'était... dit-il alors que sa voix s'éteint avant qu'il ne s'éclaircisse la gorge. Quelque chose.

Le rire jaillit du plus profond de ma poitrine.

— Oui, c'est vrai.

— Si tu cherches un côté positif, il est peu probable que ta mère recommence.

Je l'espère.

— C'est ça, répliqué-je alors qu'un silence pesant s'installe entre nous avant que je n'ajoute doucement : mais maintenant, tu vas devoir régler la situation avec Andrew. Je ne pense pas que c'était la façon dont tu voulais qu'il l'apprenne.

Un muscle de sa joue se crispe et sa mâchoire se resserre.

— Non, c'est sûr, mais je vais faire avec.

Devant son mutisme, je continue :

— Je sais que vous êtes amis depuis longtemps. Je n'ai jamais eu l'intention de me mettre entre vous deux, dis-je avant de m'interrompre.

Même si c'est douloureux, j'articule péniblement la suite :

— Si c'est devenu trop compliqué, on…

— Ne t'avise pas de le dire.

Il plisse les yeux et plonge son regard dans le mien l'espace d'une seconde avant de se concentrer de nouveau sur la route sombre qui s'étend au-delà du pare-brise.

J'avale le morceau de sciure qui s'est installé au milieu de ma gorge. Je m'efforce de garder un ton léger.

— Je veux juste que tu saches que je ne t'en voudrais pas.

— Vraiment ? Parce que je serais furieux si tu mettais fin à tout ça à cause d'Andrew, dit-il alors que la profondeur de sa voix et la morsure de ses mots me font vaciller.

— Je ne veux pas détruire votre amitié.

En silence, il entre dans le parking de mon immeuble avant de se garer et de couper le moteur. Ce n'est qu'à ce moment-là qu'il pivote sur lui-même et m'emprisonne de son regard indigné.

— Tu ne comprends pas ? demande-t-il alors que ses yeux sombres me scrutent, creusant sous la surface pour atteindre l'émotion qui couve en dessous. Andrew a eu sa chance et l'a gâchée. Il doit l'accepter et vivre avec. Mais je ne le laisserai pas ruiner notre histoire.

Ses mots me laissent pantoise. Je ne comprends pas comment Crosby peut me préférer à quelqu'un avec qui il est si proche.

Je passe ma langue sur mes lèvres pour les humecter.

— Mais vous êtes amis depuis si longtemps. Vous êtes coéquipiers, ajouté-je bêtement.

— Tu as raison, c'est vrai. Et on joue au ballon ensemble depuis des années. Je sais aussi que je n'ai pas besoin de te préciser qu'Andrew peut être un connard égoïste. Même si je l'aime beaucoup, je n'ai pas envie de renoncer à quelque chose que je veux depuis aussi longtemps. S'il n'est pas capable de comprendre ça, qu'il aille se faire foutre. Pas une seule fois, je ne me suis impliqué dans votre relation. En fait, j'ai tout fait pour garder mes distances. Même après votre rupture, j'ai dû me battre pour rester à l'écart.

Il se rapproche jusqu'à ce que le monde rétrécisse autour de nous et que je ne voie plus que lui.

— Mais tu es à moi maintenant, et je refuse de te laisser partir. Tu comprends ça ?

Tout ce qu'il vient de déclarer se bouscule vicieusement dans mon cerveau. Mes dents s'écrasent sur ma lèvre inférieure et j'acquiesce.

— Je ne veux pas que tu m'en veuilles si Andrew n'arrive pas à accepter qu'on sorte ensemble.

Et je pense qu'il ne l'acceptera pas. Mon ex est incapable de voir au-delà de ses propres désirs et besoins. J'aurais aimé ne pas mettre autant de temps à découvrir ce défaut de caractère. Surtout quand il était sous mon nez pendant tout ce temps.

— Crois-moi, ça n'arrivera pas.

— Comment tu peux en être aussi sûr ? insisté-je, incapable de croire que je puisse compter autant pour lui.

Il me rapproche jusqu'à ce que sa bouche se pose sur la mienne. La caresse de son piercing me fait fléchir les genoux. Quelque part dans les recoins de mon cerveau, je réalise que c'est la dernière chose sur laquelle je devrais me concentrer.

— Parce que j'ai attendu trop longtemps pour que ça arrive, murmure-t-il. Et peut-être que tu oublies que c'est moi qui t'ai couru après. Maintenant, rentrons.

Un sourire se dessine sur mes lèvres alors qu'une autre idée me vient à l'esprit.

— Je crois qu'on n'a plus besoin de se cacher. Tout est révélé au grand jour. Plus de secrets.

La culpabilité se lit dans ses yeux sombres avant de disparaître.

Elle est là et s'évanouit avant que je puisse interpréter ce qu'elle signifie.

— Tu as raison, dit-il doucement, plus de secrets.

Le soulagement m'envahit. Je n'ai jamais été fan de toutes ces cachotteries. J'espère que Crosby a raison et qu'à un moment donné, Andrew se remettra de notre rupture et passera à autre chose. Il a beau insister sur le fait qu'il m'aime, je sais que ce n'est pas le cas.

Nous sortons de la Mustang et nous nous retrouvons sur le trottoir. Mains jointes, nous marchons jusqu'à l'entrée avant de pénétrer dans le hall et d'attendre l'ascenseur. Il me tire contre lui avant de poser sa bouche sur la mienne. Ce n'est que lorsque les portes s'ouvrent que nous nous séparons et entrons. Quelques filles se joignent à nous à la dernière minute.

Si j'avais besoin qu'on me rappelle qu'il n'a rien à voir avec mon ex, tout ce qu'il a fait et dit ce soir m'a confortée dans cette idée. Il me fait passer en premier. Il ne semble pas remarquer les femmes qui réclament manifestement son attention. Même si je me tenais à ses côtés, Andrew serait déjà en train de leur rendre leurs regards charmeurs et de les encourager.

Crosby est bien différent.

Une fois les portes ouvertes, nous sortons de la cabine. Avant que nous puissions nous engager dans le couloir étroit, je passe mes bras autour de son cou et l'attire contre moi afin de poser ma bouche sur la sienne. Le murmure des voix féminines s'élève et atteint mes oreilles alors que les portes se referment, les emprisonnant à l'intérieur.

Je perds toute notion de temps et d'espace tandis que le baiser s'intensifie et se prolonge.

De longues secondes torrides s'écoulent tandis que mon corps vibre de désir.

Il recule pour grogner :

— Si tu ne veux pas que je te prenne dans le couloir, tu ferais mieux d'arrêter.

Je fixe le mur du regard avant de le reporter sur lui.

— Ça pourrait être intéressant.

Un grondement sourd émane de sa poitrine tandis qu'il me prend dans ses bras et se dirige vers l'appartement. Je sors la clé de mon sac à main avant de la lui tendre. Il enfonce le métal fin dans la serrure et ouvre la porte avec une telle force qu'elle ricoche sur le butoir. Alors qu'il me tient toujours dans ses bras, il referme la porte d'un coup de pied et avance vers ma chambre. Ce n'est qu'en entendant le son de la télévision que je me rends compte que Sasha est à la maison. Je jette un coup d'œil vers le salon où je la vois, ainsi qu'Easton, en train de nous regarder avec des yeux écarquillés.

Aucun d'entre eux ne dit un mot.

Crosby s'arrête et me serre contre sa poitrine, comme s'ils allaient essayer de me libérer.

— On est ensemble maintenant. Va falloir vous habituer.

Un sourire complice se dessine sur le visage d'Easton.

— Il était temps, mec.

Le garçon qui me tient contre lui secoue la tête en signe de reconnaissance avant de prendre la direction de ma chambre, où il claque la porte derrière nous.

— Demain matin, tout le monde sera au courant, dis-je à la légère.

— Oui, c'est le but.

Ses bras se desserrent jusqu'à ce que je puisse glisser le long de ses muscles et que mes pieds touchent le sol. Il vibre d'impatience lorsque ses doigts atteignent l'ourlet de mon pull. Il le fait couler le long de mon corps et par-dessus ma tête avant de le jeter sur la moquette.

— Tu portes beaucoup trop de vêtements, déclare-t-il avant de marquer une pause pendant qu'il détache la jupe en daim. Mais les bottes peuvent rester.

CHAPITRE 35

CROSBY

Je m'arrête devant la porte de mon appartement avant de l'ouvrir. Même si j'ai passé la nuit avec Brooke, en espérant que cela laisserait à Andrew le temps de dissiper le choc, je sais qu'il sera furieux. Nous sommes amis depuis trop longtemps pour que je n'anticipe pas sa réaction. Si je devais deviner, je dirais qu'il s'est sûrement retrouvé chez une fille avec qui il a couché, tout en se plaignant que je lui ai volé sa petite amie sous son nez.

Mes muscles se tendent lorsque je franchis le seuil et jette un coup d'œil à l'appartement silencieux. Le seul signe de sa venue récente est une demi-douzaine de bouteilles de bière vides éparpillées sur la table basse.

Le soulagement s'échappe de mes poumons tandis que mes muscles se relâchent. Ce n'est peut-être qu'un petit sursis, mais je l'accepte. Avec un peu de chance, il se calmera avant qu'on discute. Il faut qu'il se mette dans la tête que Brooke ne se réconciliera jamais avec lui. Ce bateau a coulé il y a des mois.

Je jette mon sac sur le canapé et me dirige vers la salle de bains pour prendre une douche rapide. J'ai cours dans une heure et je ne peux pas me permettre de le rater. Je ne plaisantais pas quand j'ai dit que ces cours d'ingénierie me donnaient du fil à retordre. Parfois, j'ai l'impression que ma tête va exploser.

Dix minutes plus tard, j'enroule une serviette bleu marine autour de ma taille et je m'engage dans le couloir. Je m'arrête lorsque la porte de l'appartement s'ouvre et qu'Andrew entre à grands pas avant de la refermer en la claquant. Il s'immobilise en titubant quand nos regards se croisent.

Il suffit d'un regard pour confirmer qu'il s'est défoncé hier soir. Ses cheveux sont en désordre, dressés dans tous les sens et ses yeux sont injectés de sang. Il s'approche de la petite table de la salle à manger et s'appuie sur le dossier d'une chaise avant de croiser les bras sur sa poitrine. S'il pense que cette attitude agressive m'intimide, il se trompe lourdement.

Les pieds légèrement écartés, je resserre la serviette autour de ma taille. Je regrette qu'il ne soit pas arrivé cinq minutes plus tard, une fois que je serais habillé.

Je lève le menton dans sa direction.

— Salut.

Il souffle, les yeux brillant de colère.

— Sérieusement, connard ? C'est tout ce que tu as à me dire ? *Salut ?*

Il est vrai que c'est un peu insuffisant, même pour moi.

— Qu'est-ce que tu veux que je te dise ?

— Oh, je ne sais pas… dit-il en penchant la tête. Que la situation n'est pas ce qu'elle semble être et que tu n'es pas en train de baiser mon ex, poursuit-il avant de marquer une pause. Celle-là même que j'ai essayé de convaincre, pendant des mois, de se remettre en couple avec moi. Ce serait un excellent point de départ.

Incapable de lui dire ce qu'il souhaite entendre, je glisse une main dans mes cheveux.

— Je suis désolé.

Un muscle palpite sur sa joue et il serre la mâchoire. Sa voix se réduit à un grognement.

— Je croyais que tu la détestais, hein ? Qu'est-ce qui s'est passé ?

— Je n'ai jamais ressenti ça, murmuré-je.

Ce n'est qu'à ce moment-là que je me rends compte que je lui mens depuis bien plus longtemps que je ne le pensais.

— Oui, dit-il avec un aboiement d'incrédulité, je commence à le comprendre.

Je m'agite sur place, mal à l'aise sous son regard intense. Nous savons tous les deux que rien de ce que je dirai n'arrangera les choses, mais cela ne m'empêche pas de lancer un simple :

— Je n'ai jamais voulu que ça arrive. Mais c'est arrivé, c'est tout.

Il hausse un sourcil et continue de me fixer.

— Ah oui, je déteste vraiment quand ce genre d'accident arrive. Tu te promènes dans la rue, tranquille, dans ton coin et d'un coup, ta queue atterrit dans une nana.

Une vague brûlante monte à mes joues.

— Ça ne s'est pas passé comme ça.

Il lève les mains en l'air.

— Alors, explique-moi, mon frère. Explique-moi comment tu as commencé à baiser mon ex dans mon dos. Et tu n'as même pas eu le courage de me prévenir. J'ai dû le découvrir devant sa famille. Est-ce que tu te rends compte que ça craint vraiment ?

J'ai tellement envie de riposter et de lui faire porter le chapeau. S'il n'avait pas pris mon téléphone cette nuit-là et ne l'avait pas appelée, rien de tout cela ne serait arrivé. Je serais encore en train de l'embêter chaque fois que j'en ai l'occasion, en prétendant la détester.

Mais alors je n'aurais pas Brooke.

Elle ne m'appartiendrait pas.

Et jamais je ne regretterai ça.

— Désolé, dis-je encore.

Il arque un sourcil.

— C'est tout ? Tout ce que j'obtiens, c'est une putain d'excuse de merde ?

Je secoue les épaules.

— Qu'est-ce que tu veux que je dise ? Que j'ai toujours eu des sentiments pour Brooke ? D'accord, je l'admets. Même avant que tu ne te mettes à sortir avec elle, je la trouvais cool. Mais ce n'était pas une groupie et elle ne traînait pas avec les joueurs de football. Ça se voyait très bien qu'elle cherchait une vraie relation, alors je n'ai pas cherché à en savoir plus. Et puis tu l'as invitée et tu as commencé à sortir avec elle. Agir en connard semblait être le meilleur moyen de s'assurer qu'elle garde ses distances. C'était plus facile de gérer la situation quand elle me détestait.

Un mélange de choc et de colère s'allume dans ses yeux tandis qu'il s'éloigne de la chaise et se rapproche à grands pas. Il s'arrête net lorsque nous ne sommes plus qu'à quelques mètres l'un de l'autre. Incertain de ce qu'il va faire, je resserre la serviette autour de ma taille.

Lorsqu'il pointe un doigt dans ma direction, je me prépare au contact. Je n'ai vraiment pas envie qu'une altercation physique éclate avec lui, mais je ne vais pas non plus rester là à le laisser me frapper.

Même si je le mérite.

— C'est incroyable, putain. On est amis depuis l'école primaire, et tu me voles ma copine ?

— Elle n'est plus ta copine depuis six mois.

Un grognement monte du plus profond de son être et il fonce sur moi, plaquant ses mains contre ma poitrine. La force du geste me fait reculer d'un pas avant que je ne parvienne à me stabiliser.

— Va te faire foutre ! Tu savais combien je l'aimais.

— Je comprends que tu sois énervé, mais ne me raconte pas d'histoires. Comment tu pouvais l'aimer si tu la trompais chaque fois que tu en avais l'occasion ?

Ce n'est peut-être pas ce qu'il a envie d'entendre, mais c'est la vérité, et j'en ai assez de prendre des pincettes.

Il pince les lèvres et ricane.

— Pour qui tu te prends, pour jouer les saintes nitouches ? Tu ne vaux pas mieux que moi. Comme si tu n'avais pas fait la même chose, à baiser toutes les filles qui écartaient les jambes pour toi ?

— Je ne me considère pas du tout mieux que toi. Ce que je veux dire, c'est que si tu t'étais soucié de Brooke, tu n'aurais pas mis votre relation en danger.

— Tu préfères choisir une salope plutôt que moi, alors vas-y. Notre amitié est finie.

Avant que je ne puisse tenter de le ramener à la raison, il s'éloigne, se dirige vers sa chambre et en claque la porte. Elle s'ébranle sur ses gonds avant qu'un silence inconfortable ne s'installe autour de moi.

Je n'ai pas forcément envie de laisser notre amitié brisée ainsi, mais je ne pense pas qu'il soit utile d'essayer de le raisonner. Du moins, pas maintenant. Andrew doit se calmer. Même si, après cette conversation, je ne suis pas sûr qu'il se rallie un jour à mon point de vue.

Je savais que c'était une possibilité quand j'ai décidé d'aller plus loin avec Brooke. Même si je déteste voir mon amitié avec Andrew voler en éclats, je ne regrette pas mon histoire avec elle.

Pas une seule seconde.

CHAPITRE 36

BROOKE

Mes paupières s'ouvrent et je me découvre allongée sur le torse de Crosby. Depuis la dispute avec Andrew, il dort chez moi. Je ne peux pas dire que ça me déplaît. Si c'est à ça que ressemble ma nouvelle vie, je pourrais facilement m'y habituer.

Hier soir, nous avons fait l'amour deux fois avant de nous endormir dans les bras l'un de l'autre.

La première fois, c'était frénétique. Nous avons déchiré nos vêtements avec des mains avides avant de nous jeter sur le matelas. Rien ne vaut la sensation de son corps dur étendu sur le mien, me clouant sur place. Un rapide coup de bassin, et il était profondément enfoui en moi, nous précipitant tous les deux vers un orgasme qui assouvissait le désir qui pompait sauvagement dans nos veines respectives. Même si ça n'a duré que cinq minutes, nous respirions tous les deux à pleins poumons et nous riions lorsqu'il s'est retourné sur le dos.

La deuxième fois n'avait rien à voir. L'acte s'est déroulé de façon délibérée. Des mouvements de hanches doux, tout en soutenant le regard de l'autre avant de sauter dans le précipice. Je sentais le lien entre nous se renforcer. Se fondre en quelque chose de plus grand.

En ce moment, je ne me verrais nulle part ailleurs. Ni avec quelqu'un d'autre. Je sais qu'il est encore tôt, mais je suis heureuse. Plus heureuse que je ne l'aie jamais été avec un autre homme.

Je lève la tête de son torse et laisse mon regard parcourir son visage. Il a les yeux fermés et des cils foncés caressent ses joues. Il a un profil fort, un nez droit et des lèvres pulpeuses. Des lèvres qu'on a envie d'embrasser. Son menton et ses joues sont couverts d'un peu de barbe.

Sans parler de ce piercing…

Le désir glisse à travers moi comme du miel chaud avant de s'installer entre mes jambes tandis que sa poitrine se soulève et s'abaisse à chaque inspiration régulière. Je n'aurais aucun mal à rester là, blottie contre lui, à le regarder avec fascination pendant des heures.

Tout en prenant soin de ne pas le réveiller, je me penche sur la table de chevet pour y attraper mon téléphone. Même si je n'ai pas beaucoup dormi la nuit dernière, je suis bien réveillée. Je fais défiler mes e-mails, Snapchat et Insta jusqu'à ce qu'il émerge enfin.

Il lui faut quelques secondes avant que ses cils se soulèvent alors qu'il étire son corps puissant à côté de moi. Le drap glisse le long de son abdomen tandis que ses muscles ondulent sous l'effet du mouvement. Il n'en faut pas plus pour que ma bouche devienne sèche et que j'oublie toutes les pensées qui m'habitent.

— Bonjour, murmure-t-il.

Sa voix est grave et rauque. Elle fait vibrer quelque chose au plus profond de moi, et mon ventre se creuse en réponse. C'est fou de le désirer à nouveau si vite alors que nous avons fait l'amour hier soir. Il suffit qu'il jette un coup d'œil dans ma direction pour que je me transforme en une flaque de désir.

Incapable de résister à l'attrait de ses lèvres, je me penche vers lui et l'embrasse. Ma langue s'élance pour aspirer doucement l'anneau argenté dans ma bouche avant de murmurer :

— Bonjour, beau gosse.

Il sourit et un petit rire s'échappe de lui.

— Quelle heure est-il ?

— 7 heures. Il n'y a pas d'urgence, tu n'as pas besoin de te lever avant un moment.

Je connais même son emploi du temps. C'est triste, non ?

Ne répondez pas à cette question.

— Cool. Je suis fatigué.

Lorsqu'il roule sur le côté pour me faire face, je pose le téléphone et glisse mes doigts dans les mèches douces de ses cheveux.

Les yeux à peine entrouverts, il tend la main et passe son pouce sur la courbe de ma joue.

— Je me disais qu'on pourrait aller au restau ce soir.

Une nouvelle bouffée de bonheur explose en moi. C'est étrange de se dire que nous n'avons plus besoin de cacher notre relation. Nous pouvons sortir dîner, aller au cinéma ou nous promener sur le campus en nous tenant la main. Les gens qui nous voient n'ont plus d'importance. Il y aura peut-être des retombées lorsque les amis d'Andrew et quelques-uns de ses coéquipiers plus proches découvriront ce qui se passe, mais nous y ferons face comme nous avons fait face à tous les autres obstacles qui se sont dressés sur notre chemin.

— Ça me va.

— Tu aimes *Taco Loco* ?

— J'adore. C'est l'un de mes préférés.

— Moi aussi, dit-il en souriant. Tu vois, on est parfaits l'un pour l'autre. Un couple parfait pour des tacos parfaits.

Il pourrait avoir raison sur ce point. J'adore mes tacos.

Tandis que nous nous regardons, un sentiment de satisfaction m'envahit. Après un long moment, ses paupières se ferment.

— Tu m'as épuisé hier soir, bébé, murmure-t-il.

Oh, j'aime la façon dont sonne cette phrase. Je vais peut-être l'imprimer sur un tee-shirt.

Alors que j'attrape mon téléphone, je me rends compte que je n'ai toujours pas le numéro de Crosby. Il faut y remédier. Je ne peux pas être en couple sans pouvoir l'appeler ou lui envoyer des messages. Mon portable en main, je touche l'écran et ouvre l'application. Il roule sur le dos avant de poser un bras musclé sur ses yeux.

— C'est quoi ton numéro ?

Avec un bâillement, il énumère une série de chiffres que je tape rapidement. Puis ma conversation avec Chris s'affiche.

Je fronce les sourcils et plisse le front. Je ne lui ai pas parlé ni envoyé de SMS depuis le lendemain de la collecte de fonds où j'ai mis fin à notre relation.

— C'est quoi ce bordel ? marmonné-je, plus pour moi que pour lui.

Au lieu de demander à Crosby de répéter le numéro, je tape un mot.

Salut.

Mon doigt plane sur le bouton d'envoi et les muscles de mon ventre se contractent tandis que je me force à appuyer dessus. Je ne sais pas du tout pourquoi les battements de mon cœur s'accélèrent et claquent douloureusement contre ma cage thoracique. Une seconde s'écoule, puis une autre dans le calme de la pièce.

Au moment où mes muscles se relâchent et où le soulagement vient combler le vide, un léger tintement se fait entendre quelque part à proximité du jogging de Crosby, posé sur le sol.

Mes lèvres s'arrondissent sous le choc tandis que la chair de poule se hérisse le long de mes bras et de mes jambes.

Non.

C'est sûrement une coïncidence étrange, pas vrai ?

Il ne pouvait pas me donner son numéro, parce que cela signifierait...

Mon cerveau se dérobe devant les implications de cette pensée.

Je jette un coup d'œil à Crosby. Sa respiration est redevenue profonde et régulière. Mes dents s'écrasent sur ma lèvre inférieure tandis que je tape un autre message, les doigts tremblants. Les légères vagues de nausée qui parcourent mon ventre viennent de prendre de l'ampleur. Le goût acide de la bile monte dans ma gorge, menaçant d'exploser.

Mais qui est-il ?

J'appuie à nouveau sur « envoyer » et j'adresse silencieusement une prière pour que ces deux garçons ne soient pas une seule et même personne.

Un nouveau ding résonne, annonçant un nouveau message.

Ce n'est pas possible.

Je rabats les couvertures et me lève du lit avant de trébucher vers sa pile de vêtements désordonnée. Hier soir, nous étions tellement pressés de nous mettre nus. Tout ce que je voulais, c'était le sentir s'enfoncer dans mon corps.

Cette pensée fait frémir tout mon être.

Je ne dois pas penser à ça pour l'instant. Je ne dois pas penser à la façon dont nous nous sommes regardés dans les yeux pendant tout le temps où il était en moi, nous caressant tous les deux jusqu'à l'orgasme. Le fait de réaliser qu'on m'a menti me touche au plus profond de mon être. Une fois son jogging en main, je fouille rapidement ses poches. En furetant à l'intérieur, j'enroule mes doigts autour de l'appareil fin avant de le sortir et de le regarder.

Un bref coup d'œil révèle qu'il n'a pas le moindre choc, la moindre bosse ni même de creux. Rien ne confirme qu'il est tombé ou qu'il est cassé. Dès que je touche l'écran, il s'allume. Il est donc en parfait état de marche.

Ce n'était qu'un mensonge de plus.

Les messages que je viens d'envoyer sont encore plus accablants.

C'est presque comique de voir Crosby se redresser sur le lit. Mais il n'y a rien d'humoristique dans cette situation. Comment pourrait-elle l'être quand j'ai l'impression qu'on m'arrache le cœur et que je peux à peine respirer ?

Ma mâchoire se relâche alors que je le fixe avec de grands yeux incrédules.

— Brooke, ce n'est pas ce que tu…

— Tu penses ? dis-je en posant mon regard sur le téléphone une fois de plus.

Si je n'avais pas cette preuve entre mes mains, je serais tentée de ne pas y croire.

Malgré mes efforts pour bien distinguer Chris et Crosby, toutes mes interactions avec eux s'écrasent dans ma tête. Au fur et à mesure que la chronologie se développe, l'horreur m'envahit, monte dans ma gorge, jusqu'à ce qu'elle manque de m'étouffer.

— C'est ce que tu allais dire ?

Ma voix s'intensifie à chaque mot qui jaillit de ma bouche comme des balles alors que je brandis son téléphone.

— Tu vas rester là, me regarder dans les yeux et me dire que tu n'es pas Chris ?

Il resserre ses lèvres avant de secouer la tête.

— Non, je ne peux pas.

J'aspire une bouffée d'air instable. Même si j'ai rapidement reconstitué la vérité, l'entendre la confirmer me fait l'effet d'une gifle.

Mon cerveau ralentit et je passe mentalement en revue chaque échange avec plus d'attention. Tous les secrets que j'ai confiés sans trop hésiter. La masturbation au téléphone. Crosby m'ayant pris à part pour s'excuser du jour au lendemain. Le fait d'avoir demandé à Chris de boire un café ensemble et que Crosby soit venu à sa place. Il était devant mon appartement après le dîner avec ma mère. Et comme une idiote, je l'ai invité à monter. C'était la première fois qu'on s'embrassait. Puis la conversation dans la voiture le lendemain matin. Il s'est présenté à la collecte de fonds et nous avons fait l'amour.

Tout tourbillonne dans ma tête comme une tempête. Je me sens tellement stupide à cause de la façon dont il s'est moqué de moi.

— Ce n'était pas un faux numéro, pas vrai ?

Je retiens les larmes qui menacent de couler sur mes joues.

Il rabat les couvertures et saute nu du lit, se frayant un chemin jusqu'à moi. Lorsqu'il se blottit contre moi, je me rejette en arrière et me lève pour garder une distance de sécurité entre nous. Ce n'est qu'au moment où ma main jaillit qu'il s'immobilise.

Son visage perd ses couleurs.

— Laisse-moi une chance de m'expliquer, dit-il avant de baisser la voix et de me supplier, je te promets que ce n'est pas aussi grave que ça en a l'air.

Un rire monte dans ma gorge et je secoue violemment la tête.

— Rien de ce que tu pourras dire n'arrangera les choses.

Je ressers mes doigts autour de son téléphone avant de le lui lancer à la figure.

— Rien du tout.

Le projectile le touche en pleine poitrine avant qu'il ne lève les mains et ne manipule l'appareil avec précaution. Son regard ne quitte pas une seule fois le mien alors qu'il le jette sur le lit.

— Est-ce que tout ça était une espèce de blague tordue ?

Une autre pensée me frappe de plein fouet et chasse l'air de mes poumons. C'est à peine si j'arrive à poser la question.

— Est-ce que c'était un jeu qu'Andrew et toi aviez concocté pour vous foutre de ma gueule ?

L'idée qu'ils aient comploté pour me faire du mal fait exploser la nausée au creux de mon ventre. J'ai envie d'enrouler mes bras autour de ma taille et me penche de douleur avant de me mettre en boule.

— Quoi ? demande-t-il en écarquillant les yeux. Non, bien sûr que non.

— Bien sûr que non ? répété-je, ma voix s'élevant au point de ressembler à un cri. *Bien sûr que non ?*

Il grimace.

Ma voix atteint une telle octave que je suis presque surprise que la fenêtre ne se brise pas en mille morceaux.

— Brooke.

Il humecte ses lèvres avec sa langue, tandis que sa voix se fait grave et profonde. C'est comme s'il essayait de calmer quelqu'un sur un pont menaçant de sauter.

— S'il te plaît, asseyons-nous et discutons-en.

— Quelle explication rationnelle es-tu capable de donner pour justifier ce que tu as fait ?

Devant son silence, je continue :

— Tu m'as appelée et tu t'es fait passer pour quelqu'un d'autre pour gagner ma confiance, dis-je avant de plisser les yeux. Tu crois que je t'aurais parlé de ma vie si j'avais su que j'étais en train d'envoyer des messages et d'échanger avec Crosby Rhodes ?

— Non.

Il passe une main dans ses cheveux déjà ébouriffés.

— Non, acquiescé-je. Je ne l'aurais pas fait. Donc comme tu t'en doutes, on s'est tout dit.

Je pointe un doigt vers la porte et tente d'empêcher ma voix de vaciller sous le coup de l'émotion qui me traverse.

— Il faut que tu t'en ailles.

Alors qu'il reste figé sur place, le regard fixé sur moi, je crie :

— Tout de suite ! Va-t'en, maintenant ! Je ne veux plus jamais te revoir.

Lorsqu'il déglutit, les muscles de sa gorge se contractent et son expression devient douloureuse.

— Je n'ai jamais cherché à te piéger.

— Et pourtant, c'est exactement ce qui s'est passé, murmuré-je durement à travers des lèvres serrées.

Ses larges épaules s'affaissent sous le poids de mon accusation.

Devant son silence, j'ajoute :

— Tu aurais pu tout avouer à tout moment, et tu ne l'as pas fait, dis-je en montrant le téléphone posé sur mon lit. Quand je t'ai demandé ton numéro la première fois, tu aurais pu me dire ce qui se passait à ce moment-là, et tu as choisi de ne pas le faire.

— J'ai essayé.

Avec un regard noir, je me dirige prudemment vers la commode. Je ne peux pas rester nue devant lui un instant de plus.

— Pas assez, répliqué-je avant de marquer une pause et d'aboyer : tu n'as pas assez essayé !

— J'avais peur...

— Que toute cette histoire ressemble à un jeu terrible destiné à m'humilier ? hurlé-je dans un rire rauque.

— Ça n'a jamais été un jeu. Je le jure.

— Je ne te crois pas.

L'attention fixée sur lui, je fais glisser le tiroir et attrape la première chose avec laquelle mes doigts entrent en contact avant de faire passer le tee-shirt par-dessus ma tête. Maintenant que mon corps est à l'abri de son regard, je ne me sens plus aussi vulnérable.

Lorsqu'il tente un pas timide dans ma direction, je serre les dents et il s'arrête net.

— S'il te plaît, donne-moi juste dix minutes, et si tu veux toujours que je parte, je le ferai. Tu n'entendras plus jamais parler de moi.

— Tu as utilisé tout ce que je t'ai dit contre moi, dis-je alors qu'un autre coup de poing de nausée me frappe en plein ventre. Tu savais exactement comment me manipuler. Bordel, je t'ai pratiquement donné un guide, étape par étape, pour me séduire.

— Ce n'était pas comme ça.

— Tu n'arrêtes pas de me le dire, et pourtant, toutes les preuves prétendent le contraire. Je t'ai dit exactement comment j'aimais être touchée et ce que j'attendais d'un homme, dis-je alors que la douleur prend vie en moi. Et c'est exactement ce que tu m'as donné.

— Brooke, murmure-t-il.

Je secoue la tête, incapable d'écouter un mensonge de plus alors que des souvenirs envahissent mon cerveau, me faisant me sentir encore plus idiote d'avoir pensé que je pouvais lui faire confiance.

— Dis-moi juste une chose…

J'entame une bataille constante pour avaler la nausée qui monte.

— N'importe quoi, dit-il, les yeux écarquillés, suppliant les miens alors qu'il se rapproche. Tout ce que tu veux savoir, je te le dirai.

— Est-ce qu'Andrew était impliqué dans cette histoire ? Est-ce qu'il savait ce que tu faisais ?

— Non, répond-il en secouant la tête avant de changer de position. Tu me crois vraiment capable d'une chose aussi malveillante ?

Des larmes chaudes me piquent les yeux.

— Après tout ce que je viens d'apprendre ? Oui.

— Si tu voulais seulement…

— Non.

Je craque. La rage qui brûle en moi est la seule chose qui maintient la douleur à distance.

— Je ne veux plus entendre de mensonges. Et tu sais quoi ? Je ne les croirais pas de toute façon.

Un mélange de culpabilité et de chagrin s'installe sur son visage.

— Très bien, je m'en vais, dit-il, le regard posé sur le mien. Sache que je n'ai jamais eu l'intention de te faire du mal.

J'ai beau vouloir le croire, j'en suis incapable.

— Va-t'en.

Au lieu de continuer à argumenter, il hoche la tête d'un coup sec. Je garde les yeux détournés pendant qu'il ramasse ses vêtements et s'empresse d'enfiler son boxer, son jogging, son tee-shirt et un sweat-shirt avant de mettre ses chaussures. Une fois habillé, il ralentit ses mouvements, et même si mon attention est soigneusement déviée, je sens la chaleur de son regard se poser à nouveau sur moi.

Le parquet craque sous son poids, et je me raidis lorsqu'il me prend par les épaules et m'attire vers lui avant de m'écraser contre les crêtes solides de son torse.

La chaleur de son souffle vient effleurer l'extérieur de mon oreille.

— Même quand je faisais semblant d'être Chris, tout ce qu'on partageait était réel. C'étaient mes pensées et mes sentiments. Je voulais que tu me connaisses. La personne enfouie au plus profond de moi. Celle que je partage avec peu de gens.

Je ferme hermétiquement les paupières pour tenter de repousser toutes les émotions qui se bousculent pour se libérer.

— J'aimerais pouvoir y croire.

— Moi aussi.

Il dépose un baiser sur ma joue avant de me serrer une dernière fois.

Puis il s'éloigne.

Il quitte ma chambre et ma vie pour toujours.

CHAPITRE 37

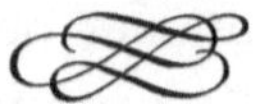

CROSBY

 on sac à dos en bandoulière, je traverse le campus. Mon regard doit être dur, car les gens qui marchent vers moi s'écartent de mon chemin. Même si cela fait quelques jours, les retombées avec Brooke sont encore douloureusement fraîches.

J'avais beau me douter qu'elle prendrait mal la vérité, cela a été mille fois pire.

Après avoir essayé d'envoyer des SMS et de l'appeler plusieurs fois, j'ai constaté qu'elle a bloqué mon numéro. J'aurais dû m'y attendre. C'est précisément ce qu'elle a fait à Andrew. Après avoir décidé qu'elle ne voulait plus entendre parler de lui, c'était terminé. Je ne peux m'empêcher de respecter sa détermination à tourner la page sur une situation merdique.

En même temps, j'aimerais qu'elle me laisse une chance de m'expliquer. Cela ne changerait pas forcément quelque chose, mais quand même...

Je n'avais peut-être pas l'intention de l'induire en erreur ou de la piéger, mais en fin de compte, c'est exactement ce qui s'est passé. J'aurais dû être franc dès le début et ne pas laisser la situation déraper autant.

Sauf que je savais comment elle réagirait et que la relation amicale que nous avions construite s'effondrerait.

Et c'est exactement ce qui s'est passé.

Je suis tellement perdu dans l'enchevêtrement de mes pensées que je n'entends pas tout de suite que l'on crie mon prénom au-dessus du brouhaha des voix. Je mets quelques instants avant de changer mon état d'esprit et de me retourner pour fouiller la foule. Je vois alors Ryder McAdams foncer à travers une marée d'étudiants. Quelques passants innocents se retrouvent poussés sur le côté. À l'expression sinistre de ses lèvres, je devine déjà que la conversation ne sera pas des plus agréables.

C'est parfait.

C'est exactement ce dont j'ai besoin.

— Hé, connard, grogne-t-il lorsque nos regards se croisent. Arrête de fuir.

Je lève les mains et lui lance un regard noir.

— J'ai l'air d'aller quelque part ?

S'il veut la bagarre, il est au bon endroit.

Tout comme Brooke qui a bloqué mon numéro, j'aurais dû m'attendre à ce que Ryder me cherche. Il n'est peut-être pas son frère, mais ils sont de la même famille, et il a toujours été protecteur envers elle. Ils en sont légèrement venus aux mains avec Andrew après leur rupture.

La rage vibre en lui en vagues épaisses et suffocantes, tandis qu'il réduit la distance qui nous sépare à grandes enjambées. Je me redresse et me prépare à l'attaque qui s'annonce. Une fois que je suis à la portée de ses coups, il heurte mon torse avec ses mains, me faisant reculer de quelques pas.

Avant que je puisse reprendre pied et me relever, il s'avance une fois de plus dans mon espace personnel, avant de me frapper, plus fort cette fois. Lorsque je garde les bras le long du corps, sans prendre la peine de me défendre, la colère étincelle dans ses yeux et un grognement sourd émane du plus profond de sa poitrine.

Il prend son élan et, une seconde plus tard, son poing heurte mon œil. Une explosion de couleurs et de douleur éclate autour de mon orbite et ma vision se brouille. J'expire en sifflant et me redresse, prêt à en découdre.

— Tu vas rester là et me laisser te botter le cul, Rhodes ?

— Oui.

C'est le plan. Comment pourrais-je me défendre alors que mes actes sont indéfendables ?

Il retire son poing avant de l'abattre sur le côté de ma mâchoire. J'ai l'impression d'être au ralenti lorsque ma tête se retrouve projetée sur le côté et qu'une nouvelle détonation d'agonie m'explose au visage. Je trébuche en arrière, déséquilibré alors que je me frotte la mâchoire. J'ai presque peur que ce coup ait fait tomber quelques dents.

— Défends-toi, putain. Je ne peux pas te tabasser si tu refuses de te défendre.

Même si le côté droit de mon visage semble en feu, pulsant tel un cœur, je secoue les épaules avant de lever les bras et de faire un geste de résignation.

— Fais ce que tu veux, McAdams. Je ne me battrai pas.

Mes mots ne font que l'énerver davantage. Avec un grondement, il m'envoie son poing dans le ventre. On a beau être préparé à ce genre de coup, il n'en reste pas moins qu'il vous coupe le souffle. Je grogne et je me mets à plat ventre alors que ma respiration se transforme en sifflement. Au moment où je me redresse, il me frappe à la lèvre.

Bordel.

Le goût métallique du sang m'inonde la bouche. Lorsque cela devient insupportable, je crache sur le trottoir.

Certains diront que le football américain est un sport brutal composé de néandertaliens. Manifestement, ils n'ont jamais jeté un coup d'œil du côté du hockey. Ces gars-là sont une bande de costauds qui vivent pour la bagarre, aussi bien sur la glace que dans les vestiaires. Il se trouve que Ryder fait partie de ceux qui aiment se battre.

Que ce soit sur la glace ou en dehors.

Il m'attrape par le devant de la chemise et me rapproche de lui. Ce n'est que maintenant que je prends conscience de la foule grandissante qui s'est rassemblée autour de nous pour regarder le spectacle. Quelques-uns ont sorti leur téléphone pour immortaliser le moment.

— Tu ferais mieux de commencer à te défendre, parce que je peux continuer comme ça toute la journée. Tu as baisé ma cousine, et maintenant je vais te bousiller. Prépare-toi à dire adieu à ta carrière de footballeur.

La menace doit lui faire plaisir, car un rictus sadique ourle ses lèvres.

— Je mérite que tu me tabasses, alors finissons-en, grogné-je.

J'ai passé les deux derniers jours à me battre mentalement. La douleur physique qui s'épanouit sur mon visage et mon corps me fait du bien. Comme une pénitence.

— J'ai cours dans vingt minutes et je ne peux pas me permettre de le manquer.

La confusion glisse sur son visage, se mêlant à la rage. Il resserre sa prise avant de jurer dans sa barbe et de me repousser. Je recule de quelques pas et lève la main pour m'essuyer la bouche. Ma lèvre est déjà gonflée. J'en retire une vilaine trace de sang.

Il fait craquer ses articulations et me tend la main.

— Tu vas me dire pourquoi tu lui as fait ça ?

Maintenant que nous ne nous battons plus – ou peut-être devrais-je dire, maintenant que Ryder n'est plus en train de me défoncer – la foule déçue se disperse.

— Elle t'a dit ce qui s'est passé ?

Il plisse les yeux et s'agite sur place. Je ne serais pas surpris qu'il décide de me donner quelques coups supplémentaires. Je connais Ryder depuis la première année. Je l'ai vu se battre une demi-douzaine de fois. Il a toujours eu un tempérament vif. Il est plutôt du genre à frapper d'abord et à poser des questions ensuite.

— Elle m'en a dit assez.

Je glisse une main dans mes cheveux.

— Je sais que la situation est tordue, mais je tiens vraiment à elle. C'est juste que...

Ma voix s'éteint, je ne sais pas comment formuler mes pensées avec des mots ayant un sens.

Devant mon silence, il hausse un sourcil dans l'attente que je fasse l'impossible et que je m'explique.

Les épaules affaissées, je secoue la tête.

— Je n'ai jamais voulu la blesser. Ça a commencé par quelques SMS avant de prendre de l'ampleur. Quand j'ai compris ce qui se passait, j'avais l'impression qu'il était trop tard pour lui dire la vérité sans la perdre.

— Oui, eh bien, c'est exactement ce que tu aurais dû faire, connard.

Je souffle et lève les mains en signe d'irritation.

— Tu crois que je ne suis pas au courant ? Si je pouvais revenir en arrière et prendre des décisions différentes, je le ferais sans hésiter. Mais ce n'est pas possible.

Son regard devient glacial.

— Tu l'as blessée, mec. Brooke est une fille adorable. Elle ne mérite pas ce que tu as fait.

Je grimace. L'entendre dire ça est plus douloureux que la raclée que je viens de recevoir.

— Je sais, et ça me tue, putain, dis-je en le fixant de mon œil intact puisque l'autre est maintenant fermé. Je n'arrête pas d'y penser.

De penser à elle.

Quoi qu'il arrive, Brooke n'est jamais très loin de mes pensées.

— Hé, qu'est-ce qui se passe ici ?

Easton se fraye un chemin entre nous avant de forcer le hockeyeur à reculer de quelques pas et de lui lancer un regard noir.

— Il y a un problème ?

Ryder déplace son regard de moi à mon coéquipier.

— Rien qui ne te concerne, Clark. Rends-toi service et reste en dehors de ça, ou je te donnerai un avant-goût de ce qu'il vient de recevoir.

Ce n'est pas une menace en l'air, et nous le savons tous les deux.

Easton hausse les sourcils et m'adresse un regard en coin, observant mon visage en compote.

— Rhodes ? Il y a un problème ?

— Non. Tout va bien.

Je laisse échapper un petit rire sans joie, tout en tenant Ryder à l'œil.

Easton acquiesce, mais ne semble pas convaincu.

Un silence gênant s'installe entre nous trois avant que le cousin de Brooke n'émette un grognement.

— Peu importe. Il faut que j'y aille, dit-il en me montrant du doigt tout en marchant à reculons. Tu ferais mieux d'espérer que je ne te croise plus ou tu auras droit à la même chose. C'est compris ?

Quand je hoche la tête, il me lance un dernier regard noir avant de se retourner et de se frayer un chemin dans la foule d'étudiants.

Easton l'observe partir, les yeux plissés, avant de me jeter un coup d'œil.

— Je déteste vraiment ce type.

Je grommelle tandis que la tension qui emplit mes muscles se dissipe peu à peu.

— Oui, mais pas parce qu'il vient de me mettre une raclée. Tu ne le supportes pas parce qu'il est sorti avec Sasha avant que vous ne vous mettiez ensemble.

— Cet enfoiré a de la chance que je ne lui ai pas aussi botté le cul… (Sa voix s'éteint, et je vois la prise de conscience défiler sur son visage avant qu'il ne pointe le mien.) C'est à cause de Brooke ?

Je soupire et acquiesce.

— Oui.

Ses sourcils se froncent tandis qu'il fixe le dernier endroit où l'on vient d'apercevoir Ryder avant qu'il ne disparaisse.

— Il n'avait même pas une égratignure. Tu es resté là et tu l'as laissé te frapper ? demande-t-il avant de s'interrompre. Pourquoi ?

— Parce que je le mérite.

Et j'étais prêt à en prendre beaucoup plus.

Je trouve même que Ryder McAdams s'est montré plutôt gentil envers moi.

CHAPITRE 38

BROOKE

— Tu es sûre de ne pas vouloir en parler ?

Je lève les yeux de mon *poke bowl* de poulet, haricots noirs et quinoa avant de croiser le regard inquiet de Sasha à l'autre bout de la table et de secouer la tête.

Non, je ne veux pas en parler. Je me sens vraiment bête de m'être fait avoir. Vous rendez-vous compte combien on se sent humilié après un coup pareil ?

Apparemment, je suis incapable de choisir un gentil garçon dans ma vie. C'est la seule conclusion que j'en ai tiré après avoir longuement réfléchi sur le sujet.

Quelques jours se sont écoulés et, heureusement, je ne l'ai pas croisé. C'est comme si nous avions pris l'habitude de nous éviter. Il ne nous reste plus qu'à faire la même chose jusqu'à la fin du semestre de printemps.

Ça ne devrait pas poser de problème, non ?

Voilà.

— Allez, ma belle. Il faut que tu manges. Tu as à peine touché ton *poke bowl*.

Avec un soupir, je pose ma fourchette.

— Je n'aurais peut-être pas dû l'acheter. Je n'ai pas vraiment faim.

Il faut croire que c'est un petit point positif dans toute cette histoire. Le manque d'appétit. Je vais peut-être perdre quelques kilos et ma mère arrêtera alors de me menacer de me traîner dans un spa pendant les vacances.

Un élan de sympathie inonde ses yeux.

— Je suis désolée qu'il t'ait fait du mal, dit-elle avant de marquer une pause. Je n'arrive toujours pas à croire que c'était le mec avec qui tu échangeais des SMS. C'est vraiment tordu.

— Ne m'en parle pas, dis-je, la gorge légèrement nouée.

— J'ai toujours trouvé que Crosby était con, mais après ce coup, j'en suis maintenant certaine.

— Oui.

Sauf que… après avoir commencé à discuter avec lui et appris à le connaître plus en profondeur, il ne m'a plus semblé aussi con. À vrai dire, j'en étais venue à l'apprécier.

Pour être honnête, je l'aimais bien.

Beaucoup même.

Le plus dur, c'est de ne pas savoir ce qui est réel ou non.

N'a-t-il jamais eu des sentiments pour moi ?

Ou n'était-ce qu'une grande mascarade pour m'entuber ?

J'ai envie de me frotter le visage. Je suis fatiguée de passer des nuits blanches, incapable d'arrêter le flot de questions qui tournent en rond dans ma tête. C'est épuisant aussi bien mentalement qu'émotionnellement. Je n'ai plus envie de penser à Crosby. Malheureusement, ce n'est pas si simple. Il refuse de quitter mes pensées.

Ce dont je suis sûre, c'est qu'il me faudra beaucoup de temps avant que je puisse à nouveau confier mon cœur à un autre homme, si jamais c'est le cas. Les deux derniers à qui j'ai permis d'entrer dans ma vie m'ont laissé des cicatrices à vie.

Sasha s'éclaircit la gorge, et je cligne des yeux pour me débarrasser de mon trouble intérieur avant de le repousser tout au fond de mon cerveau, à sa place initiale.

— Sache que je serai là pour t'écouter quand tu seras prête à en parler, d'accord ?

Je hoche la tête, soulagée de savoir qu'elle ne forcera pas les choses.

Sasha est une bonne amie. Sûrement la meilleure que je n'ai jamais eue. Elle m'a toujours soutenue. Même si j'ai envie d'obtenir mon diplôme et de passer à autre chose, son visage souriant me manquera tous les jours. Cette pensée suffit à me faire monter les larmes aux yeux.

Eh merde.

Cette rupture m'a rendue très émotive, et ça m'énerve.

— C'est normal d'être triste, dit-elle doucement, comme si elle lisait dans mon esprit.

Ou peut-être que ma tête me trahit.

Je force mes lèvres à esquisser un léger sourire.

— Je ne comprends pas pourquoi je suis autant bouleversée. On n'est pas restés ensemble longtemps. Ça ne devrait pas être si grave.

Elle pose sa main sur la mienne, à l'autre bout de la table.

— Moh, ma belle… ça fait toujours mal quand quelqu'un nous brise le cœur.

Je suppose qu'elle a raison sur ce point. J'aurais simplement préféré qu'on laisse mon cœur en dehors de tout ça dès le début.

— Tout ce dont j'ai besoin, c'est de quelques jours de plus pour me morfondre, et ensuite je m'en remettrai.

Même si je peine à prononcer ces mots, ils ne sonnent pas juste. Et la façon dont Sasha fronce les sourcils confirme qu'elle n'y croit pas non plus.

— Tu veux que je le tabasse ? Ça te ferait du bien ?

Elle rétracte sa main pour faire craquer ses phalanges.

Même si ce bruit ressemble à des ongles sur un tableau noir, cette proposition fait naître sur mes lèvres le premier sourire sincère depuis le drame.

— Crois-moi, il ne vaut pas la peine de se casser un ongle.

Elle tend le bras avant d'admirer ses ongles impeccables. Ils sont courts et parfaitement limés. L'acrylique et le football ne font pas bon ménage, mais Sasha s'en moque. Elle a toujours été plus sportive que féminine.

— Je suis prête à me casser un ou deux ongles pour toi.

Un petit rire s'échappe.

— C'est parce que tu es une bonne amie.

Elle plisse les lèvres et envoie un baiser aérien dans ma direction.

— De même pour toi, bichette.

Du coin de l'œil, mon attention est attirée par mon cousin qui passe avec quelques coéquipiers. C'est un groupe bruyant et turbulent, avec une bande de groupies dans leur sillage. Toutes les équipes sportives masculines semblent avoir leur lot de fans.

Alors que nous nous regardons, il dit quelque chose à la fille la plus proche avant de se détacher de ses amis et de se diriger vers ma table. Un certain nombre de filles à proximité s'animent lorsqu'il passe devant nous. Une fois arrivé, il salue Sasha d'un rapide coup de menton avant de concentrer son attention sur moi.

— Salut, Ryder, dit-elle en rassemblant ses affaires avant de quitter la cabine et de se lever d'un bond. À plus, Ryder.

— À plus tard, Sasha, répond-il.

Elle se tourne vers moi.

— On en reparle après l'entraînement.

Je lève la main pour la saluer et elle s'en va. Avec un peu d'espoir, ça n'arrivera pas. Je refuse d'accorder à Crosby une minute de plus de mon précieux temps ou de mon esprit.

Mon cousin s'assied sur le banc en face de moi avant de me passer soigneusement le visage au peigne fin. Après quelques instants de silence, je m'agite sous son regard intense.

— Tu vas bien ?

Je colle un faux sourire sur mon visage.

— Oui. Je n'ai jamais été aussi heureuse.

Je l'ai croisé juste après avoir découvert toute l'affaire Crosby-Chris, et dans un moment de faiblesse que je regrette maintenant, j'ai déballé toute l'histoire sordide. Il était furieux. J'aurais aimé qu'il oublie tout ça. Moins il y aura de gens au courant, mieux je me porterai. Je n'ai pas la force de revivre une autre histoire comme celle de la chlamydia.

Trompez-moi une fois, honte à vous.

Trompez-moi deux fois, et c'est moi qui suis bête de ne pas avoir retenu la leçon et mérite la situation.

Ses lèvres se pincent.

— Tu es une très mauvaise menteuse, tu le sais ? Je suis sérieux. Je veux m'assurer que tu vas bien.

Je secoue les épaules.

— Je te promets que je vais très bien. Je ne peux pas faire mieux.

Je serre mon poing sous la table jusqu'à ce que les ongles arrondis mordent la peau douce de ma paume, puis j'ajoute :

— J'ai juste besoin que Sasha et toi arrêtiez d'en faire toute une histoire pour pouvoir l'oublier et passer à autre chose.

Un silence gênant s'installe entre nous alors qu'il continue de me dévisager jusqu'à ce que je me trémousse presque sous son regard implacable.

— C'est bizarre. Pour Rhodes, ça avait l'air d'une grosse affaire.

Je me redresse d'un coup tandis que ma poitrine se contracte au point de me donner l'impression qu'un éléphant de mille kilos est assis dessus, ce qui m'empêche de respirer correctement.

— Quoi ? dis-je alors que ma gorge se noue avant de m'enquérir : tu lui as parlé ?

Le ton de ma voix s'élève à chaque mot qui sort.

— Pourquoi as-tu fait ça ?

Punaise. Pourquoi aurait-il fait ça ?

La situation est déjà suffisamment humiliante sans que mon cousin vienne l'aggraver et mettre son nez là où il ne faut pas.

Un gémissement torturé m'échappe.

Inconscient de mon trouble intérieur, il pointe du doigt le bol de quinoa intact devant moi.

— Tu vas le finir ou pas ?

— Non, dis-je en le poussant vers lui.

Peut-être que je tire des conclusions hâtives et que ce n'est pas aussi sérieux que je le pense.

— Dis-moi que tu n'as pas parlé à Crosby.

Pourquoi je pose la question ?

Je peux déjà affirmer à la lueur sévère dans ses yeux qu'il l'a fait.

Au lieu de répondre, il pique un morceau de poulet rôti avec sa fourchette et l'enfourne dans sa bouche avant de le mâcher méthodiquement. Ce n'est qu'après l'avoir avalé qu'il dit nonchalamment :

— Il se peut qu'on ait échangé quelques mots en passant.

— Ryder... m'exclamé-je avant d'enfouir mon visage dans mes mains. La situation ne te concerne pas. Ce n'était pas si important. Tu n'aurais pas dû t'en mêler.

Il prend une autre cuillerée de quinoa et de haricots avant de l'engouffrer dans sa bouche. Une fois qu'il l'a avalée, il pointe sa fourchette vers moi.

— Écoute, tu es ma cousine. Je ne vais pas rester les bras croisés et voir un de ces cons de footballeurs s'en tirer en te faisant du mal, déclare-t-il en me lançant un regard d'acier. Une fois de plus.

Une partie de la tension qui emplit mes épaules se dissipe. Même si je n'ai pas besoin qu'il le fasse, comment puis-je lui en vouloir de souhaiter prendre ma défense ? C'est ce que fait la famille, non ?

Ils se défendent les uns les autres quand personne d'autre ne le fait.

Tout en moi s'adoucit.

— Merci, Ry.

Il hausse les épaules et un sourire se dessine sur ses lèvres.

— Je peux te demander de quoi vous avez parlé ?

— Je ne préfère pas.

Un mouvement attire mon attention du coin de l'œil et je tourne la tête dans cette direction. Mon regard se pose sur Crosby qui marche avec Asher, Rowan et Carson dans la partie principale du réfectoire.

J'écarquille les yeux et entrouvre la bouche. Non seulement il a un œil au beurre noir, mais en plus sa lèvre est fendue et une vilaine ecchymose s'est développée sur sa joue droite. On dirait que quelqu'un l'a tabassé.

Quelqu'un du genre...

Alors que je continue à le fixer, mon cousin se retourne pour le dévisager avant de se remettre face à moi avec un sourire en coin. Comme s'il était fier de son travail.

— C'est toi qui as fait ça ? murmuré-je alors qu'un mélange d'horreur et de tristesse me submerge.

Même si Sasha avait menacé en plaisantant de faire du mal à

Crosby, je ne voulais pas que cela se produise.

— Ouais.

Il reporte son attention sur le bol comme si ce n'était pas grave. Et pour Ryder, ce n'est sûrement pas le cas.

— Comme je l'ai déjà dit, personne ne te fait de mal sans en subir les conséquences.

Tous les événements de ces dernières semaines se bousculent dans ma tête alors que nous retombons dans le silence. Il termine mon déjeuner avant de s'adosser contre le banc.

— Tu veux mon avis sur la question ?

Mon regard est attiré malgré moi par le grand espace ouvert avant d'atterrir sur Crosby pour la deuxième fois. Un frisson me parcourt lorsque je découvre que ses yeux sombres sont rivés aux miens. Je m'efforce de l'ignorer et de me concentrer à nouveau sur mon cousin. Après tous les mensonges et les subterfuges, ça ne devrait pas autant me faire mal.

Même si les pensées de Ryder ne changeront rien, je hausse les épaules.

— Je t'écoute.

— Le mec a refusé de se défendre.

Je fronce les sourcils. De tout ce qu'il aurait pu dire, ce n'est pas ce à quoi je m'attendais.

— Je ne comprends pas.

Il fait un signe de tête vers Crosby et ses amis.

— Il suffit de le regarder. Il est dans un sale état. Je l'ai tabassé devant une foule de gens, et il est resté là à encaisser. Il n'a même pas essayé de me frapper en retour. Crois-moi, j'aurais pu faire bien plus de dégâts, mais au bout d'un moment, je me suis senti mal.

Son front se plisse, comme s'il ne comprenait pas vraiment pourquoi cela lui importe.

Les muscles de mon ventre se contractent et se pincent avec douleur. Tant de questions se bousculent dans mon esprit.

Avant que je ne puisse répondre à la moindre d'entre elles, il continue :

— Tu sais combien c'est chiant de tabasser quelqu'un, et qu'il ne se défende même pas ? Quand il se contente de rester là comme un punching-ball et de te laisser faire le pire.

Son visage se déforme avant qu'il ne secoue la tête et croise les bras sur sa large poitrine.

— Ça enlève tout le plaisir.

J'humecte mes lèvres avec ma langue.

— Pourquoi ferait-il ça ?

Au lieu de répondre à la question, il la retourne contre moi.

— J'ai ma théorie, mais ce qui m'intéresse le plus, c'est ce que toi tu penses.

Mes dents éraflent ma lèvre inférieure tandis que mon regard glisse à contrecœur vers Crosby. Son attention est toujours dirigée vers moi.

— Je ne sais pas.

Ou disons plutôt que j'ai peur d'admettre le noyau d'espoir qui vient de prendre racine en moi.

Il penche la tête.

— Tu peux me mentir autant que tu veux, mais ne te mens pas à toi-même. Je te garantis que ça ne servira à rien.

Ma respiration devient pénible et tremblante alors que la confusion s'abat sur moi, détruisant tous les mensonges avec lesquels je me rassurais.

— Pourquoi tu fais ça ? Tu as toujours détesté mes petits copains, m'exclamé-je, me creusant la tête pour trouver une exception, sans succès. Absolument tous !

Il hausse les épaules.

— C'est ma faute si tu choisis des connards ?

Ironiquement, c'est exactement ce que je pensais de Crosby depuis que je le connais. Un crétin lunatique qui aimait sauter autant de filles qu'il le pouvait. Mais le garçon que j'ai découvert au téléphone est différent.

C'est quelqu'un dont j'aurais pu facilement tomber amoureuse.

Ça craint de réaliser que c'est peut-être déjà le cas.

J'ai passé les deux derniers jours à essayer de me convaincre qu'il était réellement le trou du cul que j'avais toujours imaginé. Maintenant, mon cousin sème la zizanie et me fait remettre en question tout ce que je croyais être vrai.

Je n'aime pas ça.

Plus encore, je n'aime pas du tout ça.

— Je ne comprends pas pourquoi tu fais ça, murmuré-je pour la deuxième fois.

— Peut-être parce que je n'ai pas envie de te voir commettre une erreur.

Sa main traverse la table et se pose sur la mienne avant qu'il ne la retire rapidement. Le contact est fugace. Il disparaît avant que j'aie le temps de comprendre la tendresse du geste.

— Même si je pense qu'on est tous les deux d'accord pour dire que je suis la dernière personne qui devrait te donner des conseils sur ta vie amoureuse.

Je me mets à rire.

Même si j'aime beaucoup mon cousin, il ne vaut pas mieux que la plupart des joueurs de football du campus. Il est même peut-être pire. Mais je me battrais contre tous ceux qu'ils le disent. C'est ainsi qu'on fonctionne.

Depuis le lycée, il a brisé beaucoup de cœurs sur son passage. Parfois, je doute qu'il se mette un jour en couple.

Pourquoi s'en donnerait-il la peine ?

Les filles se bousculent juste pour avoir la chance de se jeter sur lui, et je ne pense pas que ça changera de sitôt. C'est sa dernière année à jouer au hockey dans l'équipe universitaire avant de se présenter à la sélection. Et il ne fait aucun doute dans mon esprit qu'il finira par devenir joueur professionnel. Il aurait pu aller directement en LNH après le lycée, mais il a choisi d'aller à Western University et de jouer dans l'équipe de l'un des meilleurs entraîneurs du hockey universitaire de division I.

— Quoi que tu décides, dit-il, je te soutiendrai.

Mes lèvres se soulèvent pour former un sourire.

Quoi qu'il arrive, j'ai ma famille. Cette idée n'est pas toujours réconfortante, mais en cet instant, en regardant Ryder, cela signifie beaucoup pour moi.

CHAPITRE 39

CROSBY

Je détache la mentonnière et enlève mon casque avant de secouer mes cheveux humides. Malgré l'air froid, je transpire après ces deux heures d'entraînement épuisant. Maintenant que c'est fini et que je ne me concentre plus sur la douleur physique qui ricoche dans mon corps, les pensées de Brooke affluent, inondant chaque cellule de mon cerveau. S'il y avait un moyen de l'éteindre, je le ferais sans hésiter.

Andrew rit en compagnie de quelques garçons de la ligne d'attaque qui se dirigent vers les vestiaires. Quelques secondes plus tard, le coach aboie une poignée de noms. J'imagine qu'il s'apprête à les engueuler. Je suis soulagé de ne pas faire partie de la liste.

Est-ce que l'entraînement d'aujourd'hui était l'un de mes meilleurs ?

Non, pas du tout. Loin de là.

Je n'ai pas la tête au jeu. J'avais une seconde de décalage et j'étais mal placé sur le terrain. Je dois me ressaisir avant que cela ne devienne un problème.

Alors que quelques joueurs approchent de l'entraîneur, Andrew croise mon regard avant de me faire un léger signe du menton en guise de salut. C'est le meilleur geste qu'il m'ait fait depuis des jours.

L'ambiance à l'appartement est devenue glaciale. De quoi se geler les miches. Je passe beaucoup de temps à traîner chez les footballeurs, installé sur leur canapé.

C'est la première fois en plus de dix ans d'amitié solide que nous traversons une mauvaise phase. D'accord, ce n'est peut-être pas tout à fait vrai. Même si j'ai eu ma part de problèmes avec lui, je les ai toujours ignorés. J'ai repoussé ses tendances irritantes, n'acceptant pas qu'elles m'atteignent. Lorsqu'il me mettait en colère, je laissais couler. Je refusais de faire des vagues. C'est la première fois que je n'y parviens pas.

Personne d'autre que Brooke n'aurait pu se mettre entre nous.

Au lieu de me tourner le dos comme je m'y attendais, il s'avance vers moi avant de me faire face et de me dévisager.

— Qu'est-ce qui t'est arrivé, bordel ?

— J'ai goûté aux poings de Ryder.

Ses lèvres se retroussent et quelques rires s'échappent.

— Oui, je vois ça, dit-il avant de marquer une pause et d'ajouter : tout ce que j'ai à dire, c'est que je préfère que ce soit toi que moi, mec.

Je grogne. C'est facile pour Andrew de trouver de l'humour dans cette situation. Lui et la tête brûlée de cousin de Brooke ne peuvent pas se voir. Mon coéquipier, lui par contre, ne s'est pas contenté d'encaisser les coups comme je l'ai fait. Vous pouvez me croire qu'il s'est bien défendu. Ils en sont tous les deux ressortis avec un œil au beurre noir et la lèvre fendue.

Un silence gênant s'installe entre nous alors que nous nous dirigeons vers le tunnel qui mène aux vestiaires situés sous les gradins. Une partie de moi pense que je devrais m'excuser pour qu'on puisse passer à autre chose. La saison sportive se termine en janvier, mais le bail de notre appartement ne prendra fin qu'en mai. Ça s'annonce très long à supporter sans se parler.

Sauf que… je ne regrette pas d'être sorti avec son ex. Bien sûr, j'ai honte de la façon dont ça s'est déroulé et des mensonges que j'ai racontés, mais c'est tout.

Avant que je puisse comprendre, il glisse une main dans ses cheveux blonds et ses courtes mèches dorées se dressent sur sa tête.

— Écoute, mec, je n'ai pas envie qu'on reste fâchés.

Je m'immobilise brusquement, tout comme lui. Quelques garçons nous donnent une tape sur l'épaule avant de nous dépasser en sautillant. Un long moment s'écoule avant que le terrain ne se retrouve complètement vide.

— Moi non plus, dis-je en me raclant la gorge. Je ne voulais pas que ça se passe comme ça. J'ai toujours essayé de garder mes distances avec elle pour que ça n'arrive pas.

Il laisse échapper un long soupir avant de détourner le regard.

— Oui, je sais. Je suppose que… dit-il alors que sa voix s'éteint et qu'il secoue les épaules. Je crois que je n'arrivais pas à lâcher prise surtout parce que c'est elle qui m'a largué. Peut-être que je voulais prouver que je pouvais la récupérer. C'était plus une question d'ego qu'autre chose.

Je m'agite sur place alors que j'ignore comment réagir à cet aveu.

Est-ce ce que je soupçonnais depuis le début ?

Oui, je l'avoue.

En fin de compte, Andrew ne veut pas vraiment de petite amie. Il n'en a jamais voulu. Il veut coucher avec toutes les groupies qui écartent les jambes devant lui. Et vous savez quoi ?

Tant que tout le monde est d'accord avec ça, allez-y. Amusez-vous bien. Peut-être qu'un jour, il rencontrera une fille qui changera sa vision des relations et lui fera revoir ses priorités. Je n'en sais rien. Jusqu'à présent, ce n'est pas arrivé. Peut-être que ça n'arrivera jamais.

— Alors, et maintenant ? demandé-je.

Son regard se pose à nouveau sur moi.

— On laisse tomber et on passe à autre chose. On est amis depuis trop longtemps pour laisser une fille se mettre entre nous.

Pour lui, peut-être.

Mais pour moi, non.

En ce qui me concerne, Brooke en vaut la peine. Si je la désirais avant que tout cela n'arrive, ce n'est rien comparé à la façon dont j'ai envie d'elle maintenant que nous avons creusé sous la surface et que nous avons appris à nous connaître à un niveau plus profond.

Quand il se remet à marcher, je fais de même.

— C'est peut-être mieux comme ça, poursuit-il.

Confus, je lui jette un coup d'œil.

— De quoi ?

— Qu'aucun de nous ne soit avec elle.

Je pousse difficilement une longue et lente respiration. L'espace d'une seconde, j'envisage de taire la vérité. Mais comment faire après tous les mensonges qui ont ébranlé les fondations de notre amitié ?

J'en ai assez de garder mes vrais sentiments enfouis au plus profond de moi, là où ils ne peuvent pas voir la lumière du jour.

— Je l'aime bien, dis-je à brûle-pourpoint en me surprenant moi-même.

— Quoi ?

Il fronce les sourcils dans ma direction, comme s'il n'avait pas bien entendu.

Je me racle la gorge et renforce ma voix pour qu'il n'y ait pas de confusion sur ce que je ressens.

— Je ne sais pas s'il est possible qu'elle me pardonne, mais je dois essayer d'arranger les choses. Il est hors de question que je la laisse partir.

CHAPITRE 40

BROOKE

— Je n'arrive pas à croire que je t'ai laissée me traîner ici, grommelé-je alors que nous montons les marches du stade en béton, nos boissons et notre pop-corn à la main.

— Oh, allez, dit Sasha, on va s'amuser. Tu avais besoin de sortir. Tu te morfonds depuis bien trop longtemps.

S'amuser ?

Ah ! Je ne vois pas du tout ce qu'il y a d'amusant.

En ce qui concerne le fait que je me morfonds ?

Oui, malheureusement, elle n'a pas tort. J'ai broyé du noir. Et non, ce n'est pas une bonne image de moi. Si je pouvais m'en sortir, je le ferais sans hésiter. J'ai envie d'oublier Crosby et de profiter de mes six derniers mois à l'université. Je pensais qu'il me faudrait quelques jours pour me débarrasser de cette déprime, mais elle continue de persister comme une mauvaise odeur. En fait, c'est pire maintenant qu'avant, ce qui n'a aucun sens. Notre relation était éphémère. Elle a disparu en un clin d'œil. Et pourtant, j'ai l'impression d'avoir perdu quelque chose de spécial.

Vous parlez d'un choc !

Alors, non… S'asseoir dans les gradins du stade lors d'un match de football américain pendant plus de trois heures et regarder Crosby sur le gazon vert brillant ne va pas m'aider à accélérer les choses. Au contraire, cela ne fera que les empirer, et je ne veux pas revivre cette douleur.

Je l'ai aperçu seulement quelques fois au réfectoire ou sur l'un des chemins qui traversent le campus. En général, je fais demi-tour et je pars dans la direction opposée. Même si cela signifie arriver en retard en cours. Deux ou trois fois, il m'a vue, moi aussi. Il soutenait mon regard et refusait de détourner les yeux. Heureusement, il ne va jamais plus loin et ne s'approche pas. Je doute que mon cœur puisse supporter un tel assaut. J'ai déjà du mal à tenir le coup.

Je fronce les sourcils lorsque Sasha m'indique des sièges vides à une dizaine de rangées de la ligne des cinquante mètres au lieu de se diriger vers la tribune des étudiants où nous nous installons normalement. S'il y a une chose qui peut détourner mon attention du terrain, c'est bien tout le bruit et les plaisanteries qui y résonnent.

— Tu veux t'asseoir ici ?

C'est la meilleure place pour les détenteurs de billets.

Sasha hausse les épaules et dit nonchalamment par-dessus son épaule tout en progressant dans l'escalier :

— Le professeur Donaldson avait deux billets et m'a demandé si je voulais les utiliser puisqu'il ne pouvait pas assister au match ce week-end. Je me suis dit que ce serait un bon moyen de s'éloigner de tout ce chaos.

Un vrai chaos, c'est tout à fait ça. La tribune des étudiants peut devenir assez bruyante avec toutes les bousculades et les cris. Parfois, je sors du stade après un match, les oreilles bourdonnantes, à peine capable de m'entendre penser. Quand bien même, en ce moment, je ne dirais pas non. À contrecœur, je suis Sasha qui passe devant quelques personnes qui ont l'air d'avoir l'âge de nos parents.

Une fois que nous sommes installées dans nos sièges, je resserre mon écharpe autour de mon cou. Même si le soleil brille au-dessus de nos têtes, l'atmosphère de ce début décembre est nettement plus froide. La nervosité s'éveille au creux de mon ventre tandis que mon regard se porte sur les joueurs qui s'échauffent sur le terrain. Rowan

Michaels est facile à repérer, car il fait des moulinets avec ses bras avant d'effectuer quelques exercices de passes légères. Brayden Kendricks se tient sur la ligne de touche, à côté d'un garçon qui est habillé de la tête aux pieds avec l'uniforme des Wildcats. Il a l'air trop jeune pour être un entraîneur adjoint. Il doit plutôt être un grand fan.

Sasha se lève et salue Easton avant de lui faire un immense sourire. Elle porte un maillot avec son nom et son numéro imprimés dans le dos. Elle s'est fait des taches noires sous les yeux et ses cheveux épais sont relevés en queue de cheval. On ne peut pas louper à qui appartient cette fille, et c'est exactement ce qu'elle voulait. Easton sourit et lui adresse un signe de la main puis un clin d'œil.

Ces deux-là...

Ils sont beaucoup trop mignons.

Mon regard glisse vers Carson Roberts et Asher Stevens. Tous deux sont en train de faire une série d'étirements. Le seul moment où Asher a l'air sérieux, c'est sur le terrain. Sinon, il est un peu gaffeur et s'amuse en permanence. Il joue à des tas de jeux vidéo, fume de l'herbe et boit comme si c'était son métier.

Il est blond, avec les yeux bleus et des muscles à profusion. Les filles sont folles de lui. Et lui, en retour, les apprécie avec la même ferveur. Les filles défilent dans son lit. Et si l'on en croit les rumeurs qui circulent sur le campus, elles sont parfois plusieurs.

Je détourne mon attention de lui pour parcourir le terrain. Il me faut quelques instants pour réaliser ce que je suis en train de faire. Ou plutôt, qui je suis en train de chercher. En colère contre moi-même, je respire lentement et accepte à contrecœur que les trois heures et demie à venir s'annoncent brutales. Je serai hyper concentrée sur lui tout en revivant notre relation, une image douloureuse à la fois.

Je suis presque heureuse lorsque Sasha heurte mon épaule et capte mon attention distraite. Je la regarde en haussant les sourcils, mais un sourire se dessine au bord de ses lèvres quand elle me montre le gazon.

— Regarde ça.

Roh.

J'essaie de toutes mes forces de ne *pas* regarder. Je n'ai vraiment pas besoin de me rappeler Crosby. C'est la seule personne que je n'ai pas réussi à retrouver. Avec un peu de chance, il ne jouera pas ce match et je n'aurai pas à être tourmentée par sa présence.

J'observe à contrecœur le terrain et découvre Crosby sur la ligne de touche, juste en face de moi. Un courant électrique me traverse lorsque nos regards se croisent. Il tient dans ses mains un épais carton blanc.

Je suis désolé de t'avoir fait du mal.

Mon souffle se bloque au fond de ma gorge lorsqu'il lâche le premier panneau. Je suis presque choquée d'en apercevoir un autre prêt à prendre sa place.

Les semaines qu'on a passé à apprendre à nous connaître étaient les meilleures de ma vie.

Je mentirais si je n'admettais pas, ne serait-ce qu'à moi-même, que j'ai ressenti la même chose. J'ai tout adoré.

Le panneau tombe sur le sol avant de laisser place à un troisième.

Je ne veux pas te perdre.

Un autre panneau tombe au moment où les battements de mon cœur s'accélèrent et s'écrasent douloureusement contre ma cage thoracique alors que j'attends de voir s'il y en a d'autres.

Pardonne-moi de ne pas avoir été honnête.

Mes dents s'enfoncent dans ma lèvre inférieure.

Je n'arrive pas à croire qu'il fasse ça.

Les joueurs se rassemblent autour de lui tandis que le public se calme dans les tribunes. Les gens se retournent, parcourent des yeux la foule de spectateurs avant de me désigner. Mon attention reste fixée sur Crosby. Il m'est impossible de détourner le regard.

Lorsqu'il dépose le quatrième panneau, j'en découvre encore un autre.

On peut discuter après le match ?

Je reçois une tape sur l'épaule. J'ai du mal à détacher mes yeux de lui, je me retourne et remarque une jeune fille souriante qui tient un énorme bouquet.

— C'est pour toi, dit-elle en me le fourrant dans les mains.

C'est un beau mélange de fleurs sauvages aux couleurs vives.

Lorsque je jette un coup d'œil à Crosby, je vois qu'il tient une dernière pancarte.

S'il te plaît, bébé ? Ne me laisse pas.

Même si je me suis dit qu'il ne pouvait rien dire ou faire pour me faire changer d'avis, je cède en hochant rapidement la tête. Un léger sourire naît sur ses lèvres avant qu'il ne quitte le terrain en trottinant. Ce n'est que lorsqu'il disparaît dans le tunnel que je me rends compte que la foule m'acclame.

Une vague de chaleur envahit mon visage tandis que je plonge mon nez dans les fleurs fraîches. Une idée me vient alors à l'esprit et je me tourne vers Sasha.

— Tu étais au courant, pas vrai ?

La joie qui se dégage de son visage est un signe évident.

— Peut-être.

Même si je secoue la tête, il m'est impossible de lui en vouloir.

Elle passe un bras autour de mes épaules et me serre contre elle.

— Considère que c'est ma revanche pour m'avoir piégée avec ton cousin.

Un petit rire m'échappe. Je l'avais presque oublié.

— Saloperie, murmuré-je.

— Je te renvoie la balle, ma belle.

Et voilà pourquoi Sasha sera toujours ma meilleure amie.

CHAPITRE 41

CROSBY

J'expire en claquant la porte du vestiaire et en attrapant mon sac de sport. Même si je devrais me réjouir de notre victoire de cet après-midi, un épais nœud de stress s'est installé au creux de mon ventre. Brooke a peut-être accepté de me retrouver devant un stade plein à craquer de supporters, mais je ne sais pas si elle compte vraiment m'attendre. Peut-être a-t-elle accepté seulement parce que je l'ai mise devant le fait accompli.

Au début, le fait de me tenir sur la touche avec des panneaux et de déclarer mes sentiments m'avait semblé un grand geste romantique.

Les filles aiment ce genre de choses, non ?

Aujourd'hui, après quelques heures, je n'en suis plus si sûr. Il est tout à fait possible que je n'aie fait que l'éloigner un peu plus alors que tout ce que je veux, c'est la garder près de moi.

Une main lourde se pose sur mon épaule, me sortant de l'enchevêtrement de mes propres pensées. Je lève les yeux et découvre Andrew. Alors que j'ignore comment il va réagir, mes muscles se raidissent. Je n'ai vraiment pas envie de raviver les tensions au moment où les conséquences de la dernière fois viennent à peine de se dissiper.

— J'ai vu ce que tu as fait, mec. C'était plutôt cool. Bonne chance.

Ces simples mots détendent tout mon être.

— Merci.

Je pense que nous sommes tous d'accord pour dire que je vais en avoir besoin.

Il hoche la tête avant de s'éloigner. Même si nous nous entendons bien depuis que nous avons tout réglé après l'entraînement, je mentirais en disant que la complicité que nous avons toujours partagée est intacte. Parfois, je me demande si nous sommes restés proches aussi longtemps seulement parce que nous avons tous les deux joué au football américain et fréquenté la même école. Nous semblions avoir plus de choses en commun lorsque nous étions plus jeunes.

Aujourd'hui ? Ce n'est plus le cas.

En général, lorsque ces pensées me viennent à l'esprit, je les repousse, refusant de les examiner de trop près.

Mais maintenant...

J'ai fini par admettre que nous nous étions peut-être éloignés au fil des ans. Certains des coéquipiers que j'ai rencontrés à Western University sont devenus de meilleurs amis. Des garçons comme Easton, Carson, Asher, Brayden et Rowan. C'est vers eux que je me tourne quand il m'arrive quelque chose ou quand j'ai besoin de leurs conseils à la con. C'est avec eux que je resterai en contact bien après que nous aurons obtenu notre diplôme et repris le cours de notre vie. Pas parce qu'on est amis depuis longtemps, mais parce que j'aime bien leurs personnalités et que je les respecte.

Même Asher.

Croyez-moi, c'est un aveu douloureux.

Mais c'est un bon gars.

Au fond.

Quand on creuse un peu en dessous de la beuh, du sexe et de la bière.

Ce n'est qu'une fois les vestiaires vides que je réalise qu'il ne sert à rien de traîner les pieds et de retarder l'inévitable. Brooke sera peut-être là à m'attendre ou non. Même si elle a pitié de moi et décide de m'écouter, rien ne garantit qu'elle me pardonnera de lui avoir menti et de l'avoir blessée.

Quand on y pense, c'est exactement ce que j'ai fait. Rien de ce que je dirai ou ferai ne changera cette vérité. C'est un regret avec lequel je devrai vivre pour le reste de ma vie.

Mon sac à dos posé sur l'épaule, je franchis la porte du vestiaire et pénètre dans le couloir très éclairé. L'air encombre mes poumons tandis que je jette un coup d'œil autour de moi. Les battements de mon cœur bégaient douloureusement lorsqu'au début, je ne la vois pas. Quelques groupes de gens se disputent et refont le match. En temps normal, c'est exactement ce que je ferais.

Au fond de moi, j'aurais dû me rendre compte qu'elle ne m'attendrait pas. De toute évidence, elle s'était sentie obligée d'accepter de me voir. Je ne peux pas lui reprocher de ne pas être venue.

J'ai merdé.

Quelques joueurs me tapent sur l'épaule avant de partir. J'entends parler d'une fête pour célébrer notre victoire.

Devinez qui ne sera pas présent ce soir ?

Oui. C'est bien ça… moi. J'ai l'intention de noyer mon chagrin dans quelques bouteilles de bière.

Après leur départ, je me libère de la déception avant de faire un pas vers la sortie. La foule se déplace alors et j'aperçois la jolie Brooke adossée au mur de parpaings blancs, les fleurs que j'ai choisies plus tôt ce matin serrées dans sa main. Je m'immobilise lorsque nos regards se croisent.

Incertain de ce que je dois faire, je lève la main pour lui adresser un signe.

J'ai fréquenté énormément de femmes au fil des ans, mais aucune n'a jamais suscité ce genre d'émotions en moi. C'est un peu comme si j'avais envie de vomir et de l'embrasser en même temps.

C'est déconcertant.

Lorsqu'elle me rend la pareille, j'avance, la peur au ventre. Ce n'est qu'à quelques mètres que je m'arrête et enfonce mes mains dans les poches de mon jogging pour résister à l'envie de la prendre dans mes bras.

— Salut, dis-je, la gorge nouée et les lèvres serrées alors que mon cœur se heurte à ma cage thoracique.

À tout moment, il risque de se libérer de ses entraves avant de tomber sur le sol et de s'agiter pathétiquement.

Elle se redresse et rabat une mèche de cheveux caramel derrière son oreille.

— Merci pour les fleurs. Elles sont magnifiques.

— De rien.

Un silence gênant s'installe tandis que je m'angoisse. La distance entre nous est palpable. Tout ce qui tourbillonne dans ma tête depuis qu'elle a découvert la vérité et m'a chassé de sa vie reste perché sur le bout de ma langue.

— Je suis désolé de t'avoir menti.

Avant qu'elle ne puisse répondre, je me précipite, sachant que c'est peut-être la seule chance que j'ai de mettre les choses au clair.

— J'ai eu tellement d'occasions de te dire la vérité, mais je ne l'ai pas fait. Je n'ai jamais eu l'intention de te blesser ni de te tromper. Cette nuit-là, quand tu as reçu le premier appel, c'était d'Andrew. Il était ivre et avait pris mon téléphone quand j'avais le dos tourné parce que tu avais bloqué son numéro. Quand j'ai compris ce qu'il faisait, je l'ai repris et j'ai raccroché.

Le souvenir clignote dans ses yeux.

— Quand tu m'as envoyé un SMS pour me demander qui c'était, je t'ai dit que c'était un faux numéro. J'ai pensé que ça s'arrêterait là, mais on a commencé à échanger des messages. Je pensais oublier le lendemain matin, mais je ne pouvais pas laisser tomber. Plus on s'envoyait de SMS et plus on parlait, plus je me laissais prendre au piège du mensonge, et plus il était difficile de trouver un moyen de s'en sortir. Et puis au café...

— Tu t'es pointé.

Ses sourcils se froncent.

— J'avais l'intention de te le dire à ce moment-là, mais... dis-je alors que ma voix s'éteint.

— Je pensais que c'était quelqu'un d'autre, affirme-t-elle.

Tout en moi se libère.

— Oui.

Quand elle ouvre la bouche, je la coupe :

— Mais ce n'est pas une excuse. J'aurais dû te dire la vérité.

Elle relâche une longue respiration. Comme elle ne m'envoie pas tout de suite balader, je me rapproche un peu, mourant d'envie d'être près d'elle. Elle m'a chassé de sa vie depuis plus d'une semaine et elle me manque plus que je ne l'aurais cru possible. Nous ne sommes peut-être pas ensemble depuis longtemps, mais j'ai l'impression que nous nous sommes ouverts, que nous nous sommes rapprochés.

Ce que j'ignore, c'est si elle ressent la même chose.

Ou quoi que ce soit d'autre pour moi.

— Je comprends qu'il est impossible d'oublier ce que j'ai fait, mais tu penses qu'il existe une chance pour que tu me pardonnes ? Est-ce qu'on pourrait recommencer depuis le début et prendre un nouveau départ ? Sauf que cette fois, ce ne serait pas Chris que tu apprendrais à connaître. Ce serait Crosby, dis-je en avançant. Simplement Crosby.

Elle mordille sa lèvre inférieure avant de rompre le contact visuel et de fixer le bouquet.

— Je ne sais pas, répond-elle en levant les yeux vers moi sous une épaisse frange de cils. Comment je peux te faire confiance après ce que tu as fait ?

Même si sa réponse me coupe l'herbe sous le pied, j'acquiesce, acceptant la responsabilité de mes erreurs. Si je cherchais une réponse, je suis presque sûr de l'avoir trouvée. Je ne peux pas lui en vouloir pour ce qu'elle ressent. Elle a raison, j'ai fait toutes ces choses.

— Si je pouvais revenir en arrière et agir différemment, je le ferais. J'espère que tu t'en rends compte.

— Ça me fait plaisir de l'apprendre.

Devant son silence, la lueur d'espoir en moi s'éteint et je me gratte maladroitement l'épaule.

— Je ferais mieux d'y aller.

— D'accord.

Partir me fait mal, mais je n'ai rien d'autre à ajouter.

Lorsque je fais un pas rapide pour reculer, sa voix m'arrête.

— Crosby ?

— Oui ?

Mon regard reste fixé sur le sien.

— Si on devait… se remettre ensemble, il te faudrait du temps pour gagner ma confiance. Il n'est pas question que je la redonne comme ça.

Mon cœur bégaie.

— Je ferai tout ce qu'il faut pour prouver que j'en suis digne. Que je te mérite.

Je réduis la distance entre nous au point qu'elle doive pencher la tête pour garder le contact visuel.

— Je ne te laisserai plus tomber. Je te le promets.

— J'ai peur, admet-elle si doucement que cela me brise presque le cœur.

C'est moi qui lui ai fait ça. Je lui ai donné un motif d'étouffer son amour et son affection en lui cachant la vérité.

— Je sais, dis-je.

Incapable de m'en empêcher, je pose la main contre sa joue.

— Tu n'as aucune raison de me croire, mais je te jure que tout est vrai. Je te veux, Brooke. Je t'ai toujours voulue. Même quand j'étais trop occupé à me le nier à moi-même, je te voulais. Même quand tu sortais avec mon meilleur ami, je te voulais. Je n'ai jamais changé d'avis et quand j'ai trouvé un moyen de me rapprocher de toi, je l'ai saisi. Je ne dis pas non plus que c'était la bonne chose à faire, ajouté-je rapidement. Tout ce que je peux faire, c'est te promettre d'être totalement honnête avec toi à l'avenir.

Ses paupières se ferment et elle appuie sa joue contre ma paume.

— D'accord.

Je hausse les sourcils et la serre dans mes bras. Je me fiche des fleurs qui sont maintenant écrasées entre nos deux corps. Je lui en achèterai de nouvelles. Des centaines.

— Vraiment ? Tu le penses ?

— Oui. Je vais me donner cette chance, dis-je avant de marquer une pause. Je vais *nous* donner cette chance.

— Je te promets, bébé, que tu ne le regretteras pas.

Puis ma bouche s'écrase sur la sienne. Il suffit d'un coup de langue sur la jointure de ses lèvres pour qu'elles s'ouvrent, et je m'enfonce à l'intérieur, là où est ma place.

CHAPITRE 42

BROOKE

La fête bat son plein autour de nous tandis que Crosby me serre contre lui, le bras posé sur mes épaules. Nous sommes ensemble depuis plus d'un mois maintenant. Jamais, dans mes rêves les plus fous, je n'aurais pensé lui donner une seconde chance de se racheter, mais comment aurais-je pu le laisser partir après tout ce qu'il a fait naître en moi ?

Je ne pouvais tout simplement pas.

J'avais bien l'intention de lui dire que je ne pourrais plus jamais lui faire confiance, mais quelque chose au fond de moi m'a poussée à lui laisser une chance de prouver qu'il est l'homme que j'attends de lui. Il est possible que je regrette cette décision dans un avenir proche. Mais pour l'instant, je suis heureuse d'avoir ouvert mon cœur et de l'avoir laissé entrer.

Dès que je lève les yeux, nos regards se croisent. Il baisse son visage jusqu'à ce que ses lèvres effleurent les miennes. La caresse lente du métal contre ma chair me fait encore frissonner. Peu importe le nombre de fois qu'il m'embrasse, je ne me lasse jamais. Je suis fascinée par ce piercing.

En fait, c'est lui qui me fascine.

Ça n'a pas changé, et j'espère que ça ne changera jamais.

— Je t'aime, bébé, murmure-t-il contre ma bouche.

— Je t'aime aussi.

Cela ne fait pas longtemps que nous sommes ensemble, mais j'ai l'impression que notre relation est passée à la vitesse supérieure. Une fois la situation clarifiée, tout le reste a trouvé sa place. C'est fou à admettre, mais je n'ai jamais été aussi heureuse. Le garçon que je voulais absolument éviter est celui-là même dont je ne me lasse pas.

— Oh. La façon dont vous jouez à vous embrasser tous les deux est vraiment trop mignonne.

Mes lèvres se crispent tandis qu'Asher émet quelques bruits de haut-le-cœur. Il peut réellement être con parfois. Mais on ne peut pas nier qu'il est attachant. Deux blondes étrangement similaires sont blotties contre lui.

Sans se préoccuper de la remarque, Crosby sourit.

— Tu devrais peut-être essayer la monogamie, mec. Ça pourrait te plaire.

Les filles tressaillent en envisageant la possibilité qu'Asher devienne leur petit ami.

— Non merci, grogne-t-il. Je n'ai pas envie de me passer la corde au cou comme tout le monde ici. Vous oubliez sûrement, bande de rigolos, que la variété est ce qui rend la vie si belle, dit-il en adressant un clin d'œil aux deux filles. Pas vrai, les filles ?

Elles gloussent, tout en faisant glisser leurs mains sur son torse.

— Je crois qu'on a tous besoin de se rafraîchir avec un verre, dit-il.

Puis Asher dirige son fan-club vers l'arrière de la maison, où se trouve la cuisine. Son groupe s'agrandit au fur et à mesure qu'ils traversent la salle à manger.

Je secoue la tête lorsqu'il disparaît dans la foule.

— Quel sacré cochon !

— Oui, acquiesce-t-il joyeusement, mais c'est *notre* cochon.

Mes lèvres tressaillent.

— C'est vrai.

Ma meilleure amie et son petit ami font leur apparition sur le palier du premier étage avant de descendre l'escalier main dans la main. Ils arborent tous les deux un sourire niais qui laisse deviner ce qu'ils ont fait. Ils sont ensemble depuis quelques mois et sont incapables de se détacher l'un de l'autre. C'est comme s'ils essayaient de rattraper tout le temps qu'ils ont perdu lorsque leur relation était platonique.

Pendant un certain moment, j'étais jalouse de leur relation.

Comment ne pas l'être ?

Mais ce n'est plus le cas. Je ne veux pas me porter la poisse, mais ce que j'ai trouvé avec Crosby me semble parfait. Je suis impatiente de voir comment la vie va se dérouler et où elle nous mènera.

Sasha me serre rapidement dans ses bras avant de saluer deux de ses coéquipières, Demi Richards et Sydney Daniels. Une autre fille que je ne reconnais pas tout de suite les accompagne.

Demi fait les présentations avant de passer un bras autour de ses épaules.

— Voici Lola. On était au lycée ensemble. J'ai dû la soudoyer pour qu'elle sorte avec nous ce soir.

La jeune fille brune sourit.

— Ne pense pas que je vais oublier la pizza extralarge qu'on m'a promise. C'est la seule raison pour laquelle je suis ici.

Demi souffle.

— Je sais. Margherita. Supplément mozzarella et basilic.

— Tu me connais bien, renchérit Lola avec un sourire avant de jeter un coup d'œil autour d'elle et d'observer les gens ivres qui se ridiculisent. Je crois que je vais passer un sale quart d'heure. J'aurais sûrement dû insister pour avoir deux pizzas et des nouilles à l'ail.

Western University est réputée pour ses fêtes, avec beaucoup de fraternités. Et la plupart des étudiants qui la fréquentent en profitent pleinement.

— Mais si, allez ! On va s'amuser.

Elle lance un regard moqueur à Demi.

— On sait très bien toutes les deux que ce n'est pas ce que j'appelle « s'amuser ».

Alors que je continue à la fixer du regard, l'impression de la connaître s'immisce au fond de mon esprit. Elle ne m'est pas étrangère. Même si l'université est grande, on a tendance à voir les mêmes personnes se promener sur le campus, à la bibliothèque ou dans les soirées.

Lorsque ses prunelles se posent sur moi, je lui adresse un sourire amical.

— Salut, je crois qu'on ne s'est jamais rencontrées. Je m'appelle Brooke.

— Moi, c'est Lola, comme vient de le dire Demi.

Je tapote le torse de mon nouveau petit ami, incapable de nier que j'utiliserai sans vergogne n'importe quel prétexte pour toucher son corps solide comme le roc.

— Et voici Crosby.

La tension sur son visage s'atténue et ses épaules se relâchent.

— Tu ne travaillerais pas à *Taco Loco* par hasard ? demande Crosby.

Au moment où la question quitte ses lèvres, une autre ampoule s'allume dans ma tête et je réalise que c'est précisément là que je l'ai vue.

— Mon oncle en est propriétaire alors je le remplace de temps en temps quand il n'y a pas assez de personnel.

— Il me semblait bien t'avoir déjà vue.

Un énorme sourire s'affiche sur son visage tandis qu'un rire silencieux secoue ses épaules.

Lorsque Demi se met à raconter une histoire d'elles au lycée, je chuchote à Crosby :

— Qu'est-ce qu'il y a de si drôle ? Tu aimes *Taco Loco*.

— Non, rien du tout. Vraiment.

Je plisse les yeux et son expression devient innocente. Il a peut-être cessé de s'esclaffer, mais les commissures de ses lèvres sont encore agitées. Devant son silence, je secoue la tête. Il penche la sienne et balaie du regard la pièce bondée.

— Je me demande où est Asher. Il faut vraiment qu'il ramène ses fesses ici. Il va adorer ça.

— Qu'est-ce qu'il va adorer ?

La bonne question serait de savoir pourquoi Crosby parle par énigmes.

— Tu verras, ça ne devrait plus tarder.

Alors que je m'apprête à lui réclamer plus d'informations, Asher revient dans le salon. Je cligne des yeux, réalisant que les blondes avec lesquelles il est parti il y a quinze minutes ne sont pas les mêmes que celles qui s'accrochent maintenant à ses biceps musclés. Mais dans le monde d'Asher, ce n'est pas nouveau. Il change de fille comme la plupart des gens changent de chemise. Ce qu'il cache dans son pantalon doit relever de la pure magie, car il n'a jamais manqué de filles pour se jeter à ses pieds.

Un bras autour de chaque fille, Asher nous rejoint.

Crosby est tout sourire et se racle la gorge.

— Hé, Ash, tu as fait la connaissance de Lola, l'amie de Demi ?

Asher lance un coup d'œil au groupe jusqu'à ce que son regard se pose sur la seule fille qu'il ne connaît pas. Ses lèvres se soulèvent pour former un sourire lubrique avant de vaciller et de laisser progressivement place à une grimace. Il fronce les sourcils et la dévisage en plissant les yeux.

Je reporte mon attention sur Lola et constate qu'elle arbore la même expression.

— Oui, malheureusement, on s'est déjà rencontrés, dit-elle en fronçant elle aussi les sourcils.

Les iris bleus d'Asher s'enflamment avant qu'il ne crache :

— Qui t'a fait entrer, la serveuse ?

Même avec le faible éclairage de la soirée, il est impossible de louper la vague de couleur qui vient de s'emparer de ses joues.

— J'ai un prénom !

Il secoue ses larges épaules.

— Je me fous de ton prénom. Quitte à venir chez moi, tu aurais dû apporter des tacos.

Elle serre les dents comme un chien enragé avant de s'élancer vers Demi.

— Désolée, je ne peux pas. Je m'en vais.

Avant que son amie ne puisse répondre, elle tourne les talons et sort par la porte.

— C'est quoi ce bordel ?

Demi dévisage Asher avec de grands yeux incrédules avant d'agir et de se précipiter à la suite de son amie.

Sydney fronce les sourcils avant de regarder le footballeur blond.

— C'est quoi ça ? Pourquoi tu l'appelles la serveuse ?

Lorsque les épaules de Crosby continuent de trembler sous l'effet d'un rire silencieux, je lui donne un coup de coude dans le ventre. Même s'il n'a pas vraiment d'effet sur lui.

— Mais oui, dit lentement Brayden, je me souviens de cette soirée. J'étais sûr qu'on allait se faire virer de *Taco Loco*. Cette fille était notre serveuse. Elle et ce con, explique-t-il en désignant son ami, se sont disputés.

Mon regard se pose sur Asher, pour constater que la mine renfrognée qu'il arborait a disparu.

— Je vais avoir besoin d'un peu d'aide pour me remettre dans l'esprit de la fête, dit-il en serrant les filles contre lui. Vous pensez pouvoir m'aider ?

Leurs visages s'illuminent comme si elles venaient de gagner à la loterie avant d'acquiescer avec empressement. Il leur adresse un sourire charmeur avant de les conduire dans la salle à manger, puis dans le couloir où se trouve sa chambre.

Je jette un coup d'œil à Crosby et secoue la tête. Tout s'explique maintenant.

— Tu devais être là toi aussi, parce que tu avais hâte qu'Asher la voie.

Son expression reflète un sentiment de culpabilité.

— Peu de filles détestent ce mec dès la première seconde. Je ne peux pas m'empêcher de prendre plaisir à en trouver.

Je me hisse sur la pointe des pieds et mordille sa lèvre inférieure entre mes dents avant de la tirer un peu.

Une vague de chaleur étincelle dans ses yeux sombres lorsque je le relâche.

— Tu sais que j'adore quand tu es agressive.

Je ne peux me retenir de grogner.

Il n'aime pas seulement ça, il adore ça.

— Maintenant que le spectacle est terminé, on peut y aller ?

Je ne dis pas non.

D'un signe de tête, nous saluons nos amis et partons. Les mains jointes, nous sortons par la porte d'entrée avant de nous retrouver sur le trottoir.

— Tu sais que je préférerais être seul avec toi, pas vrai ?

Je lève les yeux vers lui et tout s'adoucit en moi.

— Et tu sais que moi aussi.

— C'est vrai, dit-il en me faisant un clin d'œil. Si tu es sage ce soir, je t'offrirai peut-être une pizza après.

Oh ! La promesse de passer un moment sexy avec mon petit ami beau gosse et joueur de football américain avant de manger une pizza ?

Pour moi, ça sonne comme la soirée idéale.

ÉPILOGUE

CROSBY

eux ans plus tard...

J'ATTRAPE une coupe de champagne et me fraye un chemin dans la foule dense, à la recherche de Brooke. Il doit y avoir au moins deux cents personnes à la collecte de fonds organisée par sa mère et son beau-père. Nous avons pris l'avion ce matin depuis la Californie spécialement pour cet événement. Au moment où je l'aperçois de l'autre côté de la pièce, des doigts délicats s'enroulent autour de mon biceps, interrompant ma progression.

— Crosby, chéri, je vous ai cherché partout.

Je jette un coup d'œil à la petite blonde qui est debout près de moi, le sourire aux lèvres.

— On dirait que vous m'avez trouvé, dis-je joyeusement.

Les coins de ses lèvres se soulèvent légèrement. Ce que j'ai appris au fil des ans, c'est que c'est à cela que ressemble un vrai sourire chez Elaine. On lui a injecté tellement de Botox que son visage bouge à peine.

Elle glisse un bras sous le mien, comme si elle craignait que j'essaie de m'enfuir.

— J'aimerais vous présenter quelques amis.

— Bien sûr, pas de problème.

Pour une femme minuscule, elle a beaucoup de force. Sans compter qu'elle est autoritaire. Elle m'entraîne à travers l'océan d'invités en tenue de soirée jusqu'à ce que nous atteignions un groupe de personnes auxquelles elle me présente. Elaine a peut-être mis six mois à accepter l'idée que sa fille et son ex ne se remettraient pas ensemble, mais elle a fini par s'y faire. Même si ça n'avait pas été le cas, cela n'aurait pas eu d'importance. Une fois que Brooke est enfin devenue mienne, il était impossible de la laisser partir.

Jamais.

Quelques hommes me bombardent de questions. Alors que je parle de l'équipe et des perspectives de la saison, mon regard parcourt la foule à la recherche de la seule femme qui compte à mes yeux. Au bout de quelques minutes, je la trouve en train de m'observer à l'autre bout de la grande pièce. Un sourire tremble aux coins de ses lèvres rouges et lisses.

Elle comprend alors combien je déteste ces mondanités.

Mais elle sait aussi que je ferais n'importe quoi pour elle, y compris me faire exhiber par sa mère comme un animal de cirque. En plus, je sais que ça l'excite de me voir en smoking. Je m'attends donc à passer une bonne soirée.

Au bout d'une dizaine de minutes, je m'excuse et m'éloigne du groupe avant qu'Elaine ne puisse me forcer à rencontrer d'autres de ses amis. J'ai déjà donné. Elle me monopolisera pendant des heures si je la laisse faire.

Je ne quitte pas Brooke des yeux alors que je me fraye un chemin dans la foule de gens aux habits scintillants. Elle est magnifique dans cette robe rose pâle décolletée à fines bretelles. Cette simple vision réveille mon sexe. J'ai hâte de la retrouver seule. Autant j'ai aimé l'aider à enfiler cette robe, autant j'aurai encore plus de plaisir à l'enlever avant de l'allonger sur le lit comme un foutu festin – parce que c'est exactement ce qu'est son corps.

Sans me soucier des gens qui nous entourent, je me penche et couvre sa bouche avec la mienne. Peu importe le nombre de fois où je l'embrasse, je ne me lasse jamais. Le désir qui se répand dans mes veines ne fait que s'intensifier.

Même si nous n'étions ensemble que depuis six mois lorsque nous avons obtenu notre diplôme à Western University, je ne voulais pas que nous nous séparions. Heureusement pour moi, elle était du même avis et a pu trouver un emploi sous le soleil de Californie en tant qu'acheteuse dans le domaine de la mode pour une grande chaîne de magasins haut de gamme. Nous avons déniché un appartement à San Francisco, près de la baie, et nous sommes terriblement heureux.

C'est incroyable de constater à quel point la vie est belle en ce moment. Et si je suis mon plan, ça ne fera que s'améliorer.

— Je vois qu'Elaine a déjà mis le grappin sur toi, murmure-t-elle quand je m'éloigne. Maintenant que tu es un célèbre joueur de football américain professionnel, tu es la nouvelle personne qu'elle préfère.

Incapable de résister à son attrait, je dépose un autre baiser sur sa bouche.

— Tout ce qui compte, c'est que je sois la personne que *tu* préfères. À part ça, je m'en fiche complètement.

Ses lèvres se courbent en un doux sourire. Un sourire qui me prend aux tripes à chaque fois.

— Évidemment que tu l'es.

— Parfait.

— Est-ce que je t'ai remercié d'avoir accepté de venir ?

— Oui, mais tu pourras toujours me remercier plus tard si tu le souhaites, dis-je en fronçant les sourcils. À ta façon.

Elle me tape sur la poitrine, mais la lueur complice qui s'allume dans ses yeux m'indique que je peux compter sur elle.

Parfait !

— En plus, ajouté-je en voulant paraître un peu plus altruiste, ils récoltent de l'argent pour une bonne cause, et ça te rend heureuse. Donc c'est tout bénéfice pour moi.

Au cours des deux dernières années, Brooke et sa mère se sont efforcées de réparer leur relation brisée. Lorsque j'ai du temps libre, nous prenons l'avion pour rentrer à la maison et y passer un long week-end. Leur relation est-elle parfaite ?

Non, pas du tout. Loin de là.

Mais chaque jour, la situation s'améliore davantage. Ces dernières années, Brooke s'est un peu plus ouverte avec sa mère sur les choses qui l'ont blessée. Elaine n'est peut-être pas la mère qu'elle aurait choisie si elle l'avait pu, mais c'est la seule qu'elle ait. Elles essaient toutes les deux de tirer le meilleur parti de cette situation.

Je jette un coup d'œil dans la pièce bondée avant de passer mes doigts autour de son poignet et d'entraîner son magnifique corps dans un long couloir. Nos chaussures claquent contre le marbre du sol et la foule s'amenuise lorsque nous atteignons l'une des galeries sombres situées à l'arrière de la maison.

— Crosby, halète-t-elle alors que je plaque son dos contre le mur et que je colle mon corps contre le sien, qu'est-ce que tu fais ?

Je mordille ses lèvres, puis son menton avant de glisser le long de son cou délicat

— À ton avis ?

Un gémissement lui échappe alors que je pose ma bouche sur son décolleté charnu. J'aime vraiment ses seins et la façon dont cette robe les met en valeur.

— Quelqu'un peut entrer à tout moment, murmure-t-elle.

— Oui.

Ses doigts se faufilent dans mes cheveux. Au lieu de me repousser, elle me tire contre elle. Je mords les pointes durcies de ses mamelons à travers le tissu soyeux qui les recouvre, je me mets à genoux et la regarde. Elle a l'air d'une vraie déesse avec sa robe pailletée qui épouse toutes ses courbes et ses cheveux relevés sur le dessus de sa tête avec quelques mèches qui encadrent son visage.

Elle effleure sa lèvre inférieure avec ses dents tout en jetant un regard prudent vers l'entrée de la pièce. L'obscurité tourbillonne autour de nous tandis que la lumière de la lune pénètre par les fenêtres sans rideaux qui s'étendent du sol au plafond.

Mes mains se glissent sous sa robe, se posent sur ses cuisses nues et remontent lentement jusqu'à sa culotte. J'écarte le tissu de mon chemin avant d'appuyer sur le bout de dentelle qui recouvre son intimité. Un sifflement s'échappe d'elle lorsque je presse sur son sexe. Incapable d'attendre, ma langue plonge dans sa douceur et trace un long cercle alors que son goût explose dans ma bouche.

Je ne vis que pour ça. Et il n'y avait aucune chance que je passe la soirée sans y goûter.

Même si elle a raison et que quelqu'un pourrait tomber sur nous à tout moment, je ne m'inquiète pas. Nous sommes dans une partie éloignée de la maison, loin des festivités en cours, et elle criera mon nom dans peu de temps.

Après avoir passé ma langue sur ses lèvres pulpeuses, je mordille son clitoris tout en sachant que c'est son point faible. La façon dont elle cambre son bassin m'indique qu'elle est proche de l'orgasme.

— Jouis pour moi, ma belle, murmuré-je contre son sexe trempé.

Il n'en faut pas plus pour qu'elle éclate. Je continue à caresser sa douceur frémissante jusqu'à ce que ses muscles se relâchent et que ses genoux faiblissent. Ce n'est qu'à ce moment-là que je dépose un tendre baiser sur sa chair humide avant de remettre sa culotte en place. Je réajuste sa robe et me lève. Lorsque j'approche mes lèvres des siennes, elles s'ouvrent avant que nos langues s'emmêlent. J'aime son goût sur mes lèvres.

— C'est bon, bébé ?

— Oh, tu sais bien que oui. J'ai joui en un temps record.

Je ne peux m'empêcher de sourire, car elle a raison sur ce point. À chaque fois, cette fille s'enflamme tel un feu d'artifice éclatant.

Ses doigts glissent sur mon érection.

— Dois-je lui rendre la pareille ?

Aussi tentante que soit l'offre, je secoue la tête.

— Ce soir, une fois que tout sera terminé, je te laisserai faire ce que tu veux avec moi. Je lui vole un dernier baiser avant d'attraper ses doigts.

— Prête à retourner à la fête ?

Un doux soupir s'échappe de ses lèvres tandis qu'elle appuie sa tête contre ma poitrine.

— J'irai n'importe où tant que tu es à mes côtés.

Mon cœur s'adoucit. Elle seule sait me procurer cette sensation.

Cette femme me pousse à devenir un homme meilleur. Et pour elle, je le serai. Je ferai tout ce qu'il faut pour la rendre heureuse.

— Moi aussi.

Un moment de silence s'étire avant qu'elle ne murmure, alors que nous traversons le couloir sombre :

— Je t'aime, Crosby.

Je l'attire dans le cercle chaud que forment mes bras et la serre fort.

— Je t'aime aussi. Plus que je ne l'aurais jamais cru possible.

Plus que je n'ai jamais osé rêver.

Brooke McAdams me possède corps et âme. Et je ne pense pas que cela changera un jour.

— On dit au revoir et après on dégage d'ici pour que tu puisses tenir tes promesses.

Elle bat des cils et un sourire se dessine sur ses lèvres.

— Oh, parce que j'ai promis quelque chose ?

— Oh que oui, beau gosse. Et j'ai l'intention de m'assurer que tu t'y tiennes.

Toute la nuit.

***

Si vous souhaitez un épilogue bonus gratuit, veuillez vous inscrire à ma newsletter.

La Légende du campus

Asher Stevens est une légende dans l'équipe de football des Wildcats. À en croire les folles

rumeurs qui courent sur le campus, il sera choisi parmi les meilleurs de sa catégorie par la ligue

nationale. Dire que je ne supporte pas ce type serait un euphémisme. D'autres femmes seraient

séduites par son beau visage, son corps affûté et ses prouesses sportives, mais pas moi. Je le vois tel

qu'il est - un abruti accro à la muscu et bourré de stéroïdes qui boit comme un trou, fume de l'herbe

et baise comme s'il venait d'être condamné à la prison sans visites conjugales.

Alors, pourquoi mon cœur s'emballe chaque fois que nos regards se croisent ?

Ou pourquoi ma culotte devient-elle humide chaque fois qu'il pose les mains sur moi ?

Ça ne signifie rien.

J'ai réussi à garder mes distances pendant trois ans et demi, mais ma chance semble avoir

tourné. Où que j'aille, il est là.

À me provoquer au restaurant où je travaille...

À tomber nez à nez avec moi sur le campus au moment où je suis le plus en retard...

À débarquer sur un parking après un accident...

Toujours lui.

Quoi que je fasse, impossible d'échapper à ce mec.

Pour ne rien arranger, ma vie est sur le point d'imploser et la seule personne que j'ai envie

d'éviter comme la peste est celle qui vole à mon secours, me faisant une proposition que je ne peux

pas refuser. Une proposition qui implique de passer du temps seule avec lui alors que c'est bien la

dernière chose dont j'ai envie.

Vous savez ce qui me fait le plus peur ?

Les brefs aperçus que je devine de l'homme derrière la star. Ceux qui me suggèrent qu'il est plus

profond et plus intelligent que je ne le pensais.

C'est facile de résister à la légende du campus.

Mais à l'homme qui se révèle lentement, beaucoup moins.

La Légende du campus

AUTRES TITRES DE JENNIFER SUCEVIC

Série Campus

Le Coureur du campus

L'Idole du campus

L'Idylle du campus

Le Canon du campus

Le Dieu du campus

La Légende du campus

Western Wildcats – Hockey

Ma liste d'envies

Aime-moi, déteste-moi

À PROPOS DE L'AUTEUR

Jennifer Sucevic est une auteure de best-sellers au classement de *USA Today* qui a publié dix-neuf romans « New Adult » et « Mature Young Adult ». Son œuvre a été traduite en allemand, en néerlandais et en italien. Jen est titulaire d'une licence en histoire et d'une maîtrise en psychologie de l'éducation, de l'Université du Wisconsin-Milwaukee. Elle a commencé sa carrière en tant que conseillère d'orientation dans un collège, un métier qu'elle a adoré. Elle vit dans le Midwest avec son mari, ses quatre enfants et une ménagerie d'animaux. Si vous souhaitez recevoir des informations régulières concernant les nouvelles parutions, abonnez-vous à sa newsletter - Jennifer Sucevic Newsletter (subscribepage.com)

Ou contactez Jen par e-mail, sur son site web ou sa page Facebook.

sucevicjennifer@gmail.com

Envie de rejoindre son groupe de lecteurs ? C'est possible ici -)

J Sucevic's Book Boyfriends | Facebook

Liens vers ses réseaux sociaux

https://www.tiktok.com/@jennifersucevicauthor

www.jennifersucevic.com